大使とその妻

水村美苗

上

新潮社

大使とその妻　上　目次

第一部

大使とその妻　上

装幀　堀口豊太＋新潮社装幀室

Book Design by Toyota Horiguchi + Shinchosha Book Design Division

第一部

消えてしまった夫婦

窓を閉めていても、裏の小川の瀬音に混ざり、風の音や、こおろぎの音が切れ目なく聞こえてくる。ほかの虫の音も耳をつんざくように聞こえてくる。秋。まさに、日入り果てて、風の音、虫の音など……である。ここ数年、春にここにやってくると、暁の鳥の声が減ったような気がしていたが、ここでこうして日が暮れたころから鳴く秋の虫は環境の変化に強いのだろうか。夏も過ぎ、九月も過ぎ、十月に入ってさらに冷えこんできた夜、大地から湧き上がる虫の合唱を一人で聞いていると、この避暑地が年々混んできているのも、暑くなってきているのも忘れ、さらには疫病が地球を覆いつくしつつあるのも忘れ、昔と同じ時間が流れているようであった。あの三年間、いや、四年間が、うっくつしていた自分の心が描いた夢だったような気さえしてくる。

だが、小川の向こう側には、夢ではなかった証しとして、あの山荘が残っていた。

七月の末近くにここに着いてから、月が出ている夜は夫婦が消えて空《から》になった裏の山荘の庭におりおり入り、みなで「月見台」と呼んでいたデッキに腰をかけ、雲間に出入りする月をぼんやりと眺めた。


夏は夜、月のころはさらなり……


授業で暗記した『枕草子』の出だしが、五感が研ぎ澄まされたこういうときに胸に浮かぶ。雲の裏に隠れていた月がその輪郭を見せ始めると、生まれたばかりの細い月でも驚くほど明るくあたりを照らした。すると、満月の光に煌々と照らし出されて静止していたものすさまじい白い姿が反射的によみがえった。

祭りは終わってしまったのだった。

「おまえはロクなものにはなるまい」

父の声が聞こえてくるようであった。

私が馬鹿らしいほど感じやすいと苛立っていた父は、私を見ると口癖のように言った。実際、私はロクなものにならなかった。だが、私の兄たちや姉のようにこの社会で成功し、成功した人たちの常として、やたらに大きな屋敷に住み、やたら大きな車を乗り回し、こうして疫病が地球全体を襲うまでは、仕事でも休みでも飛行機であちこちに飛んでいたほうが、生きとし生けるものにとって地球をさらに住みにくくしていたのではないだろうか。あるいは、そんな風に考えるのも、私にとって都合の良い感傷でしかないのだろうか。

父の声はもう私を脅かすことはなく、あれだけ生命力に溢れていた彼さえも死んでしまったのだと思うと、最後には土に還るしかない人間という存在そのものが哀れだった。

そうお父さん、僕はロクなものになりませんでした。世界の表舞台に幾度か立ったとはいえ、今やみんなから忘れられつつある島国の片隅で月の光を浴びながら、こうして虚ろに坐っています。髪に白髪が交じり始めた男には似合わないほど感傷的になるのを自分に許しています。キリアンの顔に白いシーツが引き上げられたときの悲しさがふいに戻ってきたりもします。

夫婦と再び逢える可能性がないわけでもないのに、二人ともすでにこの世から消えてしまったような気がした。

携帯電話の番号はもちろんメールアドレスも知っていたのに、連絡もないまま発ってしまい、去年の暮れ近く、私の東京のマンション——このカタカナ語にはいつも違和感を覚える——の郵便受けに突然航空便が届いた。大きめの封筒に合衆国の切手が何枚か貼ってある。ついに発ってしまったのか……。虚ろにエレベーターに乗って自分のところに戻りそのまま虚ろに封を開ければ、懐かしい香の匂いが微かに宙に舞い、彼女がそこに一瞬舞い戻ってきたような錯覚があった。なかにはふつうのコピー用紙に横書きにプリントされた二枚の手紙と、私の名がカタカナで縦に墨で書かれた和紙の封筒が入っていた。私は和紙の封筒をテーブルの上に静かに置くと、立ったままプリントされた手紙から読み始めた。夫からの手紙で、もちろん日本語で書かれていた。

「母があれからすぐに逝きましたので、やはり日本をしばらく離れることにしました。ご報告するのに、メールでは何か簡便すぎるような気がして、手紙を書いている次第です。三日前にハワイに着き、今はビッグ・アイランドのヒロというところに泊まって、車を借りて、あちこち見ています。マウナケア山頂での天体観測は一般人に開かれていませんが、夜になるとこの島全体がプラネタリウムのようで、まさに天空から星が降ってくるようです。ハワイの先住民にとってこの山が神聖な場所だというのが納得できます。ヒロにホテルをとったのは、このあたりは日系人が多いというのに私が興味を覚えたからですが、貴子《たかこ》がもしあまり疲れなければ、二、三日場所を変えてこの島の夜景を探検したいと思っています。最初の予定としては、ヨーロッパから始めるつもりだったのですが（貴子はもちろんポルトガルに興味があります）、せっかく日本から出発するのならビッグ・アイランドで星を観たいと私が言い出したのです。ハワイを出たあとは北極回りでヨーロッパに行き、そのあと、北米には行ったことのない貴子のためにニューヨークに十日ほど滞在してから、最終的に南米に発とうと思っています。落ち着いたところで、妹が最低限の荷物を送ってくれることになっています。

　くり返し申し上げますが、日本に戻って一番よかったのは、あなたに巡り逢えたことでした。運が良かったとしか言いようもありません。日本はそんなに悪い国ではない——というより、地球に二百近くある国々のなかではかなりまともなほうの国だというのは、当然ながら、貴子自身、百も承知していますので、いつかは戻っていく気になるのではないかと思います。それまで山荘は管理会社に頼み、屋根の落葉を落としてもらったりして建物が朽ちないようにするつもりです。

台風の被害があったら例の佐々木に連絡が行くことにもなっています。でも庭の草刈りは年に一度という契約ですので、じきにあなたのお好きだった『蓬生《よもぎう》の宿』のように荒れてしまうでしょう。どうぞたまに訪ねてやってください。鍵をお預けしてあるのですから、なかにも遠慮なく入ってください。あなたが訪ねてくださると思うと、それだけでも、あんな風に手をかけた甲斐があると思うことができます。どうぞくれぐれもお元気で。そう遠くないうちにお目にかかれる日がくるのを祈っています。貴子の心の整理が少しついたところで、そのときメールします。住所もお送りします。ぜひ南半球から見える月を見にきてください。」

そのあとにペンで「篠田周一」と署名してあった。

長いため息が自然に出ていた。今しばらくは私からの連絡も欲しくないのだろう。眼を上げれば窓の向こうに西新宿の超高層ビルディングが林立しているのが見える。クライスラービルとエンパイアーステートビルの合いの子のようなのも見える。私はもう一度ため息をつくと、わずかに茶色がかった和紙の封筒のほうを手にとり、初めてソファに腰かけた。

和紙というのは、もろそうな感触を指先に伝えるが、実際はどう扱っても平気な強靭さをもっている。その不思議な感触を味わいながら封筒を鼻先にもっていった。これも伽羅の匂いなのだろう。かすかに指先が震えているのが自分でわかる。のりづけされていない封を開ければ、封筒とセットになっているらしい、やはり茶色がかった和紙の便箋が二枚綺麗に畳まれていた。最初の一枚に、筆で大きく、「あさきゆめみじ」とあり、左下に、貴子とある。なんと、それだけであった。下の一枚は白紙である。古風な日本人は、いまだ、便箋一枚だけの便りには白紙をもう一枚下に添えるが、あれは、巻物に手紙を書いていたころの名残りだろうか。彼女が笑いながら言う、「ニッポンごっこ」の一つであろう。

どうせ長い手紙ではないだろうと思っていたが、見事に短かった。彼女らしいと思った。夫婦からいつかこのような連絡があるだろうと怖れつつも、ひょっとすると次の夏もまた追分で逢えるかもしれないという微かな望みは、そのときまで、捨てていなかった。私はソファに坐ったまま両手を首の後ろで組み、超高層ビルディングの上に広がる青空を見つめた。せせこましい東京で息がつけるよう、さして広くなくとも遠くまで視界がきく部屋を探したのであった。私が生まれ育ったシカゴの冬空はいつもどんよりと曇っていたが、東京の冬空は冷徹なまでに青く澄んでいることが多かった。

英語にすべきか日本語にすべきか。しばらく迷ったあげく日本語で書き始めたメールの返事は長くなる一方だった。今は二人をそうっとしておくべきであった。彼らは私が何を言いたいか承知しているはずだと思い返し、不要な言葉を削っていくうちに、今度は極端に短くなってしまった。

「お手紙を受けとりました。私こそ、くり返しになりますが、お二人に逢えたことで、日本に居つづけて意味があったという気が初めてほんとうにしました。淋しくなりますが、しかたありません。次にご連絡があるのを待っています。どうぞ二人ともお元気でいて下さい。」

「Send」を押したがもちろん返事はなかった。

返事がないままに新しい年が明け、そのうちに、中国の武漢から発した疫病が、まず西ヨーロッパで野火のように広がった。日本に入ってきたのは一月で、三月に入ってから少しづつ感染者数が目立つようになり、県を越えての移動の自粛期間に入ったのが四月。それが緩んだのが五月末である。

そのときから東京を逃れられたのに、あの夫婦がいない追分に足を踏みいれるのがためらわれて、動く気がしなかった。すでに疫病はヨーロッパから北アメリカ、そして少し遅れて南アメリカへと恐ろしい勢いで広がっていたが、多くのアジア・アフリカ諸国と同様、日本は感染者の数が少なく、東京に残っていてもさほど不便でもなければ、恐怖を覚えることもなかった。日本政府の対応の遅れかたを考えると日本人は幸運であった。追分に発つのを決めたのは、いつもより遅くの、七月の末近くである。東京が耐えがたく暑くなってきたせいもあったが、それよりも、あの夫婦の山荘が空になってしまったのをやはりこの眼で確かめ、受けるべき衝撃を受けてしまいたかった。

大きなスーツケースを一つ送り出すと、マスクをした人がところどころに坐っているだけの、不気味に空いた新幹線に乗った。軽井沢駅に着けば、幸いきちんとタクシーが列を作って待っており、私は例年通りまずはツルヤに乗りつけた。日本では地方にしか見られない大型スーパーマーケットで、春から秋にかけては別荘客相手の高価な食品が豊富に揃い、輸入品のチーズもまるでチーズ専門店のように並ぶ。意外にも、広い駐車場には車が並び、スーパーの中には金のありそうな都会風の人たちがいつもの夏と変わらず溢れていた。それを見て、彼らは疫病を恐れて列車を避け、車で移動していたのに初めて気づいた。私は二週間分ほどの買物をし、最後に冷凍食品に手を伸ばす前に、これもまた例年通りに松葉タクシーに電話をした。電話番の人は、私だとわかると、もし運転手の荻原さんが来られるようだったら、指定の時間に彼を寄越してくれる。その日もそうであった。

荻原さんは口数の少ない表情の乏しい人である。日本人のなかでもことに表情が乏しいのだから、ほとんど表情がないに等しい。もっとも今年は白いマスクをしているので、八の字に垂れた細い眼が見えるだけで、表情が乏しいのさえわからない。二十年ほどのつきあいで、やはりマスクをした私の顔を認めると、キャップを少しもちあげて、やあ、と挨拶をし、それから車の外に出て食料品で膨れたいくつもの袋をショッピングカートからトランクに移すのを黙々と手伝ってくれた。彼が口を利いたのは、運転し始めてからである。

「今年はちょっと遅かったからね、アメリカにでも帰って、とんでもねえことになっちゃったかと思ってた。それにしても、なぜあんなひでえことになっちまったんだろう」

ニューヨークほど悲惨ではなかったが、私の家族がいまだに住んでいるシカゴでもだいぶ広まっていた。

「いやあ、もう当分帰れませんよ」

不遜な笑みを浮かべた大統領の顔を忌々しく思い浮かべながら応えた。

「そうだなあ、もう、とうぶん日本にいるしかねえなあ。このあたりはことに安全だしな」

荻原さんいわく、夏になってようやく東京から人が来るようになったが、山での遅い春の訪れを楽しもうといつもは混む四月末からのゴールデンウィークは、外出自粛期間中だったせいで、ほとんど誰も来なかったと言う。

「今でも地元の人間はね、東京から人が来んのを嫌がるんだよ。そのおかげでオレら運転手も嫌がられてる。ヨソからの人間を乗っけてるってんでね」

駅から乗ったタクシーもそうだったが、荻原さんの運転しているタクシーも運転席と客席とがビニール・シートで区切られていた。

荻原さんはバイパスから国道十八号線に出たところで訊いた。

「また、浅野屋に寄るかい？」

バックミラーで私の眼を捉えている。

「浅野屋」は「本格的なヨーロッパスタイル」のパンを売っているのが宣伝文句のパン屋で、東京でも色々な場所に出店していた。

「ええ、お願いします」

軽井沢の西のはずれにある追分と呼ばれるところに私の小屋はある。浅野屋を出てからさらに国道十八号線をまっすぐ行き、北に聳え立つ標高二五六八メートルの浅間山が右手に見えるようになったあとに、左へと曲がって南下する。国道も国道とは名ばかりの狭い道だが、一段と道が細くなり、左右両側が落葉松《からまつ》が目立つ雑木林となって、急にひんやりとする。しかも浅間山の裾を下っていくのでゆるやかな下り坂になっているが、それが土に砂利が混じった、ひどくでこぼこした車泣かせの道なのである。その日も最近豪雨があったのか、いつもよりもでこぼこしており、ふだんから慎重な荻原さんはさらに慎重に下へ下へと降りていった。下に降りてゆくにつれて山荘もまばらになり、やがて雑木林だけが続く。

　すると、あの夫婦の山荘が左手に見えてくるのであった。

「あそこの夫婦は消えちゃったね。知ってたかい？」

　荻原さんは親しくなる以前も丁寧語というのを使ったことがない。それに引き替え私は丁寧語以外の日本語で会話をするのが苦手なので、いつまでたっても丁寧語で話す。二人の会話は自分で聞いていても妙である。

「ええ。去年の暮れ、外国から郵便が届きました」

「すっと、なんだね、戻っちゃったのかね」

「ええ、まあ、そういうことのようです」

「やっぱし、ああいう人たちは、もう外国の方がいいのかねえ」

「さあ」

　平気な声で続けるのに困難を覚えた私は短く応えた。

　車が近づけば、いったいいつ草刈りが入ったのか、山荘の庭にはすでにうっそうと雑草が生え、自然が勢いを盛り返しているのが見える。

「また淋しくなっちまうね」

「ええ」

「どうしてっかねえ、こんな世の中になっちゃって」

「ええ」

若いころ相撲取りになるために十代で東京に行き、諦めて戻ってきたという荻原さんだが、大柄な身体からは想像できない繊細な心をしている。私が夫婦について話したがらないのを感じとったらしくそれ以上何も言わなかった。彼らの山荘のすぐ先にごく細い小川があり、「行き止まり。この先に谷あり、危険」という看板が立っている。その小川にかかった小さな橋を渡ったところに私の小屋があった。

「じゃ、また」

荻原さんはたくさんの袋を小屋に入れるのを手伝ってくれたあと、再びキャップに手を掛けた。食料品を急いで冷蔵庫に放りこんだ私はすぐに橋を引き返して彼らの山荘を見に行った。人が住んでいないと思うせいか、どこもかも雨戸が閉まった山荘にはすでに死の影が忍び寄り始めているような気がする。このあたりでは持主が十年ぐらい使っていない山荘は少なくなく、すると湿気のせいで、いつのまにかその山荘はうっすらと苔が生え始め、年ごとに死者のような様子を帯びていくのである。

月見台の端に腰かけてみれば、庭に植わっていた夏の花は雑草に負けずにまだ勢いよく咲いており、なかでもきすげの群は健気に首を伸ばすようにして昼を惜しんで咲き誇っている。太陽の光を集めて思い切り黄色く咲く花は、一日で萎れてしまう花でもある。英語では「daylily」。今の日本人は「きすげ」という昔ながらの名を捨て、どういうわけか、「ヘメロカリス」とむずかしい名で呼ぶ。

「『きすげ』のほうがきれいなのに……。『禅庭花《ぜんていか》』とも呼ぶんですって。禅の『禅』。お庭の

『庭』。そして『花』。漢字は面白いわね」

そう彼女は言った。

ヨーロッパ、ニューヨーク、南アメリカという夫婦の旅程は、結果的には、ウイルスに追いかけられるのか、ウイルスを追いかけているのかわからないような旅程であった。

無事だろうか。

彼女が人工呼吸器につながれた図が浮かんだが、私はそれをすぐに頭から追いやった。日本では一番感染者が多かったこの春でさえ、一日に三十人の死者を出すか出さないかで、同じ時期のアメリカの何十分の一でしかなかった。幻想かもしれないが、世界の感染状況を日々追っていた私には、西洋人以外は何らかの形ですでに免疫をもっているように見えた。

それから二ヶ月半、幾度も同じように月見台の端に坐り、夏草が茂る庭を眺めたり月を眺めたりした。

私の仕事は仕事と言っていいかどうかわからないが、オンラインでの作業が中心なので、作業していると疫病が流行っていることをつい忘れてしまった。あたりに人が少ないので、朝夕の散歩をするときも同じであった。雑木林を歩いていると、一日に一度ぐらいは犬をつれた人に会うことがあったが、その人がマスクをつけているのに気づくと、しまったと思う。それが何度か続いたあと、ようやくポケットにマスクを入れて小屋を出る習慣がついた。軽井沢がある長野県は人口も少なく、八月の末まで死亡者が一人も出ていなかったというのに、人々は神経を尖らせ、県内で感染者が発見されると、軽井沢の町役場の車がマイクを通してみなに発生場所を教えるために巡回した。その声を聞くと、この夏が世界中の人間にとって異様な夏――南半球の人にとっては異様な冬――であるのを改めて思い出した。私はふだんは自分のことを、人づきあいは悪くとも、心ない人間だとは思わない。疫病が流行り始めてからは何ヶ所か選んでそれなりの額の寄付もした。それでいて、この夏、世界で人々が苦しんでいるのはしばしば忘れていながら、この夏が、自分にとっていかに耐えがたい夏であるか、大人になってからは覚えがないほどいかに深い孤独と強制的に向き合わされた夏であるかは、一時も忘れることはできなかった。うわべはいつもとそう変わらない生活を送りながら、心のなかでは夫婦と出会ってからのこと――いや、あの山荘で増築が始まってからのことを、ふと気がつけば考えていた。胸に広がる喪失感は強くなることはあっても弱くなることはなかった。

東京にはいつもは九月の半ばになる前に戻る。

今年は九月の末になっても戻る気がしなかった。そのうちに十月に入るやいなや満月の晩がきた。ああ、また満月になったと、私は、小屋の電気を消すと、懐中電灯を頼りに裏庭にまわり、ズボンの裾を夜露に濡らしながら小川に至った。そして、細い流れにふたたび架け直した板の橋を用心して渡り――小川は浅かったが、流れは意外に速かった――向こうの庭の藪を掻き分け、月見台の階段を昇って腰をかけてから懐中電灯を消した。今年、追分に着くとじきに八月の満月の晩があり、そのとき、ふと思い立って、草むらの蔭で少し朽ち始めていた板を取り出し、わざと裏から忍ぶようにしてこの月見台に辿りついたのである。九月の満月の晩も同じように月見台に坐った。月の光に煌々と照らし出されたあの不動の白い姿を偲んでのことで、それ以来、満月の晩、裏から山荘に向かうのは欠かせない儀式のような気がしていたのかもしれない。十月ともなると夏は低かった月がだいぶ高く梢の上に昇っているのが見える。しかも秋なので夜空が澄み渡っている。

更けにけり山の端ちかく月さえて……。

時が止まり、人工的な光が一切届かない鬱蒼とした林の向こうに丸い月がさえざえと輝き、私一人ここに残されたという事実を容赦なく照らし出した。

中秋の名月か……。

当分追分に残ろうと心を決めたのはそのときであった。

思えば、私がどこにいようと誰も気にしない。おりもおり疫病が流行っているので、仕事を手伝ってくれている人たちも不思議に思わないだろう。必要があればズームなりなんなりで話せば済む。日本政府は、みなが移動するのをなるべく抑えようとしているので、東京のかかりつけの医者を訪ねずとも、近所の病院で切れかかっている鎮静剤や睡眠薬を出してもらえるはずである。私のことを常に気にかけてくれている台湾人のピアノの先生、黄先生は歳だと言ってオンライン・レッスンを拒否しているが――去年八十歳になったので無理はない――発表会用の小さな会場が封鎖されているので例年の春と年末の発表会もない。一人で練習し、たまに電話をしてご機嫌を伺えばいいだろう。

このままこうしてここに残って、このどうしようもない喪失感を抱えながら、自分の孤独に向かい合っていたかった。追分はこれから深い秋に入っていき、強い風が吹くたびに黄金色や深紅に染まった葉が天から降るように舞い落ちてくるだろう。そのうちに初雪がちらほら窓の外で躍るのも見えるにちがいない。冬の寒さの厳しさで知られた地方である。冬のために必要なものを明日買いにいこう。

四輪駆動の車を数ヶ月借りたほうがよいかもしれない。

小屋に戻った私は久しぶりに高揚していた。一度は追分で冬を越してみようと思いながら、なんとなく面倒で実行したことがなかったのであった。机の上のランプをつけ、左手で鉛筆をとると――私は左利きである――棚に載っているイエローパッドに手を伸ばした。ほぼ三十年前、日本にしばらく住もうと思ったときに船便の荷物と共に山のように送ったのがいまだに残っていた。買物リストを作るときに使うくせがついていたので、明日、買うべきものを書き並べ始めた。

snowboots, oil heater, snow shovel . . .

おおよそ必要なものを書き出したあと、深い考えもなく一枚めくって新しい紙を眼にするうちに、ふと、下手な私の漢字で「貴子」と彼女の名を書いてみた。「篠田周一」という夫の名もその横に書いた。二人の名を何度か書いているうちに、いつのまにか「京都大学」「南十字星」「北條夫人」「ぶゐのすあいれす丸」「バストス」などという単語を並べていた。するといくらでも記憶に焼きついた言葉が出てくる。そのうちに、この先、自分の孤独に向き合いつつ、彼らについて――といっても主に彼女についてだが――やはり何らかの形で手記のようなものを遺したいという思いが自然に湧き上がってきた。記録魔なのでメモは残っており、仕事の傍ら、彼らの話を少しづつまとめて日を過ごせば、このどうしようもない喪失感をある程度は紛らわせることができるのではないか。こんな時代だというのに、この世離れしたあの二人を前にすると、動画はもちろん写真を撮りたいと言い出すのさえなんとなく憚られた。やりとりしたメールやメッセージ、さらに暮れ近くに東京で受け取った手紙も残っているといえば残っているが、こうして、あの空になった山荘の隣りに戻ってみれば、あの山荘以外、彼らが実際に存在していたという証しはどこにもないような気がしてくる。

鉛筆で描かれた日本の文字を見るうちに、さらに湧き上がってきたのは、それを何とか日本語で書き遺したいという思いである。

やまとうたは人の心を種として、万《よろづ》の言の葉とぞなれりける……生きとし生けるもの、いづれか歌をよまざりける

――この文章に初めて触れたとき、危ういほど小さい花を草むらに見いだしたようなおののきがあった。あれは二十歳ぐらいだっただろうか。それから何十年も、漢字だらけの文章ともカタカナだらけの文章とも朝夕つき合ってきた。今や日本語で小説まで書く外国人は西洋人にも何人もおり、日本人が日本語の独占権をもっているわけではないのを証明している。常日頃、彼らの勇気が羨ましかった。嫉妬していたかもしれない。書き言葉の日本語の面白さはえもいわれぬもの

で、実際、私自身も日本語で日記をつけたり、稚拙な歌を詠んだり、短い随筆ぐらいならいくつか発表したりもしていた。それなのに、まとまった文章は何一つ遺していない……このままでは自分に対してだけでなく――僭越に響かないのを祈るが――日本語に対してもひどくもったいないような気がしてきた。日本人が英語、英語と、英語ばかりに熱を入れているのに対しての反発もあった。

かくして私はこの思い出の手記を日本語で記すことにした。

増築工事

あの山荘で増築工事が始まったのを知ったのは四年前のゴールデンウィークであった。私のように時間を自由に使える人間はいつ軽井沢にきてもいいのに、混雑するこの時期にまずは一度訪れる習慣がついていたのは、みなと同様、山の春を楽しむためで、ちょうどそのころ冬から春へと季節がうつろうさまが息を呑むほどあざやかに感じられるのである。着いたときはほとんど裸だった木々が刻一刻と芽吹き、黒い大地からは小さなすみれやヒヤシンスが顔をのぞかせ、やがてあたり一面緑に覆われる。生命が一斉に目覚め、あたかもストラヴィンスキーの「春の祭典」のドッドッドッドッドという弦の合奏が聴こえるような気がする。東京はもちろん、私がよく知っているシカゴの郊外でもこんなに強烈に春の目覚めを肌で感じたことはなかった。

その日も東京から軽井沢駅に着き、ツルヤから荻原さんの運転で追分の自分の小屋に向かいながら、春の予兆を全身で感じていた。国道十八号線沿いの遅咲きの山桜はすでに地味な花を咲かせていた。浅間の山頂に残る雪も刻一刻と消えていっているように見える。国道から外れ、山荘もまばらになったあと、いつもと変わらぬ雑木林の緩い坂道を下へ下へと南下して行ったときである。左手の先のほうに、白いものがちらほら見える。アメリカではありえないほど小さい白い軽トラックが三台ほど駐車してあったのである。これまたアメリカではありえないおもちゃのような重機も視界に入ってくる。そばに行くと職人たちが動く姿もあった。

荻原さんが仰天した声を出した。

「ありゃ！　工事が始まったね。修復工事だね」

国道のそばならともかく、この道のこんな先のほうをふだん彼は通ることはないので、それまで知らなかったらしい。荻原さんは山荘の横をゆっくりと通りながら続けた。

「いやっ。増築工事もしてらぁ」

ほとんど車を止めて窓の外を見ている。建築現場には付きものの仮設トイレも眼に入った。

「それにしても、大がかりな工事だな。誰か買い手がついたのかなあ」

あまりの衝撃で言葉を失っていた私はかろうじて応えた。

「どうでしょう」

そのあと首を後ろにねじって工事現場を見て続けた。

「遺産問題がようやく片づいたのかもしれません」

大規模な増築工事をするほど金に余裕がある買い手なら、古い山荘をとり壊して、新築の家を建てようとするのではないだろうか。北側の屋根から四角い物干し場が突き出ている以外は何の特徴もないこんな古い山荘を残すからには、持主がそれに愛着を覚えているのにちがいなかった。

「ああ、そうかもしれねえなあ。ここは庭がずいぶんと広いしな」

言葉は乱暴なのに心は礼儀正しい荻原さんは人の意見に無意味に反論したりはしない。

コンクリートの基礎を囲んで鉄の足場が組まれ、なかにはすでに木の柱が建ち始めていた。南に広がる庭に生えていた大木が何本も無残に肌色の切り口を見せて地面に転がっている。いと、あさまし、と清女——清少納言なら言うだろう。いつから始まった工事なのだかわからないが、もちろん夏には終わりそうもなかった。

「しかしでっけえ増築だなあ」

「大きいですね」

納屋のようなものを増築する家はよくあったが、ここまで大々的に建物を広げる山荘は珍しかった。

「子どもがたくさんいんのかもしれねえ」

自分にとってはありがたくなかったが、日本人が子どもを作らなくなって困っていることを考え、私は黙っていた。

「この淋しい道も、これでようやく、少しゃ賑やかになるかもしれねえな」

荻原さんは怖がりで、最初、昼に私の小屋に向かっていたとき、いやーっ、夜なんか怖くないかね？　と真剣に訊いた。実際に夜に通ることになったときは、ハイビームに気味悪く人工的に照らされる緑のなかをおそるおそる進みながら、いやーっ、こりゃ、お化けでも出そうだね、ほんとに怖かないのかね、とさらに真剣な声を出した。私はそのとき失礼がないよう、怖くはないです、と真面目に応えたが、ピストルやライフルやＡＲ15を抱えた人間がうろうろしているわけではないこの国で、いったい何を怖がるべきなのだろう、と苦笑せざるをえなかった。それから、その笑いがバックミラーに映らなかったのを祈った。

車が通り過ぎるにつれ首をさらにねじって後ろの窓から建築現場を今一度眺めた私は、この先のことを考えて憂鬱になった。

一分後には、私の小屋に着いていた。荻原さんは食料品を小屋のなかに運びこむのを手伝ってくれたあと、「そいじゃまた」とキャップを片手で軽くもちあげると消えていった。私も片手を上げた。

いつもは食料品をすぐに片づけるのだが、その日はまずは壁にかかった双眼鏡を手にとると——舞台鑑賞用なので七倍の倍率しかない——裏に回って藪を掻き分け、小川に架けた板の橋のこちら側から向こうで人や機械が動く様子を覗いた。工事の規模の大きさに忌々しさがこみあげてくるだけだった。

「だから日本はいやなんだ……」

論理を欠いた結論だが、こういうときに自動的に出てくる結論である。

小屋に戻って食料品を冷蔵庫にしまったあと、私はベッドに仰向けになって天井を見ながら、これから起こるであろういくつかのシナリオを頭に描いていった。好ましいと思えるシナリオは一つも描けなかった。

「ああ、ああ。だから日本はいやなんだ……」

私はそうくり返し、ここ数年間このあたりでいよいよ盛んになった開発のことを呪いながら振り返った。

お伽噺の王子さま

この地に自分の小屋を買うのを決めたのは、裏で増築が始まった春から十五年前のことであった。東京の地獄のような湿気を帯びた暑さを逃れるため、それ以前は夏になるとヨーロッパのまだ見知らぬ地を訪ねたり、アメリカに戻り、今や家族があまり使わなくなったミシガン湖沿いのソーガタックにある別荘に滞在したりしていたが、毎年くり返すうちにそれが面倒になっていた。仕事が中断されるのも時間がもったいなかった。だが、この先は日本で夏も過ごそうと考え始めたとたん、迷うことなく、陳腐なほど有名な軽井沢を避暑地として選んだのは——と言っても追分は軽井沢の外れだが——兄のキリアンの子どものころの姿が残っている一本の8ミリの粗いカラーフィルムのせいにちがいなかった。
開けた山の中腹らしいところで、昼の眩しい光を受けたキリアンは、同い年ぐらいの西洋人の少年たちとふざけていた。黒い髪をした日本人だと思われる少年も二、三人混じっていた。キリアンが気づいていないときに父が軽井沢で撮ったフィルムであった。

十二歳の初夏、キリアンが日本という、当時、とんでもなく遠かった国に行ったのは、私のおかげであった。あるとき、日本のある重工業企業から両親あてに手紙が届いた。日本に二人を二週間招待したいという。シーアン・マシーンという名の父の会社は金属機械を作る機械そのものを作る会社で、日本にも輸出していたが、父の世代の人間はアメリカの圧倒的な富に支えられ、精神的に余裕があったのかもしれない。父は徴兵されたが前線に出ないまま大戦の終わりを迎え、凄まじい戦争を引き延ばしたあげくに二つも原爆を落とされ、必死で復興しつつある日本を助けるのはアメリカ人として人道的な務めだと思っていたようである。勉強熱心な日本人のために技術者を送りこんだりして丁寧な対応をしており、それを感謝されての招待であった。今になって思えば、招待側としては、前の年に東京オリンピックが開かれ、それを機会に新幹線も開通し、近代国家としての体《てい》をより整えた日本を見せたかったというのもあったのだろう。それまでは旅行といってもほとんど仕事のためだった父も、そろそろ二週間ぐらいなら休暇をとってもよいと思ったのかもしれない。遠い日本という国からの招待だったのも魅力的だったにちがいない。彼は招待を受けた。

キリアンの下に子どもがまだ四人もいたので、当時家には「スタッフ」と呼ばれる使用人が二、三人いたにもかかわらず、近所に住んでいた祖父母が念の為泊まりにくることになった。生まれて半年もたっていなかった私は、あの時代のアメリカの赤ん坊の常として調合乳で育っていたし、十代でアイルランドからやってきて以来ずっと家で働いていたフラネリーという女中が乳母役を引き受けていた。両親は安心して極東の国に向かって発てるはずであった。それが、出発寸前になってのことである。私にひどい咳が出始めて止まらなくなった。ワクチンは打ってはあったものの百日咳の疑いが残り、いくらなんでもこんなときに他の人たちに任せるわけにはいかないということで、母が残り、子どものなかで一番年長のキリアンが父に同行することになったのである。

あとになって母は、自分の声が届くところにキリアンがいると、私によく言った。「お前のおかげであたしは損したわ。お前があんなことになんなかったら、『蝶々夫人』の国に行けたのに」。するとキリアンがその度に、「母さん、僕は一生の思い出ができたんだから、母さんにもケヴィンにも感謝してるんだ」と応える。母はキリアンにそう言われるのが嬉しくてわざと私に文句を言うのだが、私は大人になるにつれ、遠いだけでなく、異人種の貧しい人たちが町に溢れ、清潔かどうかも、ろくな病院があるかどうかもわからない日本に、ほんとうに母が行きたかったかどうかに疑問をもつようになった。母は活動的な人間ではなく、頭痛がするというのを理由に自分の部屋に引きこもり、煙草を吸いながらベッドのなかで本や雑誌を読んでいるのを一番好んだのである。母の代わりにキリアンが行くことになり、道中母のことばかりに気を遣うのから解放されて父もほっとしたかもしれない。

日本は父にとっても珍しかったらしい。それ以前はほとんどとり出すこともなかったボルシー8で、旅行中、8ミリのカラー映像をたくさん撮った。案内されるに従い、奈良、京都、鎌倉などの古都では大仏や寺や日本庭園、そして東京では皇居の堀にかかる橋や銀座の夜景などが収められていたが、途中で軽井沢に一泊か二泊したらしい。

知人から紹介された西洋人――イギリス人だったかもしれない――の家族らと時間を過ごしたということで、丁重すぎて煩わしかったであろう日本人の案内から自由になった父のくつろいだ気分が、その二日間の映像に表れていた。それまではいかにも旅行者が撮るような映像を撮っていたのが、好き勝手に眼の前にある光景を撮るようになった。軽井沢銀座と呼ばれる繁華街の当時の様子も映っていた。揺れる映像に日本語と英語の混じった店の看板が見え、今よりも十センチは確実に背が低かった日本の男女が小股で歩く姿があった。日傘を差した着物姿の若い女が、疲れたのか、道ばたにたたずんで、ぼんやりとしていた。その隣りに、麦わら帽に白いシャツをはだけた色の黒い男がカメラを見つめて坐っていた。もうとっくに戦後の奇跡的経済成長は始まっていたはずなのに、白目が光った、飢えた眼をしていた。西洋人らしい夫婦の影もあった。そのなかで敏捷に動き回るキリアンの姿はお伽噺の王子さまが紛れこんだように際だって美しかった。

とりわけ印象に残ったのが、例の同い年ぐらいの少年たちと一緒に映っている山の中腹での映像であった。父が撮っているのを知らなかったのがわかるのは、ほかの映像とはまったくちがう表情をしていたからである。あんなに幸せそうにしているキリアンは家では見たことがなかった。言葉も通じない異人種の大人に囲まれて神妙にしていたあと、西洋人の少年たちと一緒になって嬉しかったのもあっただろう。でも、それだけではなかったように思う。家族を離れ、シカゴも離れ、アメリカも離れた解放感——ふだん自分をとり巻く環境から離れた解放感が子鹿のような細い身体中に溢れていた。

それでいて、ほかの子を追いかけずに、ふと一人になったときのあの表情。それを父のカメラが一瞬捉えていた。捉えるつもりもなく捉えてしまったのだろう。笑いは消え、十二歳の少年だとは思えない大人びた表情、どこか憂鬱な表情で、ぼんやりと遠くを見ていた。二人が戻ってから一緒にフィルムを観たほかの家族がどう反応したのか、幼すぎた私にはわからなかったが、キリアンが死んでから一人で観るうちに、その顔が多くのことを語っているような気がしてきた。シーアン・マシーンの跡取りとして日本にいるあいだ紹介され続けただろうと思うと、なおさらであった。

あのころから彼は遠くに消えてしまいたかったのだろうか。

「父さん、僕は向いていないんだ」

「向いてるか向いてないかなんて、やってみなきゃわからないじゃないか」

あれから何年かするうちに青年となったキリアンと父とが言い争う日が続くようになり、子どもだった私は無条件に父が悪いと思っていた。

あの8ミリのフィルムを撮ったのが、標高千メートルほどのところにある、軽井沢という場所だというのを知ったのがいつだったかは記憶がない。東京から今や新幹線で一時間ちょっとで行けるその場所が、十九世紀の末、一人のカナダ人の宣教師がそこで日本の夏の暑さを逃れようとしたのを皮切りに、まずは西洋人の避暑地となったこと、それを追うようにして西洋化された日本人も集まり始めたこと、やがて日本随一の避暑地として夏には観光客が大勢押し寄せるようになったこと――そういう細かいことを知ったのは、日本に移り住んでからであった。軽井沢を実際に訪れてみれば、フィルムに映っていた光景と眼の前に広がる光景とが重なることはなかったし、軽井沢銀座からは西洋人の姿が消え、並んでいた店もほとんど変わってしまっていた。そもそも新幹線が通ってからは駅の隣りに立派なアウトレット・ストアが何十も軒を並べ、観光地を兼ねるショッピングの町となってしまってもいた。それでも、あのフィルムに偶然刻まれたキリアンの大人びた憂鬱な表情に促されるようにして、私はたまに軽井沢を訪れた。日本で夏を過ごそうと考えたときに、まずは軽井沢の地が頭に浮かんだのも当然であった。

ある年のゴールデンウィーク、軽井沢駅に着き、駅前の不動産屋の窓に貼られた広告から見始めると、これが山荘かと思われるほど小さな小屋の広告があった。たった千六百万円――十五万ドル以下の物件で、軽井沢町の西の外れの追分と呼ばれるところにある。日本に骨を埋めようと決めていたわけではないので、東京でもアパートを借りていただけだったが、こんな程度の物件なら不動産を所有しているという精神的負担を感ぜずに済む。私は特定の人間と深い関係におちいるのも好まなかったし、物を所有するのも好まなかった。しかも十五万ドル以下ならアメリカに置いてある資産にもほとんど食いこまない。そのまま不動産屋に入れば、この小屋つきの物件はわざわざ窓に貼り出すほどのものでもないが、たまたま売りに出たばかりだしゴールデンウィークにはたくさん物件が動くので貼っておいたのだという。その日のうちに現地に案内してもらい、その場で買うのを決めた。

安く売りに出されていたのには二つ理由があったが、その理由こそ私にとって願ったり叶ったりのものであった。

一つは、その小屋の不便な立地にあった。水道と電気と電話線は引かれていたが、最後は行き止まりになる道の一番先にあり、しかも小屋に行き着くためには、車がようやく一台通れるだけの細いコンクリートの橋を渡らねばならない。おまけに狭い庭には落葉松が何本か聳えてはいるが、実はそのすぐ先の土地が急に陥没していて、危険である。今も残してある例の木の看板が風雨で汚れたまま小川の手前に立っていた。

「行き止まり。この先に谷あり、危険」

不動産屋に案内された私はその看板を見ただけでまずは心が動いた。ほとんどの人はここで引き返すであろう。事実橋の手前も橋を渡ったところも広くなっており、車がUターンして引き返せるようになっていた。

安く売りに出されていた理由の二つ目は、小屋自体にあった。あまりに小さく、簡素だったのである。手洗いと風呂場をのぞけば、台所がついた一部屋しかなかった。五メートルかける七メートルぐらいの長方形だが、造りつけの家具もなく、窓があるだけの殺風景な部屋である。しかも、建築家がこれみよがしにミニマリズムを狙って建てた小屋にも、環境保護者がその主義主張のために建てた小屋――私はそれには何の文句もないが――にも見えない。どう見ても平凡な小屋で、ベッドと机を隅に置けば、ウォールデン池畔の森にあるソローの小屋に似ていなくもない。東京でも簡素な生活を送っているが、ここではもっと簡素な生活を送りたいと考えていた私にはうってつけであった。

不動産屋と一緒に事務所に戻って書類を整え、ホテルにチェックインしたところで私の財産を管理しているシカゴの弁護士にメールで連絡し、翌日、決めた時間に売り手の銀行口座に金を振りこんでもらった。外国人が日本で不動産を取得するのには煩雑な手続きを踏むこともあるが、永住権をもち、そのうえ即金で払えた私の場合は簡単だった。まだいくつかの書類の遣り取りは完了していなかったが、金が振りこまれたのが確認されたところで私はミニバンを借りると不動産屋に寄って鍵をもらい、そのまま小屋に向かった。

山の天気は変わりやすく雨が降り始めていた。

その雨のなか、国道を左に曲がり、高い木々に覆われた暗い下り坂を降りていく。するとじきに左右にあった山荘の姿が消え、あたりは雑木林だけになる。落葉松のほかには水楢が多い。そこまではまったく文句なく気に入っていたが、さらに下へと降りていくと、小川に行き着く少し手前に、忘れられたような山荘が一軒ある。私は昨日不動産屋に案内されたときからその山荘が気になっていた。

敷地は広く、充分に距離はあるが、私の小屋の唯一の隣家である。ゆっくりと通り過ぎれば雨戸が閉まっているだけでなく、建物も黒ずみ、庭も荒れ、追分によくある、何年も使われていない山荘だと見えた。北側の屋根に四角い物干し場のようなものが突き出ているのが特徴的といえば特徴的だが、従来の日本の木造の平屋の家である。

私はいったん小屋に入ってもう一度小屋を眺め回してから今来た道を引き返し、隣りの並行する道を使って南に降り、佐久という町で色々必要な買物をした。それをミニバンに載せて黄昏のなかを再び小屋に戻ってきたときも、予想通り、忘れられたような裏の山荘には車も停まっていない。ゴールデンウィークにさえ来ていないということは、やはり使われていないらしい。雨が小降りになり、やがて月が淡く出てきたころ、私は刻々と迫る夕闇に隠れるようにして、他人《ひと》の敷地へと入った。雨に濡れた雑草が膝のあたりまで一面に生えている。雑草を踏み倒しながら庭に面したデッキに近づくと、何か時を超えたような、異界に足を踏み入れたような、奇妙な感覚に捉えられた。

デッキの板が数枚無残に折れている。それがなまなましく眼に入ったのであった。同時に一つの絵が浮かんだ。『源氏物語絵巻』の「蓬生《よもぎう》」と名づけられた絵であった。

夕闇のなかで私はほかの人には理解しがたいであろう感銘を受けていた。日本人にはたぶん滑稽に映るであろう感銘なのは承知である。彼らが苦笑いする顔が浮かぶ。やっぱりヘンなガイジンだ、と。滑稽であるよりも陳腐だったかもしれないと私自身が苦笑せざるをえなかったのは、現存する『源氏物語絵巻』のなかで「蓬生」の絵はもっとも傷みが激しく、それゆえにもっとも幽玄な感じがして好む人が少なくないからである。蓬《よもぎ》を描くのに使われた緑の顔料は剝げ、暗く沈んだ土壁色が漠々と広がっている。本物が特別公開されたときに眼をこらして見たが、庭にうっそうと生えているのが蓬なのがかろうじてわかるぐらいである。夜露に源氏の裾が濡れないよう露を払いながら進む侍者の姿も、そのあとに続く源氏の姿も、顔の輪郭以外はよく見えない。目立つのは絵の左上に見える、源氏がさしている白い大きな傘。そして、なぜかそれ以上に、右上に大胆に斜めに描かれた縁側である。源氏を待ちわびる、宮家の血を引くが落ちぶれた末摘花が住む屋敷の縁側で、朽ちた板が腐って痛々しく折れているのが丁寧に描かれ、そこだけ不思議なリアリティがある。心にさまざまな思惑を秘めながらも、外見はひたすら優雅に暮らす貴族たちの姿がほとんどの絵巻のなかで、「蓬生」は、夜の暗さ、雨の冷たさ、時の破壊的な作用などが感じられる。

日ごろ降りつる名残の雨　いますこしそそきて　をかしきほどに　月さし出でたり

月は絵には描かれていないが、帰りしなに上を見上げれば、本物の空に透明な輝きを増していた。

以来私は裏の山荘を「蓬生の宿」と呼ぶことにした。翌日昼間にもう一度見にいけば、私の庭と同様、繁殖力の強い蓬が実際あちこちに生えていた。

その夏から私は追分の小屋を使い始めた。

ソローの小屋に似た私の住まいは鴨長明の庵に見立てて「方丈庵」と呼んだ。ほどせばしといへども、夜臥す床あり、ひる居る座あり、一身をやどすに不足なし、である。

最初のころはベッドに仰向けになって天井を見つめながら、幾度となくこの「方丈庵」を建てた人物のことを思った。車一台がようやく通るコンクリートの橋の先に広がるわずかな土地、しかも谷に面した危険な土地に、こんな小屋を建て、わざわざ水道と電気と電話線を引いた人物。男の確率が高いと思う。家庭をもたなかった男。将来もつ気もなかった男。人とのつき合いが苦手で、私と同じようにこんな風に一人で寝転んでいるのが好きな男、そして何よりも朝夕散歩するのが好きな男を想像した。だが、世をのがれて山林にまじはるは、心ををさめて道を行はむとなり――と、隠遁生活をした鴨長明も、しかるを、汝、姿は聖人《ひじり》にて、心はにごりにしめり、と結論している。その男も結局は心の平和は得られなかったのかもしれない。しばらく前から空になっていたというから、病気にでもなったのか。死んでしまったのか。彼と同じような嗜好をもった人間が買い、この小屋の真価を十二分に認めて使っているのを知ったら喜んでくれるのではないか……。

国道を離れたあとに建ち並ぶ山荘は途中で消える。それが消えたあたりから小屋に至るまで続く狭い道は、俳聖、松尾芭蕉にちなんで「ほそ道」と名づけた。上のほうに山荘をもった人たちは、もし南に降りたければ、「ほそ道」を途中で横切る道を西へと曲がったあと、「ほそ道」と並行した道を使って南へと降りていく。そうすると開けつつある佐久に通じる。私もごくたまに佐久に行くときは同じ道順で行く。「ほそ道」は――散歩する人や迷って入ってくる車をのぞけば――私一人の道であった。最初の数年は「ほそ道」に新しい山荘が建たないか、「蓬生の宿」を人が使い始めない限り、「蓬生の宿」を人が使い始めないかと、追分にやってくるたびに不安だったが、毎年毎年同じ光景が私を待っているのを見るうちに、その不安も薄れてきた。

当時、この近所を散歩するのがいかに私に喜びを与えてくれたことか。高木が聳え立つなか、松葉が絨毯のように敷きつめられた道を行けば、道ばたには季節の野花が気ままに咲き乱れている。鹿や猪を見たこともあった。雉の夫婦と子どももいた。雑木林のなかを一人無心に歩むうちに、自分がいつの時代を生きているのか、どこにいるのかもわからなくなり、笠を被り杖をついた昔の日本の旅人のようなつもりになることもできた。春に天高く啼くうぐいすの音。秋にそこかしこに落ちている栗の実。あらたふと青葉若葉の日の光。終宵《よもすがら》秋風聞やうらの山。行々てたふれ伏すとも萩の原……今の日本の気配から遠ざかれば遠ざかるほど、私が教科書を通してなじんでいた日本が身近く感じられた。

「蓬生の宿」にも散歩ついでに勝手に入って庭を歩き回ったり、穴のあいたデッキに坐ってみたりした。このあたりのふつうの山荘はアメリカの郊外住宅ていどの庭しかないが、「蓬生の宿」は少なくともその三、四倍はあった。そんな広い敷地がありながら、私の小屋からもっとも離れた北の角、しかも「ほそ道」のすぐそばに建物が建っていたのは、そのほうが車を出し入れしやすいのもあっただろうが、同時に、敷地の南を斜めに流れる小川からなるべく距離をとろうというのもあったのにちがいない。小川の音はかなりやかましいし、それに小川に近づくにつれ土地が低くなっていて足許が危なかった。水が近いせいで蚊も多かった。ある日、その小川に自分の裏庭から板の橋を架けるのを思いついた。「ほそ道」を通らずに小屋の裏に回り、藪を掻き分け足許の危ない板の橋を渡って「蓬生の宿」の庭に至るのは風情があるように思えたのである。だが、「蓬生の宿」を訪れたのも最初のころだけで、じきに、朝夕の散歩のときにちらと眺めるだけになっていった。「蓬生の宿」があのような姿で忘れられているのを、心からありがたく思うようになったのは、何年か時が経ってからのことであった。

それは佐久という町が急に開けてきたのと関係があった。思えば、私が追分に小屋を買った少し前に、東京からの高速道路と新幹線が続いて開通し、畑しかなかった盆地が急速に変貌しつつあったのである。その変貌ぶりがさらに勢いを増すであろうことは予測できたのに、当時の私はどういうわけか何も考えていなかった。やがて、当然のことのように、全国チェーンのショッピング・モール、家電量販店、一〇〇円ショップ、安売り専門の衣服店、中古車販売店、ファーストフード店、映画館、果てはパチンコ店などが次々と出現していった。それにつれ、軽井沢からも人が佐久に車で行くようになり、すると、今までは砂利道ていどだったあちこちの道が舗装されるようになった。それでもそのような変化がまさか、大がかりな不動産開発につながるとは思わなかった。

ある年のことである。着いた翌日散歩に出れば、「ほそ道」と並行して浅間山の裾を下る道の先のほうが立派に舗装され、あたり一面の藪が刈られ、数本の立派な木をのぞくほとんどの高木が切り倒されていた。しかも、土地がほぼ同じ大きさに区切られていた。打ちのめされた私が次の年に戻ってくれば、当然のことながら、同じような大きさの駐車場つき山荘が建ち並び、立派な車寄せがあり、もう人が使っていた。

熱心に庭仕事をしている人もいた。

「こんにちは」

高級別荘地なので、住人は外国人が現れた一瞬の驚きを隠すと、散歩する私に礼儀正しく挨拶をする。念願の別荘を手に入れられたせいか、だいたいが嬉しそうに笑っている。私も表情をこわばらせないようにして、挨拶を返すが、腹のなかには憂鬱と鬱憤とが広がっていた。

そのうちにその不動産開発に触発されたらしく、今まで半分眠っていたこのあたりの土地の売買が急に激しくなり、あれよあれよというまに山荘が増えていった。

この変化がどんなに年々私を不快にしていったことだろうか。もちろん、山荘が増えるにつれ、人が生活している気配が濃くなる。清女いわく、すさまじきもの、昼吠ゆる犬。実際散歩していて一ヶ所で犬が吠えれば、別の箇所でも競争するようにほかの犬がやかましく吠える。もちろんやかましいのは犬だけではない。黄昏が迫りつつあるなかを歩けば、デッキでパーティでもしているらしく、高笑いも聞えてくる。酒が回った男の笑い声はことに耳障りに大きい。しかも、彼らが去ったからといって私の不快は納まらない。日本の別荘地の良さは、忙しい日本人が短期間しか滞在しないことにあると思っているが、彼らが去ったからといって、舗装された道が砂利道に戻るわけでも、消えた林が戻るわけでもないし、そして、これが一番忌まわしいのだが、建ってしまった山荘が消えるわけでもないからである。

このあたりに昔に建った山荘は、日本がまだ貧乏だったおかげで小ぶりだし、意識された日本建築というわけではないが、昔の日本とどこかでつながっている。多くの地元の人が従来の日本の住まいと連続した家にまだ住んでいるのと同じである。今建つ山荘はちがう。

ほとんどの山荘が漠然と洋風なのはもうこの時代いたしかたないとしても、気に障るのは、西洋建築を丸ごと真似して移したような建物である。そうたくさんあるわけではないが、大きいので目立つのである。最近流行っているのは、スパニッシュ・コロニアル風の、半円型の赤みを帯びたスペイン瓦を屋根に載せた家である。ロマネスク様式のアーチとセットになると、霧雨の煙る日本の山のなかに、地中海の海沿いにある陽気なヴィラが突然現れたような気がする。贅沢な太い丸太を組んだログキャビンもある。すると北欧やらカナダやらの雑木林に一瞬迷いこんでしまった印象がある。ハーフティンバーの山荘もある。三角の屋根が並び、焦茶色の柱と梁、それに白い漆喰壁のコントラストが栄え、建物自体は美しいと言えなくもないが、ドイツやイギリスの田舎町がそこだけに出現する。半時間も歩いていると、どこか嘘っぽいとはいえど、西洋のあちこちに行ったようなものである。最悪なのは、そんな規模はむろんないが、アメリカでマックマンションと呼ばれる住宅と同種類の、ヨーロッパの貴族の館を念頭においたらしい、形式の統一も、職人技を生かした細部も、最低限の美意識も何もない醜悪な「豪邸」である。支柱に支えられた大げさな玄関が必ずあり、窓からはほとんど例外なくシャンデリアが見える。信じがたいことに、いったい何を考えているのか、外壁を鮮やかなピンクに塗り、金具という金具をすべて金色で揃えたおぞましい豪邸も、ここから二十分ほど自転車で行ったところに建った。

私は車はなるべく持たないことにしていたので——キリアンが交通事故で死んだせいだと思う——近所を探検するときには電動自転車を使う。

「あれを見たか？」

近くのドイツ村で手作りの掘っ立て小屋に永遠に手を入れ続けているヨルゲン爺さんも、そのピンクに塗られた山荘が建ったときには呆れ果てた声を出した。

「ああ……」

私はため息をつくしかなかった。

ヨルゲン爺さんはふだんは無口なのに、日本とアメリカの悪口を言うときだけひどく嬉しそうに饒舌になる。髭がのび、痩せこけ、中世の修道僧のような顔をしているが、その顔の奥にある色あせた青い二つの瞳もひどく嬉しそうに輝く。

「アメリカ人はともかく、ドイツ人だったらどんな田舎っぺだって、金ができたからっていうだけで、あんな妙なもんは建てないよ」

そう言うと、いつもの説が続いた。

「別荘地なのに、もっと厳しい建築規制をかけられないなんて、この国は真の文明国とは言えないね。アメリカが与えた憲法のせいもあるが、それを何十年間後生大事に守って一度も修正してないんだから、おめでたい人たちだ」

ドイツ憲法には「所有権は義務を伴う」といった類いの文言があるので、個人の所有物といえども、個人の義務として、景観という公共財産のために規制を受けるのを当然としている。ところがGHQがいかにもアメリカ人らしく個人の自由ばかりに重点を置いたせいで、彼らが作った日本の憲法にはそういった文言がない。それで景観も規制しにくいのだという。ヨルゲン爺さんが一人でそんなことを調べたとは思えないので、誰かの受け売りだろうと思いながら私はいつも聞いていた。

「たしかに真の文明国とは言えない」

私はふだんは表立って日本の悪口を言うのを控えていたが、そのときは打ちのめされていたので、賛成した。

当然ながら不動産開発が進むにつれ、私は追い詰められた獣のようにあちこちとまだ自然が残っている道を探すようにならざるをえなくなった。次の夏に戻ってくると、それまでは同じだった風景がここかしこで消えていた。じきにあまりに散歩するところが減ってしまったので、国道を越して、山に登ったりするようにもなっていた。

ところが、「ほそ道」だけは、奇跡的にここ十五年、時が止まったように変わらなかったのである。行き止まりだったせいもあるだろうが、それ以前に、このあたり一帯の土地をもつ地主がすでに大変な金持で、土地の価格がよほど跳ね上がらない限り売る気がないらしいと荻原さんから聞いていた。その情報を心の拠り所にしていたのに、なんとよりによって「蓬生の宿」で大規模な増築工事が始まるとは……。

仰向けになったまま眼を閉じるとさきほどタクシーの窓から見えた光景が浮かぶ。これだけ長いあいだ誰も使わなかったあの裏の山荘で、今になって工事が始まるとは予想もしていなかった。

私は三度目に日本を呪った。

「ああ、ああ。だから日本はいやなんだ……」

四半世紀にわたる日本での生活――それは、幻想とは知りつつも抱き続けていた幻想が、覚悟していた以上に無残に打ち砕かれ続けた年月だった。そして、現実の日本からは何も期待しないよう、逆にいえば、最悪の事態を予期するよう、悟りを求める禅坊主のように自分を訓練していった。その結果、想像を超える興ざめな現実がいくら眼の前に広がっても、一瞬、心がざわつくだけで、次の瞬間は、悟りの境地をとり戻し、ほとんど動ぜずに済むようになった。

だが、もしあの「蓬生の宿」の隣りに鮮やかなピンクのマックマンションのような代物が建ったら、動じざるをえないであろう。いや、それどころではない。もし、あんな妙なものが建ったとしたら、今度こそ、これはもう日本を去るべきだという啓示なのかもしれない。私が今やっているプロジェクトなど、放り投げてしまえという啓示なのかもしれない。

その夜、私は何の夢を見ていたのか、うなされ、夜中の三時ごろに目が覚めた。寝つけないうちに、ふと、思いついて、懐中電灯を手に「ほそ道」へと出た。星も出ておらず、ほんとうの暗闇のなかを足許だけ照らして進んで行けば、いつもはすぐの「蓬生の宿」が思いのほか遠かった。

このあたりだろうと適当に見当をつけて懐中電灯を上に向ければ、予想通り、少し先に白い小さな看板が立っていた。建築現場では必ず道沿いに看板を立て、建物の用途、建築主、設計者、施工者、工事期間などを明記しなくてはならず、そこには、建物の総面積、さらには何階建てかも書かれている。そばまで歩いていった私の眼に「地上一階」という文字が入ったときは肩から力が抜け、大きく息を吐いていた。少なくとも背の高い建物は建たない。外壁がどんな色に塗られるかはわからないが、マックマンションのような建物は建たない。

それから朝までの眠りは浅かった。

もちろん、次の日、思いもよらぬ展開があろうとは想像もしていなかった。

京都ナンバー

朝コーヒーを飲んでいると、キーンキーンというチェーンソーの音が聞こえてくる。東京よりだいぶ早く、ここでは八時にはもう工事の音が聞こえてくる。切り倒した大木を手で運べる大きさに切っているのだろう。生木が悲鳴を上げているようで、私はこのチェーンソーの音が一番嫌いである。

コーヒーを飲み終わったところで、裏庭へ回り、朝露で濡れた藪を掻き分け、小川に架かっていた板の橋をはずした。橋は藪の緑のなかに投げこんだとたんに一枚の長い黒ずんだ板と化した。小川の向こうも藪だらけなので、こんな橋が架かっていたとはまだ誰も気がついていないであろう。

コンクリートの橋を渡り、「ほそ道」を通って建築現場に向かったのはそれからである。

昨日と同じように、白い軽トラックやらおもちゃのような重機やらが見える。今日は大きなバンのようなものも二台ほど混じり、ヘルメットを被り作業服を着た何人かの職人が動いている。やはり大がかりな工事である。動いている人たちをあまりじろじろと見るのもはばかられ、初めて見るような顔をしてもう一度白い看板の前に立った。建設される建物が一階建てなのを確認し、それだけでもよかったと再び自分に言い聞かせながらその場を去った。半時間ほどゆるい坂道を登ったあと、引き返し、「ほそ道」と並行した道から南に下り、かろうじて歩ける小川のほとりを通って自分の小屋に戻った。本当は工事の進み具合を見ていたいのだが、私のような外国人があまり頻繁に現場の横を通ると目立つであろう。

夕方の散歩は日が暮れる一寸前に出る。

この別荘地は、冬は地面が凍るうえに、夏は七月の末から八月いっぱい工事自粛期間になるせいで、工事ができる時期が限られている。その限られたあいだは闇がせまっても現場は忙しい。「蓬生の宿」でもまだ当然作業は続いていた。目立たぬよう、しかしながらゆっくりと歩いていた私がふと足を止めたのは、無残に切り倒された大木を避けて、珍しい大きな石がいくつか運びこまれているのが眼に入ったからであった。この辺によくあるのは浅間石と呼ばれるごつごつとした黒っぽい石で、浅間山が過去に噴火したときの溶岩が固まってできた石である。軽く、しかもふんだんにあるので、この辺りでは低い石垣や門柱などによく使われる。だが、眼に入ったのが浅間石ではないのは、私のような者にもわかった。表面がなめらかだし、色が薄いし、なかには、赤みを帯びた石、さらには青みを帯びた石もある。こんなに大きい重たい石をわざわざ運んだとは……。

と、そう思ったとき、私は初めて二台のバンに挟まれるようにして背の低い乗用車が駐車してあること、そのナンバープレートに「京都」と書いてあることに気がついた。よく見れば両側の二台のバンも京都ナンバーであった。眼に見えるものは私たちの主観によって刻々と姿を変えて存在する。「京都」という漢字を見たとたんに、それまではたんなる腹立たしい建築現場の一つとしてしか存在していなかった場所が、別の意味をもって存在し始めた。巨大ないくつもの石も別の意味をもって存在し始めた。

京都ナンバーの乗用車。どこかから運ばれてきたらしい巨大な庭石——巨大な庭石を使うとすれば日本庭園……。

私はまだ性懲りもなく日本の現実からありえないものを期待しているのか。

乗用車の主を探そうと見回せば、ヘルメットは被っているが、作業服の代わりにポロシャツを着た都会風の男の姿があった。図面を広げ、図面と建物と土地と三方を首を動かして見ながら立っている。

そのポロシャツ姿の男が立ち止まっている私に目を留めた。色白で苦労知らずのつるりとした丸顔をしている。日本人の常で大学生ぐらいにしか見えないが全体の感じから四十を過ぎているような気がする。

私は勇気をふるって笑顔を作った。

男も少しぎこちなく笑い返した。丸顔にえくぼがあった。

人見知りがひどい私は自分から人に話しかけようなどとふつうは思わないし、ましてや建築現場で忙しく働く人に話しかけようとは思わない。それが、そのときは「蓬生の宿」の運命を知りたい気持の方が先立った。いつものことで、最初の一言を日本語にするか、英語にするか一瞬迷っただけであった。日本語をやたらに良く話す外国人は増えてきているが、それでも私のようにキャラメル色の髪と緑がかった青い眼の持主で、見るからに西洋人の顔をした人間が突然日本語を使い、「コンニチハ」、「アリガトウ」、「スミマセン」など、誰でも言える以上のことを言おうとすると、相手が戸惑うことがある。私の発音がそううまくないのでなおさらである。場合によっては日本語を話しているというのに「ノー・イングリッシュ」などと言われて逃げられてしまうことさえいまだにあるぐらいである。

私は最初の一言は英語でいくのを決め、運びこまれたらしい大きな石を指しながら訊いた。

「Japanese garden？」

「Garden」という発音の「r」を控えめにして、少し日本人の英語に近づけた。

男は私の言ったことが理解できたのでほっとしたらしく、もっと自然な笑いを浮かべて応えた。

「イエース、ジャパニーズ・ガーデン」

そのあと、彼は離れのほうを指で指すと、「ジャパニーズ・ハウス」と続けた。

「Oh…」

私はそう英語の感嘆詞で応えてから、今度は日本語で「なあるほど」とゆっくり言い、なるべく明瞭な発音で日本語で続けた。

「それは、ずいぶんと、珍しいですね」

私が話しているのが日本語であることを彼は認知した。

「はあ、そうかもしれません、ことに軽井沢じゃあ」

私がどれぐらい日本語がわかるかまだ見当がつかないので、簡単な応答に留めているらしい。京風の抑揚が標準語の裏に見え隠れしていた。

日本語を話しているのを認知された次の段階で、私は自分の日本語を少し複雑なものにすることに決めている。「ジャパニーズ・ハウス」だと聞いて身体をめぐった興奮を悟られないよう、私はわざと淡泊に言った。

「最近は昔ながらの日本建築を建てる人なんてほとんどいませんけど、ほんとうに伝統的なものになるんですか？」

「昔ながらの」などという表現が少し古風だったせいか、彼は思わず驚いた顔を見せ、それをひっこめてから、ハア、とうなずいた。この西洋人は日本語がかなりできるという予想外の展開に面し、西洋人と英語で話すという緊張から解放された安堵感と、自分の日常に戻ってしまったつまらなさとがそこにはあった。

平屋ですよね？　と私は念のために訊いた。

「はあ、そうです。一応伝統建築ですので、やっぱり平屋建てが一番ですわ」

木の柱が透けて建っているだけの増築現場に彼は首を向けた。彼の目には出来上がった建物が見えているのだろう。

彼は続けた。

「でも、この辺は土地が傾斜してるんで、床を少し高くしておかないとあかんのです」

両方の掌を上に上げて床を高くした様子を示している。私は京風の抑揚と言い回しに促されるようにして、彼のものだと思われる車のナンバープレートにわざと眼をやった。

「京都からいらしたんですか？」

「あ、ナンバープレートでわかられたんですね」

そう応えるとえくぼを作って自分の車を嬉しそうに見た。そのときまでその車がポルシェだったのに気づかなかったのは、キリアンの最期のせいだけでなく、生まれつき多くの男のようには車に興味をもてなかったのもあったのかもしれない。四十代でポルシェに乗るからにはやり手なのかもしれないが、そういう感じはまったく伝わってこず、子どもがそのまま大人になったような呑気な顔をしている。質問したいことが次々と胸に湧いてきたが、自分の後ろで日が傾いていっているのが梢を透して射す光で感じられるので、遠慮すべきだと思った。私は最後の質問として訊いた。

「建築家ですか？」

「うーん」

日本人のよくやる動作で、彼は首を傾げて言葉を探した。

「別に一級建築士とか、そんな資格はもっていないんですけど……。まあ頼まれたんで」

もっと続けたそうな顔をしているが、作業服の男が一人彼に近づいてきた。私はもう一度笑顔でうなずくと、その日はそこまでにして現場を去った。

散歩の帰りも建築現場を再び通るのを避け小川沿いの道とも言えない道をつたって小屋に戻ったが、ピアノの練習をしているときも、夕食を食べているときも、夜、仕事関係の調べ物をしているときも、私はいつにないほど興奮していた。

あの山荘の横に鮮やかなピンクのマックマンションが建たないというだけではない。スペイン瓦の家もログキャビンもハーフティンバーの家も、いや、二階家さえも建たない。よりによって日本建築が建つという。日本庭園も造園されるという。しかもわざわざ京都から人がきて。

この日本の現実から今の今になって何かを期待することが私に許されるのだろうか……。だが――と、夜更けになって、ベッドに入りいつもの通り天井を見ているうちに、あまり期待してはいけないという思いが舞い戻ってきた。彼の言っていた、「一応伝統建築」という表現の一応が気になってくる。イケアの家具、いや、現代のイタリア高級家具が似合いそうな、すっきりとしたモダンな日本建築の建物が建つのかもしれない。

最近ますます眼につくようになったある現象を私は「a belated awakening＝遅ればせながらの目覚め」と呼んでいるが、ひょっとしてその現象の一環としての建物が建つだけなのか。

天井を見ながら私は軽井沢にしばらく前に現れたハルニレテラスという、モダン和風の木造建物を並べた緑に囲まれた商業施設――すぐそばにある、森に隠された地下三階建ての巨大な山荘は、ビル・ゲイツのものだと噂されている――を思い起こしていた。

この一世紀半、大砲を積んだ西洋の軍艦に震え上がって以来、なんとか西洋と互角になろうとしてきた日本人である。もちろんそのあいだ、自国の文化を見直そうという動きは幾度もあったが、結局は着物を着て畳に坐り蒲団で寝起きするという昔ながらの生活はうち捨てられていった。ところが、である。どうやら近年ようやくごくふつうの人のあいだでも自国の文化を見直そうという動きが広まってきた。若者が行くような小洒落た西洋料理のレストランに入ってもナイフ・フォークと共にごく自然に箸が置いてあったりする。そして、その「遅ればせながらの目覚め」の動きは、西洋人自身が、西洋文明が唯一無二のものではないと考えるようになったのと、連動していた。昔、大学院で、十九世紀末に日本文学史を出版した英国人が、日本人のように卓越した理解力をもつ人たちはキリスト教がいかに比類のない優れた宗教であるかをじきに理解するだろうと結論づけていたのを読み、当時の西洋人の僭越に一人赤面したと同時に、百年も経たないあいだにいかに西洋人の頭の中身が変わったかに、感慨を覚えた。それにつられるようにして日本人の頭の中身も変わってきていた。事実、ハルニレテラスを造ったのも、もとは西洋風のホテルばかりを建てていたのを、西洋人の逗留客から不思議がられて日本に「目覚め」たという日本人である。そのうちに日本建築をどこかで意識した建物が日本中に建ち始めた。私は「遅ればせながらの目覚め」でも「目覚め」がないよりはよほどましだと思い、その動きがこの先どういうものを日本にもたらすかには興味をもっていた。それでいて、その「目覚め」を意識させられるたびに、すでに失われてしまったものを惜しむ思いが胸に迫った。モダン和風の建物も、昔の技術をもつ大工が建てるわけではないので、細部の面白みがない。設計図さえあれば世界中どこにでも建てられる、基本的にはグローバルな建物なのである。

あさきゆめみじ……。

私はあまり期待しないよう自分をいましめた。日本の現実から何かを期待し、その期待が自分が気の毒になるほど必ず裏切られるうちに、期待が裏切られる前から、この「あさきゆめみじ」という言葉を口にして自分をいましめるようになっていたのである。だが、その晩は、また眼を開いて天井を見つめながら、すぐにこういう風に悪い方向へと考えをもっていく自分を逆にいましめ、もう一度自分の幸福を反芻してから寝た。「蓬生の宿」の隣りには一応伝統建築の建物が建つ。それだけで満足すべきであった。

次の朝も建築現場に向かえば、京都からポルシェに乗ってきた男の姿が再びあった。また図面を広げている。私が首で挨拶をすると今度は彼のほうから大声で話しかけた。

「おはようございます」

私が挨拶を返すと彼は続けて尋ねた。

「アメリカの方ですか？」

私はうなずいた。

「日本には長くておられるんですかぁ？」

「ええ、二十五年ぐらいになります」

「ひゃあ、それは長い。そやから日本語をそんなにお上手に話しはるんですね」

数え切れないほど言われてきたことなので、ええ、としか応えず、逆に彼に質問した。

「京都から現場を見に来たということですね」

「まあ。そんなもんです。職人も二人ほど連れてきてます」

男はそう言ったあと図面を畳んで右手にもつと、現場を離れて私のそばにやってきて、なぜわざわざ京都からやってきたかを説明し始めた。彼の口調はどこか得意げだったが、苦労知らずに育ったらしいという印象を再び受けただけで、感じは悪くなかった。なんと彼の家は十七世紀から連綿と続いている京都の宮大工だという。今は数寄屋がだんだんと主になり、新しいものを建てながら、桂離宮などの歴史的建造物の修復も手がけているそうである。本来ならばこんな遠くの個人の山荘などは手がけないのだが、「クライアントさんとこの奥さん」がもともと京都の人で、自分の曾祖父の代から「奥さん」の生家である由緒ある町家の維持管理を引き受けていた縁で、ここを増築する話が出たとき、自然に引き受けることになったのだという。残念ながら「奥さん」のその町家はつい最近壊され、賃貸マンションになってしまったが、彼の家が貴重な建材や庭石を預かっていたので、使えるものは使うことにもなっているそうである。

私は、へええ、とか、ほう、とか、短い感嘆詞をもらしながら聞いていた。ふつう感嘆詞をもらすときは、そう興味をもてないのを悟られないよう少し大袈裟にするのだが、その必要はなかった。逆にあまり興味をもっているのを悟られないよう努力せねばならなかった。由緒ある町家が「壊された」という言葉にはいつもの絶望と忌々しさとが胸の中を駆けめぐったが、ここで建材や庭石が少しでも再利用されれば、粗大ゴミとなって消えてしまうよりはましであった。

彼は続けた。

「僕がくるほどのことはないんですけど、一度は顔を出しておかないと義理が悪いって親父が言いまして……。もう八十越してるから親父はよう来られへんのです。なにしろね、やっぱりこの辺の工務店にはちょっと任せられないんです。家も庭も。車で通り過ぎただけでこんなことゆうたらなんですけど、なんや、立派な瓦を使ってても、ごてごてしてて、すっきりしませんやろ」

「わかります」

「設備のほうは地元の人に入ってもらうんですけど」

夏は湿気がひどく、冬は摂氏マイナス九度ぐらいまで下がるというこの土地に建つ建物の設備は、京都の業者には手に負えないであろう。

私は言った。

「実は私自身、昔、何年も京都に住んでいたんです」

その京都が哀しくなって東京に居を移したとは言わなかった。

「あ、ほんまですか？」

「ほんまです」

私が都言葉で返すと彼は嬉しそうな顔を見せた。

「僕は親父が言葉にうるさかったんで、なかなか標準語がうまいこと使えへんのですわ。それにしても、ガイジンさんは京都がお好きですなあ」

京風の抑揚と言い回しをもっと遠慮なく出してきた。

「ええ」

「町家なんかもお好きですし」

「ええ」

男いわく、世界中に桁外れの金持が増えるにつけ、自分の国に日本建築やら日本庭園やらを造りたい外国人が増え、すると、どうせ造るなら京都の宮大工に頼もうということになり、最近は外国での仕事が急に増えているという。たとえば、今、金融関係で世界有数の金持のアメリカ人が、どこかの山をまるごと買って日本建築が連なる村を造ろうとしている。締めるところでは締めつつも使うところでは気の遠くなるような金の使いかたで、木材のなかでも心材と呼ばれる、腐りにくく、シロアリもつきにくい、高級とされる部分があるが、その貴重な部分の檜を使うことになっており、日本から運ぶ最中に熱でねじれたりするといけないというので、ふつうなら果物やらチーズやらワインを運ぶ室温湿度を一定に保持できる特殊なコンテナを使うかどうか検討しているそうである。そんなこんなで英語のできる人も雇って始終アメリカの建築事務所と連絡を取っているという。

「学生時代にアホばかりしとらんで、もっと英語を勉強しといたらよかったのにと後悔してますねん。卒業してから英語習いに、ふた夏ほどアメリカで夏期講習受けたんですけど、なかなかそんなぐらいでは」

返事のしようがないので黙っていると男は続けた。

「そやけど……」

彼は口ごもると私の顔を見た。

「こんなこと言うたらなんですが、ほんまはガイジンさんが依頼しはる日本建築っていうのは、やっぱり、いろいろむずかしいんです」

たとえば、と前置きをすると、欧米社会には大柄で背の高い人が多いというのを理由に、鴨居の高さをふつうより一尺ほど高く取るよう要請があったという。

「鴨居を高こうしたら、それに合わせて天井も高こうしないとあきまへんやろ。掘りごたつ式にして坐りやすいようにしてありますけど、坐ったら、天井が高こうて落ち着かへんのですわ。そやからガイジンさんのための日本建築ゆうのは、手抜きゆうことはないんですけど、妥協に妥協を重ねなあかんのです。こっちが納得いくようなもんは造れへんのです」

そう言うと首を後ろに向けて顎で建築現場を指した。

「その点、こういう代々京都だったなんてゆうクライアントさん相手やと、それなりにやりがいがありますわ。緊張もしますけど。なにしろ身体が日本間に馴染んではるさかい」

「普請道楽なんでしょうかね」

「普請道楽」などという日本語を使う人は少なくなっているが、私の好きな言葉の一つである。かつてニューポートにイタリアから職人を連れてきて豪邸を建てた大富豪なども「普請道楽」と考えれば、わかりやすい。私が難しい日本語を使うのに慣れてきていた彼は私がその言葉を使ったという事実自体には反応しなかった。ただ、ここで「普請道楽」という言葉を使うのには異論があるらしかった。

いやいや、と彼は手のひらを顔の前で左右に振って否定した。これも日本人特有の仕草で、私がやっても妙に見えるのではないかと思って使ったことがない。

「こんな程度じゃあ普請道楽の部類には入りませんわ。クライアントさんもそんなにお金はないって言わはります。茶室も勧めたけど、要らないってゆうことやし。みんな、なるべく控えめにってゆう注文なんです。外から見たときも」

「数寄屋じゃないんですか」

「いいやあ、どちらかとゆうと小さな書院造りです。お茶を点《た》てはるときのために一応炉は切りますけどね。書院だと数寄屋とちがって細かい細工もないし、なにしろわざと凝って窶《やつ》す必要もないですし。窶そう思うたら、もっと金がかかります」

そのあとふと我に返ったように尋ねた。

「窶すって、難しいけど、わからはりますか？」

「ハイ、わかります」

故意にみすぼらしくするという意味だというのは、わかっていた。

「すごいなあ。今、ふつうの人は、そんな言葉、知らはらへんですからねぇ」

そう驚いてみせたあと、続けた。

「それに、もう引退してはるんですが、外国から戻ってきやはったご夫婦なんで、そのせいもあるんでしょうが、ちょっと変わったデザインなんです。やたら大きなウッド・デッキを造りたいって言わはって」

右手に畳んだ図面をもったまま彼は両手を使うと宙に大きな四角を描いた。

それを見た私は言った。

「このあたりではたまに大きなデッキを造りますからね」

大勢の客を呼んでデッキでバーベキューをしている姿は幾度も見た。山の中腹にあるこの別荘地は全体的に土地が傾斜しているところが多く、庭を使いにくいところでは、ことにデッキを広くとってあった。この敷地も小川に向かって傾斜していたので、少し忌々しくはあったが、しかたがないと思った。

うーん、と彼は例によって首を傾げてから続けた。

「そうかもしれまへんけど。離れのさらに離れのような感じで造るんです。その辺がどないな風に仕上がるかが、気になって」

首を小川のほうに向けている。

そのあと、図面を左手に持ち替え、ズボンのポケットから携帯電話を取り出すと時間を見た。自分はもう夕方には京都に帰るが、「奥さん」が長年信頼していた元職人が明日から代わりにやってきて、完成するまで現場監督をするという。

「もう年なんやけど、身体はよう動くんです、一応退職してんのに、まだウチにしじゅう顔出してて、この仕事はお金なんかどうでもええからやりたいて自分からゆうて。しかもこの人は庭もわかってんです。昔から庭が好きで。クライアントさんからも庭は適当でいいって言われてるんで、彼がいてくれるんやったら、京都からわざわざ庭師を連れてこんでもいいし、ちょうどよかったんです」

「なるほど」

「あたりまえですけど、僕なんかより、よほど色々知ってはりますよって」

「なるほど」

男は忙しい風はなかったが、ほかの職人たちの手前、これ以上油を売っているのもよくないと思ったらしく、そこで話を切りあげ、ヘルメットに手をやって、それじゃあまた、楽しみにしといてください、と去って行った。それがこのえくぼのある宮大工の御曹司とも言える男の姿を見た最後であった。

私は散歩を続けるふりをして工事現場をあとにしたが、足が地面についていないような、雲の上を歩いているような気がした。

「こんなことがほんとうにありうるんだろうか」

思わず独り言が口をついて出た。

増築工事が始まったときの自分の絶望を思い起こすと笑い出したいぐらいであった。すべての展開が自分の危惧をひっくり返し、夢のような方向に進んでいた。どんな人たちがこの山荘を使うことになろうと、少なくとも建物はあの男の言ったようなものになる。それに、「引退した夫婦」だというからには、たとえあの山荘を年中使うようになったとしても、ふだんは静かな暮らしを送るだろう。日本庭園にドッグランを造ることもないだろうから、犬がいてもたぶん外では飼わないだろう。しかも、「奥さん」が宮大工と縁があるような京都の旧家の出だというではないか。百歳近い老人をのぞけば今や日本の恵まれた階層の人たちからそれらしい雰囲気を期待できることはないが、それでも、京都の旧家の出ともなれば、いくら何でもがさつな大声で話し立てるということもないのではないか。

少し気になるのは、男が言った、「外国から戻ってきた」という言葉であった。「戻ってきた」というからには、夫婦は外国に少なくとも数年は暮らしていたのにちがいない。小川の向こうの隣人が外国人でも気にしないでいてくれるだろうというのは助かる。だが、彼らが西洋から、ことにアメリカから戻ってきたとすると、ひょっとしたら、私との交遊を望むかもしれない。向こうが庭に出ているときに私が散歩に出て挨拶され、じきに話しこまれ、しまいにはお茶に来ないかなどと誘われるかもしれない。日本人がなぜかこぞって好きなウェッジウッドのワイルドストロベリーのカップとソーサーで三人でお茶をしている図まで目に浮かぶ。彼らは英語で話したがるかもしれない。英会話の教師の続きをさせられるかもしれない。追分でこんな形で隣人と親しくなるなど一番避けたいことだったが、かといって、あまり無礼な態度をとって、悪い関係におちいるのも避けたかった。最初に挨拶されたとき、どういう風に対応したらいいだろう。人づきあいが苦手だというのを、どう理解してもらえるだろう。

歩きながらぐるぐる考え続けたあと私は昨夜と同様に反省した。日本建築や日本庭園が自分の小屋の裏に出現し、そこに京都の旧家の出だという女の人が住み始めるというのである。今はその幸せを噛みしめているべきであった。

夕方「ほそ道」から散歩に出たときは、もう宮大工の御曹司もポルシェも消えていた。

京都から現場監督にやってきたという老大工を見かけたのは、翌日、夕方に散歩に出たときである。みなのようなジャンパーとパンツという作業服ではなく、藍に染まった伝統的なはっぴの年季の入ったのを羽織り、地下足袋を穿いている。格好だけで、そうとう頑固な爺さんなのが見てとれる。もう八十近いか、あるいは一つか二つ越しているかもしれない。両足を広げて不動に立って庭をじっと眺めている姿が、近寄りがたく、その近寄りがたさが、ありがたかった。

　彼が現れてからは、散歩の途中で建築現場をじろじろと見るのはやめ、夕方、みなが引き揚げたあと、こっそりと敷地のなかに入って見て回った。建設中の建物は「ほそ道」から見て想像していたよりも実際はさらに大規模で、御曹司が言っていた大きな四角いデッキは、道からも母屋からも最も遠い南東の角、すなわち小川のある方に向かって飛び出すらしい。私の小屋にもっとも近いところで、小屋の庭を小川に沿って歩けば、小川を隔てて、よく見える場所である。しかし、小川の両側に藪が密生しているだけでなく、敷地が急に低くなっているので、向こうからこちらは見えにくい。

　ゴールデンウィークも終わるころになると緑があざやかに色を深め、庭の白い雪柳や黄色い山吹がいよいよ美しく咲く。散歩道の藤も見事な房を垂らす。藤の花は、しなひ長く、色こく咲きたる、いとめでたし――と清女が言う通りである。私はせっかくの山の春を惜しむためいつもみなより一週間ほど滞在を延ばしてから東京に戻る。その年も松葉タクシーに電話をして荻原さんに来てもらったのは、五月の半ば近かった。

　コンクリートの橋を渡ったところでぐるりとタクシーを回転させた荻原さんは、私が車に乗りこむなりキャップを片手で上げて振り向いた。

「あそこは、日本庭園を造るつもりかねえ。大きな石がいくつも転がってっから」

顎をしゃくって先のほうの「蓬生の宿」をさしている。

彼が「日本庭園」などという言葉を出してきたので私はすっかり嬉しくなって、少し身を乗り出して応えた。

「そうなんですよ。平屋の日本建築が増築されるそうです」

「ほうっ」

荻原さんは真に感心した声を出した。愛想で出るような声ではない。それまで深く考えたことはなかったが、このような成り行きに興味を持ちうる人だというのもあって私は荻原さんという人物が気に入っていたのだった。

追分では東京以上に人づき合いを避けていた。その結果、追分で私の知人だと言えるのは、ヨルゲン爺さんと荻原さんだけだったが、荻原さんと親しくなったのは二年目の夏のお終いであった。夜中、急に腹の下のほうに激痛が走り、救急車を呼ぶのもためらわれて松葉タクシーに急いで一台寄越してくれないかと電話をすれば、近くに住んでいる荻原さんを寄越してくれた。荻原さんは寝ていたところを起こされたらしく、細い眼をしばたきながら眠そうな顔でやってきたが、私が額に汗をかいているのを見て驚くと、てえへんだ、と叫ぶなり、そばの御代田病院に運んでくれた。腎臓結石であった。そのまま入院ということになり診察室を車椅子で出ると、なんと廊下のベンチで待っていてくれた。

「いやあ、ちょっと心配だったから」

それまで二、三度荻原さんの車に乗ったことがあったが、西洋人だし、住んでいるところが住んでいるところなので、彼のほうはよく記憶していてくれたのだろう。私が独り者らしいので何か手助けが必要になるかもしれないと思って待っていてくれたものとみえる。そのときからのつき合いである。買物の行きに私が車のトランクにゴミ袋を入れてもらっても少しも不快そうな顔を見せず、ゴミ捨て場で手伝おうとまでしてくれる人物である。やがて、お花を習っているというお花好きの奥さんがシルバー人材センターを通じていろいろな山荘の草むしりをしているというので、奥さんには私の狭い庭の花の手入れを頼むようになり、たまについてくる孫たちに英語を教えたりもするようになった。荻原さんは最初の数年は「結婚しないのかね」とか「ずっと独り者でいるつもりかね」とか訊いたが、じきに諦めたらしく訊かなくなった。

「蓬生の宿」のことを話せる相手をみつけて、私は身を乗り出した。

「しかも京都の大工さんだった人が現場監督に来てるんです」

「そりゃ、てえしたもんだ。ああ、あの人だね」

そう言いながらゆっくりと「蓬生の宿」の隣りを通り過ぎると、それまで腕を組んで仁王立ちして庭を眺めていた老大工が私たちのほうを向いた。苦い顔をしている。

「えらく、かっこいい爺さんだな」

「ちょっと怖いですけど」

「うん。怖いな」

荻原さんは笑いながらバックミラーで私と眼を合わせた。それから国道に向かう道をゆっくりと上がりながら訊いた。

「どんな人たちが使うんだろう」

「外国に長かった人たちって聞いてます。夫婦だそうです」

「ふうん」

一息ついてから続けた。

「やっぱり、なんだねえ。外国に長かった人たちのほうが日本の旧い文化ってもんを大切にすんのかねえ」

「日本の旧い文化」などという言葉を彼が使うのがおかしかった。

ヨルゲン爺さん

七月の初めに追分に戻ってきたときも、当然、増築工事は続いていた。現金なもので、毎日朝早くから聞こえてくる工事音がもう気にならなかった。散歩するたびに眼に入る混沌とした現場も、これからここに出現するであろうものの予告として映るので、気にならない。老大工は相変わらず腕を組み、仁王立ちして傾斜した庭を眺めており、あたかも小川の向こうにある藪を睨んでいるようである。その姿を見るたびに板の橋を外しておいてよかったと思った。

例年、夏に戻ってきたときには、まず自転車でヨルゲン爺さんをドイツ村に訪ねるのが習わしになっていた。「ドイツ村」とはルーテル派のドイツ人の宣教師が家族とともに夏を過ごす集落だが、最近二、三家族しかいないのは、飛行機代が安くなり故郷に気軽に帰れるだけでなく、このあたり一帯がすっかり開発されてしまったからであろう。ヨルゲン爺さんはどうやら宣教師だったこともないらしく、どういう縁でルーテル派の集落に住むことになったのかもわからない。わずかながらの現金がどうやって彼の手に入っているのかもわからない。わかっているのは、昔からずっとそこに住み、寒い長い冬のあいだも自分で栽培したキャベツとジャガ芋とで掘っ立て小屋で露命を繋いでいるらしいこと、たまに古びた軽トラックを運転して大型のＤＩＹストアに行き、千円前後の買物をして戻ってきては、金槌をもって小屋に手を加え続けているということだけである。彼と話すときは、彼が日本語よりは話せる英語で話す。互いに相手のことは訊かないので、とりたてて共通の話題もないが、ドイツ人らしい彼の環境保護主義の徹底ぶりには日頃から内心敬服していた。日本が格別気に入っているというわけでもなさそうなので、なぜ日本に居残ったのかさっぱりわからないのも面白かった。中世の修道僧のように痩せこけた顔は逢ったときから老けていた。

私は例年のように彼に袋を手渡した。ツルヤで買った何種類かの輸入ワインとチーズ――ドイツのチーズは売っていない――それに、浅野屋で買ったヴァイツェンミッシュブロートというドイツパンが二本入っている。彼が自分で育てた野菜をしばしば家にもってきてくれるので、その返礼という形で、この偏屈な理想主義者にささやかな贅沢をしてもらうのであった。私も世の流れに従い肉を食べる機会を減らそうとしているが、ヨルゲン爺さんは肉だけでなく魚も食べず、貝や蛸や鱈子のように脊椎がないものだけを食べる。

「ありがたいね」

ヨルゲン爺さんはパンの硬い表面を透明のプラスティック袋の上から撫でながら続けた。

「日本人は自分たちのことを食通だと思ってるのに、ふにゃふにゃした菓子みたいに甘いパンばかり食べてるんだから」

浅野屋のヴァイツェンミッシュブロートもライ麦三〇パーセントでは割合が少なすぎるというのが彼の常の文句であった。自分はただ同然の野菜をもってくるだけなのに、私が買ってくるそれなりに高いものに平気で文句を言うあたりが、かえって気が楽であった。

「あんな子どもっぽいパンもアメリカの悪影響だね」

私は彼の台詞を無視して報告した。

「実は裏の山荘で増築工事が始まったんだ」

彼は肩をすくめた。

「また工事か」

「ああ、でも伝統的な日本の家ができるらしい」

「あのままで住みゃあいいのに。シンプルでいい家だったじゃないか」

「日本庭園も造るそうなんだ」

「庭園なんかいちいち造るとまた自然が壊されちまうだけだ」

彼の思考方法の根底には自然と自然を破壊する文化という二項対立が一番強く根を張っていた。

「だいたい伝統的な家なんていったって、何ができるかわかったもんじゃあない。今の日本人の建物や景観に対する美意識なんかゼロに等しいからね」

来年の夏にはできるだろうからとだけ応えて、私は自転車のペダルに足をかけた。

七月の末になると、工事自粛期間が始まり、それが終わって九月に入ったところで、再び朝早くから工事音がし、老大工の姿があった。足場の向こうには屋根が組まれ、外壁ができつつあるのが見える。来年の春には完成した姿が見られるだろうと思いながら秋の気配が日々に濃くなる九月の半ばごろ東京に戻った。

九月の半ばの東京はまだ夏の名残りで、昼間は熱を帯びた重たい空気でむっとするが、夜になるとさすがに少し過ごしやすくなる。遠くまで見晴らしがきくのに加えて、地下鉄の駅からの道に樹木が生い茂った公園があるのも今のマンションを選んだ理由の一つだが、その公園でもすずかけの大きな葉が黄色く染まって落ち始める。もみじも紅く染まってくる。公園を掃除する人は、ブロワーも使わずに、寺男のように黙々とほうきで落ち葉を集めていた。

私が知っているアメリカでは見なかった、心安まる光景の一つであった。

やがて十一月が来て、私の同胞が四年に一度のお祭り騒ぎをする大統領選挙があった。いくら世界的にはアメリカの軍事的、経済的地位が相対的に下がったとはいえ、アメリカの外にいる年数が長いほど、アメリカがやはりとんでもない大国であるのをひしひしと感じる。日本のようにアメリカを命綱と頼っている国に住んでいるとなおさらである。自然、何らかの責任を感じざるをえず、四年に一度はアメリカ市民としての義務を果たそうと日本から投票する。ところがその年に限って用が重なったうえに、どうせ自分が投票するつもりだった候補者が勝つだろうと決めつけ、投票しなかった。すると当選するとは想像だにしなかった男が当選してしまった。唖然とした私は珍しく毎日「ニューヨーク・タイムズ」や「ガーディアン」をオンラインで読み、さらにはテレビではCNN、YouTubeではMSNBCなどを開き、ここまでメディアが発信する内容に一喜一憂してよいのか——ここまでメディアの狂ったようなオブセッションを熱心に追うのは馬鹿らしいのではないかなどと自問しつつも、取り憑かれたようにニュースを追った。それから今までの四年近くのあいだに、自分の国のひずみがここまで深化していき、今まであたりまえだとしていたことが次々と覆されようとは、そのときはまだ想像もしなかった。

「蓬生の宿」のことが再び頭にのぼったのは、暮れ近くにイーアンという男の秘書からメールがあり、彼が春にまた来日するのを知ったときである。追分は地面が凍る季節に入っていたが、もう内装工事を始めたころだろう。旧いものにしか愛情を覚えないイーアンは京都びいきで、「方丈庵」の裏に、京都の宮大工と代々関わりをもっていたような人たちが住むと聞けば、少し興味を持つにちがいなかった。私は秘書に京都で逢えると返事を書いた。

イーアン

　ミスター・Pがまた京都にいく、時間があれば今度も古物商めぐりに付き合っていただければ幸いである、というメールが彼の秘書から入るのは、二、三年に一度ほどであった。こういうときにしか連絡をよこさない男の相変わらずの厚かましさに呆れながらも、だいたい承諾するのは、私のように人づきあいの狭い人間がこんなことを言っても大して意味はないが、イーアンは私の知人のなかではもっとも興味深い人物の一人だったからである。趣味はずいぶん共通しながらも、イーアンほど私と正反対の人物もおらず、それがかえって一緒にいて気楽だった。彼を通じて日本人がふつう見向きもしない骨董を——たとえそれがアメリカに渡ってしまったとしても——保存するのに手を貸したいという気持もあった。

　最初に知り合ったのはもういつだったか記憶がないほど昔のことだが、二月だっただろうか、三月だっただろうか、うすら寒い京都の骨董屋でのことだった。

　私はすでに京都を引き払い東京に住んでいたが、それでも仕事と趣味を兼ねて、年に何度かは京都に足をのばしていた。ある日、あまり入ったことのない薄暗い骨董屋で、雑多な品物が重なった棚を漫然と見ていると、アメリカ英語が聞こえてくる。アメリカ英語ではあるが、何だかやたらに勿体ぶった英語である。振り返ればでっぷりとした胴回りの銀髪のアメリカ人――どうもカナダ人ではないような気がした――が、同伴者らしい顔色の悪い痩せた日本の中年男に向かって日清戦争や日露戦争がどうのこうのと言っている。六十半ばぐらいだろうか。妙なことに興味をもつアメリカ人もいるものだと思いながら耳を澄ましていると、日本人の方は理解できたところを骨董屋の主人に伝え、今度は主人の答えを、おぼつかない英語でアメリカ人らしい男に伝えようと気の毒なほど必死である。

アメリカ人らしい男は日本に住んでいるようには見えなかった。かといって、ふつうのアメリカ人の旅行者ともちがった。まずはその目立つ格好がちがった。今の時代に、捻り上げた口髭をはやし、茜色の派手なペイズリー模様のスカーフを首に巻いている。背広は紺色で、その下に着ているやはり茜色のサテンのチョッキが薄暗い骨董屋を照らす電灯を受けて光っていた。おまけにいかにも歩きにくそうな黒いエナメルの靴を履いている。ヴィスコンティの映画に出てくる一時代前のヨーロッパの貴族のような装いである。そっと観察するうちに、ある写真が浮かんだ。捻り上げた口髭をはやした男――シャルル・アースといって、プルーストの『失われた時を求めて』のスワンという登場人物のモデルだとされている男である。より正確にいうと、いくたりもあったであろうモデルのうち一番重要だとされている男である。さらに説明を加えれば、スワンという登場人物は、途方もない遺産金を資本にディレッタンティズムを追求し続けたことになっている。その口髭の男はシャルル・アースとちがって太っていたが、風貌がどこか似ていた。彼は私と一瞬目が合うと鼻にずらした老眼鏡越しに私の頭から足先まで一瞥をくれ、興味なさそうな表情を見せたあと、骨董屋の主人の方に顔を戻した。

アメリカ人とはもう共通の話題がなかった。新聞の見出しぐらいはオンラインで読むが、もとから興味のないスポーツで何が起こっているかなどむろん知らないし、どの映画がオスカーを受賞したかも朧気《おぼろげ》だし、流行りの表現も知らない。私のアメリカは一九九〇年以前で時間が止まっていた。自分が日本人に変貌を遂げつつあるとは思えなかったが、アメリカ人に非ざる何者かに変貌しつつはあった。口髭の男に一瞬興味を抱いたのは、男もアメリカ人ではいながら、何だか今のアメリカに生きているように見えなかったからである。

私はじきに低い棚に載ったさまざまな浮世絵を取り出し、いつごろ刷られたものかなど骨董屋の店員を相手に話し始めた。口髭の男が私と彼のやりとりを見ているのが背中で感じられる。五分ぐらいしたときである。男はつかつかと私のそばにやってくると横に立ち、さきほどとは打って変わった愛想の良さを頬に湛えながら言った。

「Pardon the interruption」

私は無言で彼の顔を見返した。

「I couldn't help but notice that you speak Japanese」

お見受けしたところ、日本語をお話しになるようですが――これまた慇懃というか、もったいぶった話しかたである。私はふだんは人をからかいたい衝動にかられることなどはないが――からかったりするほど他人と関わりたいという欲望がない――そのときはいったいどういう気の迷いか、とっさにフランス訛りの英語で応えてしまった。

「イエース、ア、リトル」

よほど男の大陸風の気取り方がおかしかったのだろう。シャルル・アースの顔が男とダブった。彼の顔に驚きが浮かびすぐにそれは嬉しそうな表情になった。

「Oh là là! Vous êtes français!」

フランス人ですか！

そう叫んだあと、自分は今は一年の半分ぐらいパリに住んでいるが語学の才能がゼロなので、英語で話してよいかとフランス語で訊かれた。たしかにまずいフランス語だった。

私は、さあ、どうぞ、という感じに首を縦に振るのに留めた。パリに住んでいる男の眼に自分がフランス人に見えたというのも不思議だったが、痩せているのでアメリカ人にも見えなかったのかもしれない。短いコートの下は、男女を問わず人類の制服の一つとなったジーパン姿であった。

彼は英語に戻った。

「恐れ入りますが、ほんのちょっとだけ通訳をしていただけないでしょうか？」

日本語ができるかどうか訊かれたときに、こういう展開になるのはわかっていたのに、つまらないことをしたものであった。フランス訛りの英語で話し続けるのも面倒だった私は笑みを浮かべながら素直に謝るほかはなかった。

「冗談を許してください。実はアメリカ人です。自分でもなぜだかわかんないんですが、ついあんな愚にもつかない答えかたをしてしまいました」

男は眼を丸くした。そのあと、顔色の悪い日本人の男に向かって、ハ、ハ、と大きく笑った。

「とんでもないお人だ」

当然のことながら日本人は何が起こったのかわからないようであった。男は私に向かって言った。

「でも日本語はできるんですよね」

「それはほんとうです」

「じゃあ、罰としてやはり通訳していただくほかはありませんね」

いいですよ、と、男をからかってしまった成り行き上、私は快く応えた。実際、今晩中に東京に戻れば良いので、荷物をホテルに預けて京都をぶらぶらしていただけであった。だが、あれから男が二時間もあの骨董屋で粘り続けると知っていたら、あんなに快く応えはしなかったであろう。

骨董商に色々取り出させたあと、男が買ったものはまことに奇妙なものであった。日露戦争のときに従軍画家が描いた錦絵のコレクションで、日本兵が馬に乗って日本刀をかざして勇ましく進む姿や沈没しかかっているロシアの戦艦などの絵があり、なかには中国人の物売りがのんきな顔で歩いている絵まで混ざっていた。私が見たこともない類いの錦絵であり、骨董屋が奥の方から取り出したものらしく、そのコレクションを包んでいたと思われる木枠や和紙があたりに散乱している。全部で二十枚ほどあり、一枚一枚がかなり大きかった。希なものなので日本円で百万円、すなわち、一万ドル弱だという。私には高いのか安いのかわからないが、男は負けさせようと粘り続けたが骨董商は強気で負けない。

「日露戦争のころにはもう錦絵は少のうなってきてますよって」

日清、日露と時代を経るごとに錦絵が減って水彩画など西洋画が増えてくるのだそうである。

私が通訳すると、男はそんなことはよく承知しているらしく、そりゃあそうだが、と骨董商の言い訳には取り合わず、昔はもっと負けてくれたじゃないか、と甘えを含んだ上目づかいで骨董商を見た。骨董商は言葉につまったあと申し訳なさそうな顔をした。

「けど、最近はぎょうさん金もったはる中国人がようけ買うてくれはりまっしゃろ」

私は驚いた。日本は日露戦争のかろうじての勝利で過信し、四半世紀後、中国に侵入するに到ったはずである。日本の従軍画家が描いた日露戦争の絵などをなぜ中国人が買うのか。私が思わず尋ねると骨董屋は商売人の顔をのぞかせて応えた。

「だいたいは投資ですねん。ふつう戦争の絵なんて売れしませんけど、いい絵がぎょうさんありますやろ。なかには、絵を実際に気に入ってくれはって、買うてくれはる人もいますし。あちらの人は日本人とちごうて、スケールの大きい人がいやはりますから」

中国人は日清戦争のものでも買うと骨董屋はつけ加えた。私が今のやりとりを通訳すると男が大袈裟に両手を挙げた。

「ああ、もう我々の負けだね！」

彼の言う「我々」が誰を指すのかわからなかったが、たぶんアメリカ人一般を指すのであろう。

結局、コレクションをアメリカに送る送料を骨董商が負担することで話がついた。長いあいだ取引をしているらしく、二人の遣り取りは慣れたもので、アメリカ人はカードで支払って領収書を受け取っただけで、相手に住所を伝えることもなかった。

太っているせいだろう。電気ストーブ一つしかない寒い骨董屋でも額に汗をかいていたが、外に出るとその汗を拭きながら、お礼に夕食をご馳走したいと言い出した。彼が骨董屋で探していたものにも、そして彼自身にも興味があった私は承諾した。さきほどから「タケーシ」と呼ばれている日本人も一緒であった。ここは何回か一緒に入ったとタケーシが言う、どうということのない近所の居酒屋に入り、テーブル席に案内されると、アメリカ人の男は腰をかける前におもむろに手を差し出して自己紹介をした。

「イーアン。イーアン・パールマン」

ケヴィン・シーアン、と私も名字を含んで名乗りあげ、その手を握った。

「アイルランド系?」

私はうなずいたが、スコットランド系のファースト・ネームにも関わらずユダヤ系らしい名字と顔立をした彼に「ユダヤ系?」と訊き返すのはためらわれた。彼がやはりユダヤ系だというのは、彼も隠す気はなく、じきに確認されたことであった。偶然だがスワンもユダヤ系だという設定だし、その主なモデルだというシャルル・アースもユダヤ系である。プルースト自身も母親がユダヤ系なので、ユダヤ教が母系で伝わるという伝統に従えば、そうである。

次に彼は「ミスター・ヒラノ。でも僕はタケーシと呼んでる」と日本人を紹介した。西洋風に握手をすべきか日本風に頭を下げて挨拶をすべきかどうか一瞬迷っていると平野氏のほうから軽く頭を下げて言った。

「やあ、今日は助かりましたよ。いつも一緒についてくる男が熱を出して具合悪くなっちゃって。この人、むずかしいんですよ。次から次へと取り出させるし、欲しいものがみつかってもずうっと迷うし、それにいつだって交渉が長引いちゃって。安く叩くのが趣味なんですから」

平野氏は西のアクセントがたまに響くだけで、標準語で話した。

「いつものことなんですか」

「そうなんですよ」

イーアンという男が坐りながら言った。

「坐ろう、坐ろう。まずは何か酒を飲もう」

太った体を左右に振りながら「トラーアーアー、トララ、トラララ」と「乾杯の歌」を歌い出している。シャンパンでも頼むつもりかと思いきやビールを注文するので、私も同じようにビールを注文した。平野氏も続いた。

適当に頼んでくれ、何でも食べるから、と彼は平野氏に言った。

平野氏はメニューを開きながら言った。

「何でも食べるって言いながら、食べられないもんが結構あるんですよ、彼は。その点はやっぱりアメリカ人でしてね。あなたのような若いかたはちがうかもしれませんが」

アメリカ人の男が日本語がわからないのをよいことに、誰もが多かれ少なかれグルメである日本人の一人として、少し馬鹿にした調子であった。

「ああ、今日は金を使い過ぎたかもしれない」

テーブルの上に肘をついた男は両方の手のひらを大げさに額に当てた。それからすぐに私の眼を覗きこんだ。

「でも、あれはそれだけの価値があったと思う、そう思わないか？」

骨董商ですか？　という問いが喉を出かかっていたが、どうもそうは見えない。それに彼が店で取り出させていたものは、日清戦争、日露戦争、アジア太平洋戦争と、戦争に関わるものばかりで、あまりに偏っており、ふつうは買い手がつきそうにないものばかりであった。

「コレクターですか？」

「ああ、ああ、今日こんなに世話になっていながら、自己紹介してなかった。コレクターといえばコレクターだが……」

そう彼は言うと上着の内ポケットから領収書らしきもので膨れ上がった財布を出し、そこから名刺を一枚抜き取ると私の前に置いた。「Ian J. Perlman, Perlman Museum, President, Advisory Board Member」。よく理解できなかったが、半分理解したような顔をして見上げると、彼は言った。

「ケヴィン、君も骨董が好きなんだろう」

「ええ、でも集めたりはしません」

自分の普段使いの皿やボウルは京都や東京、あるいは旅先の古陶器屋で買った古い伊万里や薩摩や萩を使っていたが、骨董と言えるほどのものではなかった。集めたい気はあったが、本腰を入れたら財産が煙と消えていくのが予想でき、その世界に足を踏み入れるのは意識してやめていた。

「僕は小さいころから埃をかぶって埋もれてるようなもんを集めるのが好きでね」

彼は続けた。

「最初はパリの骨董屋で、両親にねだって買ってもらった。まだ小学生だった。アール・デコの真鍮のペーパーナイフ。ご婦人用で柄がすごく凝ってたんだ。今見てもなかなかいいんだよ。当時から鼻が利いたんだ」

わずかばかり垂れ下がった自分の鼻を人差し指で叩いている。

「それにね、あの、骨董屋ってやつの雰囲気が好きなんだ。今の時代から離れてるだろう」

ビールを一口飲んだので泡が口髭についている。

「なにしろ僕はね、生まれ落ちたときから、ああ、まちがった時代に生まれてしまった、もっと昔に生まれるべきだったって、そう思ってたんだ。生まれ落ちたときからだよ」

自分もそうだと言いたかったが、私はたんにうなずくに留めた。アイルランドで腹を空かせて芋畑を耕していた時代に生まれなくてよかったのを頭では理解しているが、私も男と同様、まちがった時代に生まれてしまったという感覚を記憶がある限りもっていた。読む小説もとうの昔に死んでしまった作家のものばかりを自然に好んだ。ピアニストだって、今の人がもうあまり聴かないローゼンタールやコルトーやリパッティなどの演奏を好んだ。ただ、男とちがって、それは人に言えない恥ずかしい持病のような気がしていた。実際は私のような人間は多く存在しており、そんなに疚しく思う必要がないのはわかっていたが、姉のモウリーンの「何よ！　女の子みたい！」という声が飛んできそうで、隠せるところでは隠しながら生きているのである。ところが眼の前の男はまったく自分を恥じる風はなかった。両親から愛されて育った、いや、それ以上に、甘やかされて育ったのにちがいない。

「それで、大学に入ったときに、これからは、どっかに失われちまいそうなもんを自分でいろいろ買い集めてこうって決めたんだ」

何気ない口調だったが、ビールのジョッキを片手に、眼鏡越しに私の反応を注意深く見ているのがわかった。私の反応によって自分のことをどこまで言おうか考えているようであった。私は男が話を続けやすい言葉を選んだ。

「ずいぶんと早熟でしたね」

若いころから彼にある程度の財力があったらしいのに私が反発を覚えていないのを見てとった男は安心したようであった。

「僕はマイアミ出身なんだけど、始終ヨーロッパ、ことにイタリーにはよく行った。じきに倉庫用の建物をマイアミに借りてね。小金はいくらでもあったから親父も文句を言わなかったけど、大きな掘り出しモンもたくさんあって、置場に困ったんだ」

彼は両手で大きなものを描いた。

「親父が死んでからはもっと盛大に集められるようになったんだが、そのうちに借りてた倉庫が

――倉庫っていったって捨てたもんじゃあない素敵なアール・デコの建物なんだけど、もうパンパンになってしまったんだ。それで、もともと自分のコレクションをおおやけのものにしたいと思ってたんで、その倉庫を買い取って美術館にした」

話はどんどんと大きくなっていった。

運営するにはそれなりに資金も要るし、そもそもそっちの方面には興味をもてない。それで、最近になって結局コレクションごと美術館を大学に寄付し、自分は相変わらず埋もれた宝物を探しているという。さらに大げさになっていく話を私は半信半疑で聞いていた。名刺など簡単に作れるのだから、法螺を吹いている可能性もあったが、私相手に法螺を吹いても何の得にもならないし、現に一万ドル払って珍しい買物をしたのは目撃していた。

「パールマン美術館て聞いたことないかなあ？」

「申し訳ありませんが……」

しかたない、と芝居がかった悲しそうな顔をしたあと、平野氏に向かって言った。

「タケーシ、ごらん、ケヴィンは僕の言ってることを多分信じてないよ」

ビールを一口二口飲んだだけで赤くなった平野氏は笑って取り合わなかった。そのうちに頼んだ料理が運ばれてきた。見るとイーアンと称する男は器用に箸を使っている。

平野氏から料理の説明を聞きながら眼の前のものを食べていた男がふいに顔を上げた。

「ケヴィンの日本語はどれぐらい上手いんだ？」

平野氏に訊いている。

「ものすごくお上手です。難しい言葉をよくご存じです」

イーアンは今度は私に向かった。

「君のことを教えてくれないか。日本に長いこと住んでるのかい」

「十年以上になります」

「へええ。で、そもそもなぜ日本に興味をもったんだい？　同じことを数百回は質問されてるだろうけど」

「死んだ兄が興味をもっていたんで、自分も小さいころから自然に興味をもつようになって」

相手が理解しやすいのでいつも使う台詞であった。

「それで、大学で日本語を勉強したんだね」

「学部時代は仏文も勉強しましたけど」

「仏文？」

「ええ」

「プルーストなんかも読んだのかい？」

男みずから突然プルーストを出してきたのがおかしかったが、涼しい顔をして応えた。

「学部時代に読んだのは最初のほうだけです。残りはあとで読みました」

男は素直に尊敬した表情を見せた。

プルーストが私が一番好きな作家だというわけではないが——誰が一番好きだか考えたこともない——プルーストを読んだと言うだけで人が恐れ入るのを見るのは面白かった。

「で、大学はどこ？　もし聞いてよければ」

こういう質問をするのは、ふつう、本人も名門校を出た人間である。聞いたこともないような大学の名前でも挙げたくなったが、二度もからかうのは悪趣味だと思って正直に応えた。

「イェールです」

男は今度は大げさに同情した表情を作った。

「そりゃ気の毒なこった。まあハーバードよりはましだけど」

次にペンギンが威張ったように胸を突き出した。

「僕はプリンストン。唯一まともなとこだ」

眼鏡越しに見える眼がいたづらっぽく笑っている。私も笑いを返した。

トラスト・ファンド・ベイビー

ある程度年をとると人はふつう他人にそう興味をもたないのに、イーアンはちがった。と言っても、純粋な興味という訳ではない。自分の役に立ちうる人間に出逢えるかどうか常に網を巡らせており、可能性のある人間に逢えば、ふるいにかけて落とすまで、一応全貌を把握しておこうということらしい。

いったい日本でどんな仕事をしているんだい？　と何気なく訊いたが、眼はそれなりに真剣であった。

私は一瞬迷った。自分が働く必要がない人間であるなどとは滅多に人に言わない。大体は、翻訳会社に登録をしてビジネス書類の翻訳で食べていることにしている。実際にそれで食べている知人がおり、彼女いわく文学の翻訳などとは桁違いに割が良いということで、私がそれなりの生活をしていても誰にも怪しまれないのである。だが、こんな男にそんな嘘をつく必要があるとは思えなかった。しかも男は日本に住んでいる人間でもなかった。

仕事はしない主義なんです、と私は笑って応えた。

イーアンも面白そうに笑ったが眼は私の表情を窺っている。

「そいつは素晴らしいけど、でも、ふつう人は何か仕事をしてるじゃないか」

彼の口からこんな台詞が出てくるのがおかしかった。

「僕は別に仕事をしなくとも食べていけるんです。一応」

「ＩＴに投資してうまく大儲けをしたとか？」

「いいや、そんなわけでは……」

イーアンは私の表情を窺いながら応えを待っていた。

「祖父が孫たちのために用意しておいてくれた金があるんです。大した額じゃあないんですが」

「Ah, voilà!」

食卓を両手でバンバンと叩いた。

「わかってた、わかってた、遺産で喰ってる、いわゆるトラスト・ファンド・ベイビーだね。どうもさっきからそんな気がしてたんだ。僕はそういうことに関しても嗅覚が発達してるんだ」

嬉しそうに自分の鼻をまた人差し指で軽く叩いている。

「ＩＴなんかで儲けたやつはおおむね教養がないからねえ。フランス語やら日本語やらができるなんてこたないから」

本心から喜んでいるようである。

「それにしても偶然だ、京都にうろついているゴマンといるアメリカ人のなかで君みたいな人とあんなとこで逢うなんて。骨董屋ったって、つまんない連中がたくさん来るからねえ」

彼はビールのジョッキを挙げた。

「もう一度乾杯だ！　万国のトラスト・ファンド・ベイビーズよ、団結せよ！」

平野氏にもグラスを挙げるよう強要した。

「タケーシ、君も一緒に乾杯してくれたまえ！　カンパイ、カンパイ」

最後だけ日本語である。

「ヤッコさん、なんで喜んでるんでしょう」

平野氏は首を傾げながら私のほうを向いた。「トラスト・ファンド・ベイビー」という概念は日本にはないので、理解しかねているのだろう。

なんでだか僕もよくわかりませんよ、と私は笑顔をつくりながら応えた。

さきほどからほとんど飲んでいない平野氏は一応形だけグラスを挙げ、一口ビールを吸うと下におき、あなたが彼につき合ってくださるのなら、僕は飲めないし、失礼して良いでしょうか、と私の方を向いて言った。

最初から顔に出ていた疲れがさらに色濃く表れている。

「どうぞ、どうぞ」

「それじゃあ、私はここで、失礼します」

イーアンは感心なことに礼儀正しく立ち上がって、平野氏に握手をして礼を述べ、それではまた明日、明日はトーニーの具合が良くなるのを祈る、と平野氏がわかるようにゆっくりと言った。どうやら明日も掘り出し物探しは続くらしい。

私もやはり立ち上がって平野氏に握手をして別れを告げた。平野氏が消えたところでイーアンはビールをもう一杯頼み、次に小狡そうに私を見た。

「ひょっとして君が明日も空いているってことはないだろうね」

「もう今晩中に東京に発つことにしています。ホテルに預けた荷物を取ってから」

イーアンは腕時計を見ると眼を丸くした。

「新幹線は九時半ぐらいが最終じゃあないか」

頻繁に使うらしく、よく知っていた。

「ホテルに寄るとすれば、八時半ごろにここを出なくちゃあならないから、あと一時間しかない」

私は食事が終わるまで一時間あれば充分だと思っていたので、そうですね、八時半ごろに出たほうが安全ですね、と応えた。最終列車はよく混むので、できれば一つぐらい前の列車に乗りたかった。

「たった一時間、たった一時間」

イーアンは両肘をテーブルに置くと薄くなった銀髪を掻きむしる真似をした。

「冗談じゃあない。一時間じゃあ何も話せないじゃあないか。このあと連れて行きたいバーもあるし。帰るのはやめ、やめ」

子どものように駄々をこねている。

「だって、今晩中に東京に帰らなくっちゃならない用なんかないんだろう」

決めつけた口調である。

「仕事をしない主義なんだから」

からかいをこめて笑った。

「恋人が待ってるってわけかい」

この問いを発したときはからかいのこもった笑いはひっこめ、真面目に訊いたが、私が家族もちではないというのは勝手に決めつけているらしい。

「別にそういうわけではないんですが」

ほっとした表情を見せた。

「それじゃあ、いつ帰ったっていいんじゃないか。今晩もっとゆっくり話したいし、明日一日、いや半日だけでもつきあってくれたらほんとうに助かるし」

妙な成り行きになってしまったと思ったが、彼の論理の進め方は正しかった。

彼はウェイトレスの一人を手招きで呼ぶと、電話を貸してもらえますか、とゆっくりとした英語で尋ねた。(のちに携帯電話をもっているのを知ったが、パリで使っているのをそのまま持ち歩いており、日本で使うと高くなるので、よほどのことがないと使わないらしい。)店も慣れているらしく、すぐに子機をもってきた。電話が通じたところで彼はまたゆっくりとした英語で話し始めた。

「イーアンだ。今晩もう一部屋空いてますかね。できれば、あの冬椿の見える部屋。若い人だからあれで充分だ。ああ、それじゃあ宜しく頼みます。フランス人です」

私に向かってウィンクしてから電話を切った。

私は少し憮然とした顔つきでイーアンを見据えた。最初にその姿を骨董屋で見たときから、同性愛者、少なくとも両性愛者ではないかと思っていた。向こうもそう私のことを理解したような気がしていた。だが、私がもし十代、二十代、いや三十代の前半だったら彼が私に性的な興味を覚えた可能性を考えただろうが、すでにそのころ私のなかでそういう自惚れは消えつつあった。京都の町を歩けば人種を問わず眼を奪われる若い美しい男が溢れている。ここまで急速に近づこうとするのは、私が通訳として役立つからが一つ。ただ、そのために強引に宿を取ろうとまでするのは、私がいくらか資産があるのを知って仲間意識を感じたからにちがいない。

「少し遠いけど、なかなかいい旅館なんだよ。まともな日本旅館なんだけど、若い女将さんが大学を出てて英語ができて」

観念した私に向かって言い訳がましい台詞をはくと、眼の前に置かれた皿を指しながら、さあ、食べよう、食べようと箸を手に取った。

「それで、そのおじいさんていうのは、どんなことしてたんだい？」

また小狡そうな眼をしている。

そのあと、この居酒屋でも、次に行ったレバノン人の経営する日本酒のバーでも、イーアンは自分に関しても話しながら私の身元調査を続けた。

私は自分の家の家業が、機械を作る機械そのものを作る金属プレス工業であることを簡単に説明した。西アイルランドからやってきたのは曾祖父の一代前だが、曾祖父は優秀なエンジニアだった祖父と一緒に工場をシカゴで立ち上げ、多くの機械に使える規格化された部品を大量生産して急成長した。いつのまにか本社がデトロイト川の向こう岸にあるカナダに移ってしまったのは、そのとき法人税がカナダの方が安かったからである。重工業時代に生まれた工場なのにもかかわらず、潰れもせず、今やアメリカ国内だけでなくヨーロッパにも工場をもった、いわゆるグローバル企業となっていた。

「合併に合併を重ねた結果です。重ねたというか、重ねさせられたというか。シーアンという名前は消えてしまいましたが、僕の兄姉もまだ経営陣です」

そこまでくるとイーアンはいかにも彼らしい質問をした。

「でもカトリックだからみんな子沢山だろう。おじいさんが子沢山で、次の世代も子沢山だったら、孫が山ほどいることになるだろう。一人づつにトラスト・ファンドを作ってやったらよほど金持じゃないと」

私が死んだらいつか自分の美術館に少しでも寄付をさせたいと、そんなところまで考えていたのだろうか。

隠すまでもないことなので私は正直に応えた。

「今みたいな時代とはちがって、そんなに大した金持じゃありませんでした。でも、三十歳になるまで手をつけることが許されなかったから、三十年のあいだに基金が自然に膨らんだというだけです」

祖父は孫が一人生まれるたびに、相続税を軽くする目的も兼ね、トラスト・ファンド、すなわち信託基金を用意してくれたが、その基金を将来孫が受け取れるための細かい条件をつけた。まず私たちはどこか大学を卒業せねばならなかった。卒業したあとは、ビジネス・スクールやロー・スクール、あるいは大学院など、上の学校に行かない限り、家からの援助は期待できなかった。いかにも祖父らしかったのは、大学を出るまでは感謝祭、降誕祭、復活祭には、よほどのことがない限り必ず両親の家に戻らねばならないという条件がついていたことである。若い盛りに兄妹をスペイン風邪で失った祖父は、アイルランド人たるものは家族の結束が強くなくてはならないという思いを人一倍強くもっていたのである。大学を出たあとは、両親の家に戻るのは降誕祭だけでよくなる。三十歳になり、信託基金がそっくり自分のものになれば、あとはいつ戻ろうと自由であった。

こういうことは小さいころは断片的にしかわからなかったが、私自身、プレップ・スクールと呼ばれる全寮制高校に入る際に、出入りの弁護士に呼び出されて説明された。書類のコピーももらった。祖父母の三人の子どものうち一人が死んだこともあり、孫は九人に留まった。

孫の数までは言わなかったが、私がかいつまんで説明するとイーアンは馬鹿にしたのか感心したのかわからない声を出した。

「利口なおじいさんだねえ。もっとも僕はそんなおじいさんはご免こうむるけど」

おじいさまは実に思慮深い方です、と弁護士もそう言ったし、周りの人もそう言った。その思慮深い条件のため、私もわずかな期間だが人並みの貧乏生活を味わうことができたし、私の兄や姉、それに従兄弟などはみなよく働く人間になった。働き過ぎるぐらいだと私は内心思っていた。だが、祖父の思慮深さは、孫たちにとって、良いことばかりではなかったのは、みな、三十歳になるまで、すなわち自己形成期のあいだずっとシーアン家の一員であるという重圧を感ぜずにはいられなかったからである。

「まあ、ファンドが膨らんでよかった」

トラスト・ファンド・ベイビーといってもさまざまで、どこかの州立大学を卒業するのにもぎりぎりの十万ドルぐらいの信託基金しかない人もいれば、数百万ドルの人もいる。私は会社の株の配当金もかなり入るので、悪くはないほうだった。イーアンの眼は私の資産の具体的な額をいかにも訊きたそうだったがさすがに遠慮して、本人の話に移った。

「僕はいつも好きに自分の金を使えたし、それに親父が死んだあと、思ってもみなかったほどの金を手に入れることになった。今の金にしても大したもんだった」

大げさにため息をついている。

メディア関係を中心に子会社を通じて幅広く商売をしていた父親は、自分の会社をイーアンが継ぐのは諦めていたという。

「継ぐ気がないのが見え見えだったんだね。兄だったら継がせたかもしれないけど、兄は四十代で死んでしまった」

「そんなに若くして……どうして亡くなったんですか」

考える前に質問が口をついて出ていた。

「四十で脳腫瘍にかかってしまった。とってもいい兄だった。優しくって、頭が切れて、数字にも強かった。あの兄が生きてたら、父も会社を残そうとしたかもしれない」

老いて感傷的になりやすくなっているのか、眼をしばたいている。

「交通事故だった」という応えではなかったのに私は意味もなくほっとしていた。キリアンのような死はキリアンだけのものであって欲しかったのかもしれない。

「いくつ歳が離れていたんですか？」

「八つ」

キリアンと私は十二歳離れていた。

イーアンは自分の感傷からすぐに抜け出した。

「でも、そうしたら、美術館なんか造る金は出てこなかった」

そう笑いながら言うと、これから面白い話をしようと思っている人の常で、身を乗り出すと、私の眼を捉えた。

思ってもみなかったほどの金を手に入れることになったのは、死期が近づいた父親が口にした遺言のおかげだという。ある日父親はベッドの脇にイーアンを呼ぶと、約束させた。

「ヤンキーにはこの会社を売るな」

「ヤンキー」とは英語では北部、ことに北東部の人間を指す。自分がフロリダ州という南部で財をなし、南部の経済を潤し、南部に文化を広めるのに尽くしたという自負をもっていた父親だった。

「もちろん」

「絶対だ」

「もちろん」

ところが父親が死んだあと一番熱心に買いたがったのは、まさに北東部コネチカット州のビジネスマンだったという。ヤンキーには売れないなどと言うわけにもいかず、イーアンは口実を作っては都市から都市へと逃げ回り、果てはイタリアにまで逃げたのに相手は追いかけ続け、誤解して買値をつり上げてくる。あるとき、ここまでの高値で売ればあの父親も許してくれるだろうと、ついにその男に会社を売ることにした。

「金が懐に転がりこんできてからわかったんだが、なんとその男はもともとはオクラホマ出身だったんだ。結果的には父との約束を守ることができただけでなく、守ろうと努力したご褒美までもらったわけさ」

イーアンは自分の話に声を出して笑った。

そんなイーアンとのつき合いはその晩からのことである。私が呼び出されて京都に行くと、彼が定宿としている高級旅館のたぶん一番安いと思われる一室に泊めてくれる。世界中に散らばっている金持の友人がたまにやってきたりもする。たぶん、二度目に通訳をさせられたときだったが、例のレバノン人がやっているバーでどちらも女に興味がないことが話題となり、レバノン人も同類だったので、三人で夜遅くまでその話に花が咲いた。それからもその話はイーアンとのあいだでしばしば出たが、互いに相手が自分の好みではないのがかえってつき合いやすくした。

「かつてはひっそりと選民意識を持てただろう。今じゃあそんなもんも持てなくなってしまって、つまんないね」

イーアンは同性愛者が受け入れられるようになった世の進歩を手放しでは喜んでいなかった。

骨董のほうは、彼が京都でくり返し訪ねる店が何軒か決まっていて、事前にトーニーと呼ばれる男に電話してもらい、面白そうなものが入ったかどうかを訊く。外国人で日本の骨董品に関心をもつ人は少なくないが、イーアンの関心はかなり特殊なものであった。彼は自分が収集の対象としている時代を十九世紀末から第二次世界大戦が終わるまでとはっきりと区切っていた。世界が植民地化されていた時代であると同時に、世界中で狂ったように戦争ばかりしていた時代でもある。当然、戦争にまつわるたくさんのプロパガンダ・アートもある。彼はそういうプロパガンダ・アートも敵味方構わず集めていたが、二百余年の鎖国のあと西洋列強に植民地化される難をかろうじて逃れ、戦争ばかりしながら近代化を推し進めていった極東の国、日本のプロパガンダ・アートは、西洋のものとまったくちがう面白さがあるのだという。

「独特な職人技がまだ残ってたからね」

イーアン自身は日本語もできないくせに——美術館では日本語が堪能な学芸員を雇っているのにちがいない——その時代の日本に関する彼の知識は舌を巻くほど広く、また、訳のわからないものの山からこれぞと思うようなものを探し当てる才能も非凡であった。収集するには、歴史的な価値があることと、「アート」という名を冠することができるほど芸術的であることと両方が必要なので、どちらか片方の価値しかなければ集めない。しかも使える金が限られているので、値段の折り合いがつかなければ諦める。

「日本のは驚くほど安いんだ。日本人のほとんどがここまで極端な平和主義者で、戦争アレルギーっていうか、戦争って言葉を口にすんのもいやなのは、僕にとっては大助かりなんだ。まあ、あんなひどい戦争をしたから当然だろうけど」

「若い人はずいぶんとちがってきてますよ」

私は反論した。

三十年前、私が日本に最初に行こうとしているとき、当時六十半ばで今は亡きアメリカ人の教授が私に忠告した。アメリカのメディアは日本人といえばみなが保守反動であるかのように喧伝するが、実は日本の知識人といえば『資本論』を聖書のように崇める左翼ばかりで、しかも米軍の占領時代からの徹底した反戦教育のおかげで頑迷固陋な平和主義者だから、そのつもりでいるように、と。彼が日本に留学したのは一九五〇年代の半ばである。いつしか時は移り、私が日本の土を踏んだころには、そんな日本においてもマルクスはすでに流行らなくなっていた。だが、当時は知識人だけでなくふつうの人たちもまだ平和平和と唱えていた。ところが時はさらに移り、いつのまにか若い人はちがってきていた。「失われた日本を求めて」に関わってくれている人たちも、昔の人とはずいぶんとちがう。

イーアンは私の反論に応えた。

「若い連中なんかどうでもいいんだ。骨董を集めたりすんのはおおむね年寄りのすることだからね。今がまだチャンスなんだ」

イーアンは自分のやっていることを釈明するのも馬鹿らしいので、ふつうの日本人を相手には、たんに骨董の収集家だということにしたそうである。

「若い人は一応は変わってきてますよ」

私がいくらそう言ってもイーアンが納得しないのは、最初のころに逢った日本人の反応が記憶から拭い去れないかららしい。

「アメリカは原爆を落としただろう。それに怒りを示した日本人には一人も会ったことがないんだから驚きだよ。アメリカの占領軍のプロパガンダの力はそうとうなもんだったってことさ」

そう言ってイーアンはおかしそうに笑った。

プロパガンダだけでなく厳しい言論統制もあったのが次第に明るみに出てきていたが、そんなことを知って驚くような人間でもなさそうなので、黙ってその笑い顔を見ていた。

収集の対象をあのような変わったものに絞ったのには、父親から引き継いだビジネスマンとしての才覚もあっただろうが、同時に、どこかでいたづら心があり、よく言えば、距離をもってものを見られる批判的な精神がある人間だったからだろう。代々民主党の家に生まれ、基本的にはいわゆるリベラルな人間なのに、アメリカのリベラルなメディアが英語を通じて世界の知識人に押しつけている画一的な世界観を共有するのを拒否していた。その証拠に、彼が日本で一番気に入っている神社は日本刀を振りかざすような狂った極右が神聖視している靖国神社である。折りを見ては訪れ、大きな絵画などを眼の前に、素晴らしい！　とわざと大声をあげたりして私を当惑させたりした。

私のことを気に入ったらしいのは、私が彼のやろうとしていることをそれなりに面白く思っているのを感じ取ったからだと思う。だが、身勝手なもので、彼のほうは私が何をしようとしているかには、ほとんど興味を示さなかった。一度訊かれたので、英語で日本文化を紹介する「失われた日本を求めて」というオンライン・プロジェクトを進めていると応えたときに感心した声を出したのも、プロジェクトの名前のせいだと思う。「In Search of Lost Japan」だと英語で告げると、「*Aha! À la recherche du Japon perdu!*」と嬉しそうにフランス語でくり返した。私のほうは彼の影響を受け、それまでは避けていた——世界の近代史の解釈に関与したくなかった——明治維新からアジア太平洋戦争までの時代をも組みこみたい欲望が生まれ、プロジェクトがさらに大げさなものになっていった。

そのイーアンに久しぶりに逢ったのは、「蓬生の宿」の工事が進み始めた年も暮れ、翌年早々、不遜な笑みを浮かべた男が聖書に白々しく手を置いて大統領に就任したあとであった。もう三月になっていた。前の年、追分で始まった工事の話をし、「京都の宮大工」という言葉を口にすると、イーアンは案の定、目を輝かせた。

「代々そんな大工を雇っていたような家なら、『源氏物語』の時代からの貴族の血を引いているかもしれない。もし面白そうな夫婦が入ったら、今度紹介してくれたまえ」

閉鎖的であるがゆえに神秘的な京都の旧家の人々の暮らしを、彼は常々垣間見たがっていた。当然のこととして、彼は日本でもっとも長く続いた家系だと言える皇室の大ファンであった。英国の王室の大ファンでもある。

「我々はお家自慢だけはできないからね」

奇妙な隣人

イーアンが消え、四月もお終いに近づけばゴールデンウィークがまたやって来た。軽井沢に着いてツルヤで買物をしてからいつもの通りタクシーに乗りこんだとたん、荻原さんが私に話しかけた。

「あの家な、ほら日本庭園を造ってた」

「ええ」

「あれ、もう立派にできあがってるよ」

荻原さんは自分の表現が誤解を与えないよう言い直した。

「立派っちゅうか、大きな月見台が先の先のほうに突き出てるんだけど、人目につき過ぎないように、なかなかよくできあがってる」

私が知っている限りの日本人はデッキとかテラスとかベランダというのに、荻原さんは先日のポルシェの京男も使わなかった「月見台」という優雅な言葉を使った。

「みんなああいうのを建ててくれりゃあいいのに」

期待が裏切られなかったのを知って私は息を吐いた。

「それに、京都の大工とかってえのが入ると、やっぱひと味違うね。あんなとこまで行く用はねえんだけど、近所を回ってたついでにわざわざ見に行ったんだ。二度も」

「もう人が入ってるんですか?」

「入ってる。中に電気がついてた。でも、二度通ったただけだから、人が外に出てんのは見たこたねえなあ」

国道から砂利道に入ると、いつもの通り、空気が急にひんやりとした。「蓬生の宿」に近づくにつれ微かに興奮するのが自分で感じられる。北側から見たところは以前と変わらず、屋根に例の物干し場のようなものが見える。ただ、新しい木造の納屋兼車庫が建っていて、銀色の車が駐車してあった。「L」のロゴが眼に入り、私でもレクサスだというのがわかる。ゆっくりと母屋を通り過ぎるにつれ、タクシーの窓から次々と目新しい光景が広がったが、嬉しいことに、増築された離れは実に美しく周りに溶けこんでいた。もちろんモダン和風ではなく、軒先や垂木《たるき》などの細部にも神経が行き届き、屋根も燻《いぶ》し銀の和瓦を載せている。ことにありがたかったのは小川のほうに向かって広がる小ぶりの日本庭園であった。あまり整った庭だと雑木林のなかにあたかもテーマパークがにわかに出現したような場違いの印象を与えるのではと危惧していたが、「ほそ道」に近い、春の花がところどころに咲き乱れるふつうの庭が自然にその小ぶりの日本庭園に続き、小川の手前の藪辺りでまた自然に終わっている。元から生えている高木を借景とし、自然界との境界線が見事にぼかされ、あたかも天が自然の中により美しい自然をそっと創ったようであった。

夕暮れ時に近かったので、御簾《みす》が半ば垂れた母屋の窓から橙色を帯びた光が漏れている。離れは母屋から完全に独立しているわけではなく、渡り廊下でつながっていたが、雨が降ろうと雪が降ろうと母屋からそのまま渡ることができるよう、屋根も壁もある廊下だった。腰から上には連子窓もついているのが一瞬見えた。

「いつごろから住み始めたんでしょう」

「オレが前に通ったときにもう住んでたけど、あれは三月ごろだったかな」

「すると永住組なのかもしれませんね。こんな不便なところなのに」

「さあ、どうだろう」

「どんな人たちなんだろう」

最後のせりふは私の独り言である。

荻原さんはバックミラーで私を見ながら言った。

「まあ、とにかく近所に人が入ってよかった。何かあったらたげえに助け合えるしな」

食物を冷蔵庫に放りこむなりすぐに庭の奥に回ったのは、まずは「蓬生の宿」の夫婦がそこに足を踏み入れ、獣道のような小径が小川に至るまで通っているのを発見したかどうかを知りたかったからである。毎年、その小径の跡をなんとか消して東京に戻るので、翌年戻っても人が足を踏み入れたような気配はなかった。今回も幸いそのような気配はなかった。

足許を用心しながら小川の縁まで歩いて行けば、板の橋が私が藪に投げこんだままになっている。同時に、荻原さんの言う月見台が眼に入った。見上げれば、ほとんど眼の前に迫ってくるように近い。「ほそ道」からも母屋からも遠く離れ、庭の奥のほうに小川に向かって突き出たように建っており、そこに至るための渡り廊下が離れの縁側から二度ほど曲がりながら続いている。道からも、母屋からも、離れからも——この世そのものから遠ざかりたいという意志の現れのように見える。しかも渡り廊下もその先の月見台も野ざらしになっていた。月見台には欄干さえない。庭の先へ行けば行くほど低くなっている傾斜した土地に突き出ているせいか、一見舞台のように見える。こちらからは正面に見えるところに、日本庭園から上がれるよう階段が数段あった。

母屋も手を加えられて新しくなり、「蓬生の宿」という名はもうふさわしくないはずなのに、平安時代の建築のように長い渡り廊下があるせいか、よりふさわしい名のように思えた。

着いた早々に隣人たちに逢うことはないだろう。そう決めつけて、翌日、朝の散歩に出れば、なんと、夫だと思われる男が納屋のそばで薪を整理していた。白いパナマハットのようなものを被っているのがまず眼についた。ふつうは見ない珍しい帽子である。アメリカで男らしい男として合格する「シックス・フット」、すなわち一八二、三センチはもちろんないが、日本人としては背が高いほうに入る。日に焼けた腕はつややかだし筋肉もまだ堅そうだし、老人というよりも中年と言ったほうが相応しい。軽く頭を下げ、こんにちは、と言うと、精悍とも言える顔を上げ、怒ったような視線を投げかけた。私が近づいて来るのを知っていて身構えていたような気がする。当然のことながら、私を見て少し驚いたようだったが、首だけで挨拶を返したあと、すぐに眼を外して仕事に戻った。散歩のあとわざと同じ「ほそ道」を戻ってくると、まだ庭にいた彼は再び私に怒ったような視線を投げ、挨拶とも言えない挨拶を返した。

アメリカでも日本でも結婚している男にも同性愛者、場合によっては、当人自身が気づいていない同性愛者が少なくない。ことに年がいっている男ほどそうである。最初の印象でしかないが、この夫はどうも同性愛者には見えなかった。ただ、気むずかしい男なのかもしれなかった。

気むずかしいなどという表現では片づかないのを知ったのは、翌々日、夕方の散歩に出て夫婦が一緒にいるのを見たときであった。見たと言っても一瞬のことである。コンクリートの橋を渡ったところで、山荘のすぐ横の「ほそ道」に二人の後ろ姿があった。妻らしい女はつばの広い麦わら帽子をかぶっている。白いパナマハットの夫は杖をついていた。散歩しようと二人で道に出たところだったのだろう。私が向かってくるのに砂利の音で気がついたのにちがいない。ちらと振り返って私の姿を認めた夫が妻に何かを言ったらしく、妻は不自然な動きで身を翻し、今出てきたばかりのはずの山荘の玄関の中へと急ぎ足で消えてしまった。軽く杖をついた夫もそのあとに続いた。妻を護ろうという決意が、私を威嚇するためにわざと広げたような頑強な背中に溢れていた。

二人の様子には何か異様なものが感じられた。

日本人の年齢を当てるのはいまだに困難だが、夫は引退しているというからには六十過ぎ、いや、六十五はいっている可能性がある。それに引きかえ、妻がずいぶんと若い印象を与えたのは、少し病的なほど痩せていたせいかもしれない。パンツにスニーカーという、極めて平凡な格好だったが、夫の背中に護られて姿をすうっと隠したその様子は、まるで闇に消えていく幽霊のようであった。背筋がまっすぐなせいか、麦わら帽子のつばが横線を描くように水平に動いた。

私は歩きながら考えた。

新しい隣人が人間嫌いらしいのは、私にとっては願ってもないことだったが、あそこまで露骨に避けられると、自分が外国人であるのを意識せざるをえなかった。夫は私を一度近くから見ているから、私が西洋人だというのを知っている。あの夫婦は外国に長かったと聞いているが、ひょっとすると共に西洋人嫌いなのだろうか。妻が西洋人嫌いなのか。

夫は妻に何とささやいたのだろう。

東京でたまに自分に降りかかる災難が思い出された。夜、地下鉄を降りたあと、考え事をしながらマンションに向かったりしていると、自然に大股になってしまう。すると前を行く女の人がちらと振り向き、慌てて歩を速めたり、道の反対側に行ったりすることがある。はっと我に返った私はわざとゆっくり歩く。たまにしかないことだが、そういうことがあると、その女の人が、私が男だから恐怖を感じたのは当然として、その恐怖に私が西洋人であることがどれぐらい混じっているのかがわからず、自分が外国人であることを改めて意識させられ、怖がられた自分のほうが被害にあったような気になった。顔ははっきりと見えなくとも、私の身体の造りから西洋人だと判断するのは簡単だし、例の「シックス・フット」の線を合格しているので、日本人にとっては少し威圧的である。追いかけていって、ご心配なく、などと厭味を言いたくなる。

あの二人は人間嫌いなのか、西洋人の私を避けたいのか。

次に出くわしたのは三日後ぐらいである。やはり散歩に出て緩い坂をしばらく上がると、遠くのほうに彼らが戻ってくる姿が見えた。これから行き交うことになると思って息を呑んで歩を進めると、彼らの数メートル先に奇しくも「ほそ道」を横切る道があり、二人は足を速めるようにしてそれを曲がった。また夫が背中で素早く妻の姿を隠すようにしたので、麦わら帽子のつばが水平に動くのが見えただけであった。

「あの女が少しヘンなんだろうか」

独り言が自然に口をついて出た。

二人で私との出逢いを避けているというより、妻を人と出逢わせまいという夫の気迫のようなものが感じられた。夫婦が人間嫌いだというよりも、妻がひどい人間恐怖症なのかもしれなかった。あるいは極端に病身なのか。私の朝夕の散歩の時間がだいたい決まっているのを知って、その時間に出るのを避けることにしたのではないかと思うが、残りのゴールデンウィークには二度と彼らの姿を見ることはなかった。

モウリーン

その年は六月の末近くに一度シカゴに飛んだ。次女のケイトリンの結婚式があるというので、私の姉のモウリーンがぶ厚い卵色の紙に印刷された大げさな招待状を送ってきたうえ、ぜひ出席するよう何度もメールを寄越していたのだった。両親はだいぶ前に死んでいたが、父の再婚相手のクレアはまだ元気である。そのクレアも含む私の家族に最後に逢ったのは三年前のやはり六月、モウリーンの長女キャレンの結婚式であった。結婚式だとほかの客に紛れて家族に逢うことになるので、家族との繋がりは保ちつつも、気まずい思いをしないで済むので出席しやすい。それに、兄たちの子どもの場合は、その時の都合で出席したりしなかったりで、兄たちも気にしなかったが、モウリーンとは昔のしこりが残っており、彼女の娘たちの結婚式には出席せねばという強迫観念のようなものがあった。それで今回も行くことにしたのである。

小人数の家族だけの集まりにはなるべく顔を出したくないので、その日も前夜に東京から着いてホテルに泊まり、結婚式当日に教会に顔を出した。そのあと、大きな旧い屋敷を借りての披露宴の会場に移れば、初夏の陽の光を受け緑も鮮やかな芝生の上に白いテーブルクロスに覆われた円形テーブルがいくつも並んでいる。中央には豪華な花が活けられている。銀の髪飾りを金髪の上に載せた花嫁のケイトリンは、あたかも野花の冠を被って竪琴を掻き鳴らすケルトの乙女のようで、美しかった。私の母は名をキャサリーンといい、キリアンと私だけが母と同じKから始まる名をもっていたのをモウリーンは昔から面白くなく思っており、自分の娘をキャレンとケイトリンと名づけた。ところが、私たちの母の美貌を受け継いだのはケイトリンだけであった。忙しく客に挨拶していたモウリーンは、私に近寄ると、私をいじめたことなど人生で一度もなかったような顔をして、ケヴィン、来てくれてありがとう、と私の肩を抱き頰に柔らかくキスした。兄のジャックとショーンも私が元気にやっているかどうか肩を抱いて訊いてくれた。彼らの家族のなかには、甥の一人が結婚したという、いかにも頭がよさそうな韓国系アメリカ人の女の子も混じっており、昔私が日本のことを勉強するというのを聞いて、珍しい動物を眼の前にしたような皮肉な反応が返ってきたのを思うと、時の流れを感じざるをえなかった。

大きな派手な帽子を被ったためかしこんだ老女が親しげに微笑みながら近づいたと思うと、「ケヴィン！」と抱きついて頰にキスをしたときは、一瞬面食らった。地味な服を着て、いかにも女中らしく働く姿があまりに深く記憶に刻まれていたので、三年前にも逢っていたのに、その老女がフラネリーだというのがすぐにはわからなかったのである。アイルランド人らしさを長いあいだ失わなかったフラネリーは、『失われた時を求めて』に出てくる、信心深く、悪賢く、忠実な女中、フランソワーズと私の心のなかで長年重なっていた。彼女のような女の上にも時の作用が及び、私の記憶に刻まれた原形から身をほどき、だんだんとアメリカ人に変身を遂げつつあったのをついつい忘れてしまうのであった。

嬉々として人を呆れさせたり憤慨させたりし続ける大統領の話が当然のように出たのは、披露宴の翌日、家族だけになってホテルの食堂でビュッフェ・スタイルの朝食を食べているときであった。いつか弾劾されるにちがいないと口々に話している。披露宴にはさまざまな客が招かれていたので、こんな話は家族だけになってしかできない。ふと、モウリーンが首をあげると斜め向こうに坐った私に大声で話しかけた。

「ケヴィン、あなたちゃんと投票した？　日本から」

私は正直に自分の罪を告白した。

「立派だわ。それこそ愛国者だわ」

モウリーンが皮肉に唇を曲げて続けた。

「でも、オリヴァーよりはまし」

そう言うと、彼女は自分の夫を顎で指してからフォークでアボカドを口にもっていった。眼の前の皿に色とりどりの野菜と果物ばかりが盛られているのが、年々彼女の腰回りが大きくなってきているのをよけいに意識させた。

「おいおい、その話はもうよそう」

オリヴァーは赤くなっている。

「あとでわかったけど、オリヴァーったら、アノ男に投票してたのよ」

「もう、その話はよそうったら」

「信じられないけど、考えてみたら、いかにもオリヴァーらしいでしょう」

オリヴァーはますます赤くなって、懇願するように妻を見たが、モウリーンは馬鹿にしきった顔でみなを見回した。


かつて私をいじめていたように夫のオリヴァーをいじめているのだと思うと、彼が気の毒だった。モウリーンは相変わらず鼻っぱし強く生きているのだろう。上背はあったがどこか気が弱そうなオリヴァーは平凡さというものを絵に描いたような男で、気の毒に、モウリーンの胸の中では常にキリアンと比べられているのにちがいない。彼が血糖値が高いのに自己管理が行き届かずついつい甘いものに手を出すというのも、軽蔑の対象となっていた。事実彼の皿の上にはホイップクリームとメープルシロップをたっぷりとかけたワッフルが載っていた。


八月まで誰も使う予定がないというので、そのあと十日ほど小さいころからよく夏を過ごしたソーガタックの別荘に滞在した。日本での暮らしに慣れてしまったせいか、別荘は広すぎて落ち着かないぐらいであった。仕事にも熱が入らず、例の大統領が話題を提供し続けるので気がつくと夜中までテレビを見たりしていた。

「いったいどうなってるんだ……」

テレビを消すたびに独り言が口をついて出た。

外に出れば、ミシガン湖沿いに白いヨットがずらっと並んでおり、そのなかに父の再婚相手クレア名義のもあるそうで、よかったら使ってくれと鍵を渡されていたが、昔取った免許はどこかへいってしまったし、興味もなかった。その代わり散歩はよくした。湖の彼方に夕日が沈んでいく姿は子どものころと変わらなかった。湖の水平線が何千という宝石の粒を浮かべたように光り輝き、その上に広がる紫や黄が混じった空に、大きな夕日が別れを惜しんでゆらゆらと揺れながら赤く燃えて沈んでいく。小さいころからソーガタックに来るたびに一番好きな光景であった。

十日間は思いのほか長かった。オヘア空港に行くにはカー・サービスを利用するつもりだったのに、モウリーンはわざわざ二度も電話をしてきて、自分が運転して送ると言ってきかなかった。一人のほうが気楽だったが、私との関係を修復しようとしているのが感じられるので、それを拒否しようとは思わなかった。

出発の日、道中、当たり障りのない会話が続いたあと空港につき、トランクからスーツケースを出した私は、別れを告げるためにドアから車のなかをのぞきこんだ。

彼女は言った。

「わざわざ来てくれてありがとう」

「いやあ、久しぶりに家族に逢えてよかったよ」

私は最後まで当たり障りのない会話で終えるつもりだったのに、彼女はそうはさせてくれなかった。ハンドルに両手を載せたまま私のほうに身を乗り出すと、真剣なまなざしで私の眼を捉えた。シーアン家の多くが共有する緑がかった眼である。年相応に皺が寄ったその眼が黒く縁取られ、その黒く縁取られた眼がマスカラを塗った長いまつげにさらに縁取られている。いかにもアメリカ人の眼だと思った。

彼女は私の眼を捉えたまま訊いた。

「ケヴィン、なぜ日本なんかに移っちゃったの？」

姉が弟に訊くのにあたりまえの質問だったかもしれないが、モウリーンの口から出ると意外な質問に聞こえた。どう応えたらよいか迷っていると彼女は続けた。

「あたしがいじわるだったから？」

「きっとそうだと思う。いや、絶対そうだと思う」

「とっとと失せなさい！　弱虫！」

笑いながら姿勢を元にもどしたが、どこかにさきほどの真剣なまなざしが隠れた、わだかまりを残した笑いだった。そういえばもう長いあいだ「弱虫！」と罵られたことがなかったのを思い出した。

私がドアを閉めて手をあげると、車は去っていった。

闇を破る音

追分に向かったのは日本に戻って一週間ほどしてからであった。まだ太陽の光が残るなか砂利道を下り始めたころに荻原さんが言った。

「今年の夏は少し遅かったね」

たしかに七月の半ば近くになっていた。

姪の結婚式に出席するためアメリカに戻っていたと返事すると、荻原さんは言った。

「そうかい。ケビンも、いくらなんでも、もう結婚しなきゃあいけねえな。老後一人は淋しいよ」

十年ほど前には台北、去年は韓国テレビドラマのファンの奥さんの望み通り一緒にソウルを旅行したりして、荻原さん夫婦は仲がよかった。

「もう遅いですよ」

「相手が日本人じゃあダメかね」

「いやあ、そんなことはありません。ただもう僕がこんな年ですから、誰も結婚したがらないですよ」

「そんなこたねえよ。ケビンは美男子だし、それに優しいしなあ」

荻原さんが私の結婚問題を出してきたのは久しぶりであった。

ありがとうございます、と私は言いながら首を捻り、ちょうど通りかかった「蓬生の宿」を覗きこもうとした。荻原さんは少しスピードを下げてくれた。外には車が駐車してあり、台所だと思われるあたりに橙色の光がついていた。精神を病んでいるか、あるいは極端に病身なのかとしか思えないあの妻は、夕食の準備を手伝うぐらいはできるのだろうか。

着いた日は料理をする気にはならず、浅野屋で買ったバゲットにカマンベールを挟んだサンドウィッチでもって早めの夕食を済ませると、天井から吊り下がった電球だけを消さずにベッドに仰向けになった。シカゴから戻ってきたあとは追分に発つために何かと忙しい日を過ごしていたが、こうして仰向けになっていると、若い時は何ともなかった空旅の疲れが今ごろになって出てくるようだった。窓を開け放しているので、夜になると真夏でも急に冷えてくる山の空気が肌に少し寒い。耳を澄ましてもさすがに秋の虫もまだ鳴かないので、窓の外は静かだった。風が木の葉を揺らす音もほとんどしない。たまに遠くを通る新幹線やローカル線の音も聞こえてこない。いつもの通り小屋の裏を流れる小川の音が絶え間なく聞こえてくるだけであった。

冷蔵庫の製氷機でできた氷が大きな音を出して下に落ちたそのときである。聞き慣れない音が聞こえてきた。最初は空耳かと思ったが、小川の瀬音を縫うようにして小屋まで届いてくる。風の向きによって少し大きくなったり、ほとんど聞こえなくなったりしながら、ピューッという音が闇を破る。

動物の声ではないし、機械の音でもない。笛の音——日本の横笛の音のように聴こえる。ベッドからゆっくりと起き上がって北に面した台所の開いた窓に耳を近づければ、ふたたびピューーッと空気を破る音がする。やはり日本の横笛のような気がする。その日本の横笛のような気がする音が、「蓬生の宿」から聴こえてきているのだった。テレビだとは考えられなかった。実際に人間が吹いているとしか思えなかった。ありえない、と自分に言い聞かせながらも、鼓動が少し速まるのが感じられる。

耳に神経を集めたまま蚊よけスプレーをゆっくりと全身にかけ、懐中電灯と双眼鏡を手に私は静かに外に出た。あたりの空気を乱すとすうっと闇のなかに消えてしまうのではないかと怪しまれるほどこの世離れした音であった。幸い外はまだ欠け始めて間もない月が出ている。裏庭の小径を雑草を踏みしだいて進むにつれ笛の音が近づいてくる。笛の音が近づくにつれ現実が掻き消えていく。小川まで数歩というところで懐中電灯の光を下に向け、行き着いたところで消した。明るい光が御簾を通して漏れてくるのは、こちらからは見えにくい角度にある母屋だったが、近いほうにある離れの和風家屋にも仄暗い光が灯されており、その障子に黒い人影が映っていた。

ぼんやりとしか見えないが、畳に坐っているのにちがいない。頭が大きくデフォルメされているのは、光の源が畳の近くにあり、下からの光を受けてのことだろう。髪の毛や肩の様子からして、妻のほうであった。しかもどうやら着物を着ているらしく、笛をもっている腕の下には袂のようなものが見える。その影がピューーッと吹くたびに微かに揺れる。

双眼鏡を取り出せば、傾斜した庭を下から見上げているのではっきりしないが、障子はぴたりと閉まっていながら、その外側のガラス戸が両側に開け放されていた。それで音がよく聞こえてくるのにちがいなかった。

ピューッという音がするたびに空気の振動で障子紙が震えるのが感じられるようであった。呆然と立ち尽くしてどれほど時間が経っただろう。蚊よけスプレーをものともせずに蚊が寄ってくる。周りは闇でほとんど何も見えなかったが、足許の小川の音は切れ目なく続き、夜露に濡れた草と大地はいつにも増して濃く匂い立った。

静かに自分の小屋に戻り、例によってベッドの上に仰向けになってからもしばらくぼんやりしていた。たった今見たことについて現実的に理解しようと頭を作動させ始めたのは、しばらくして笛の音が止んでからであった。

ピューッ、ピューッという鋭い音からして、あれは一般的な日本の横笛ではない。能に使われる能管かもしれない。

なぜあの妻がそんなものを吹くのか。

あさきゆめみじ……。

性急な結論――自分にとって望ましい性急な結論に達してはいけない。あの妻の年はわからない。だが、琴や三味線を娘時代に習ったという世代は、たとえまだ生きていたとしても、八十は越しているのではないか。そんな人たちでも能管などは習わない。その下の世代となるとふつうは猫も杓子もピアノである。そして、さらにその下の世代はバレエ。これはピアノを買う必要もないので、近年大流行している。いったいあの妻はどういう経緯で能管などを吹くことになったのだろう。逸る心を抑え、あとで自分が失望するのを前もって避けるため、私はもっとも現実的かつ興ざめなシナリオを頭に描いた。

大学のクラブ活動で学んだというシナリオである。

もうだいぶ前からのことだが、「遅ればせながらの目覚め」の一環で、学校のクラブ活動というものを通じ、日本の古い文化に目覚める学生の数が昔よりだいぶ増えたと聞いている。茶道や華道はもちろんのこと、弓道や剣道を習う女の人さえいると聞く。当然、邦楽を習う人もいる。琴や三味線だけでなく、琵琶まで習うというから、あの妻がクラブ活動を通じて能管に親しむようになったとしても不思議はない——とはいえ、あの妻は京都の由緒ある家に育ったというではないか……。

私の頭はもっとも現実的かつ興ざめなシナリオを描くよう私に命じたが、私の胸は何かもっと心躍る理由があるにちがいないという期待を振り切ることができなかった。

その期待に輪をかけるのが、あの仄暗い光である。明るければ明るいほど良いという、電気のありがたさを昨日知ったばかりのような幼稚な美意識——その美意識から日本人もとうとう自由になり、最近は若い人の行くレストランなどは逆に暗すぎるぐらいになった。だがこと畳を敷いた日本間となると、もうたいがいは絶望的で、天井からのまぶしい蛍光灯の光が襖も障子も畳も隈なく煌々と照らし、まるでオフィスにいるようである。芸者や舞妓を呼ぶような由緒ある料理屋も同様で、真っ白に塗られた可愛らしい顔も金糸銀糸が入った豪華な帯も、そのような光の下ではどこか品下れて見える。「陰翳礼讃」とはいったいどこの国の話でしょうかと谷崎に尋ねたくなる。そんな日本で、わざわざあのように仄暗い光のなかで横笛を唇にあてる妻の姿は、それだけで、よほど珍しい育ちをしたとしか思えなかった。

しかも着物を着ていた。

袂を垂らして障子に映っていた影が気味悪くデフォルメされていたせいだろう。障子の向こうがわにはふつうの人間がいるようには思えなかった。昔話に出てくる異界の山姥、あるいは、もの思いに取り憑かれて狂ってしまった六条御息所のような女がひそんでいるようであった。

かく参り来むともさらに思はぬを、もの思ふ人の魂は、げにあくがるるものになむありける

何の思いが――何にあくがるる魂が、あの女をあんな風に動かしているのか。

次の日は小雨が降っていたが、私は日が暮れてからはわざと北の窓を半分開け、ポッドキャストを聞くことも、YouTubeを見ることもせずに、夕食を作ったり食べたりしながらまた横笛の音が聞こえてくるかどうか耳を澄ませていた。すると昨夜と同じぐらいの時間に再びピューッという音が聞こえてきた。小雨のせいかさらに微かにしか聞こえない。フード付きの雨除けをまとい、再び懐中電灯と双眼鏡を手に音を立てないよう裏の小径を行けば、昨夜と同じ光景が私を待っていた。ピューッと強くなるところで、デフォルメされた影が同じように微かに揺れた。

小屋に戻った私は雨除けを壁にかけると、椅子に坐り、コンピューターのスクリーンを前に両

手で頭を抱えこんだ。何を考えるべきかわからなかった。笛の音は続いている。まぶたを閉じれば眼に焼きついた障子の黒い影が私を威嚇するようにどんどんと大きくなっていく。

キリアンがこんな風に頭を抱えこんだ私を見たら何と言っただろう。

「想像の方が現実よりよほど上等なんだ」

よく彼はそう言った。

だが、ある日、そう言ったあと、ふと私の顔に眼をとめると、でも、君は想像を超えた現実に出会うことができるかもしれない、と続けた。

「なぜ？」

「僕よりも真に感動することができるから」

「なぜ？」

「感動する器が深いからさ」

「兄さんのは深くないの？」

自分のほうがキリアンより優れた点があるとは思えなかった。

「深いと自分じゃあ思ってるけど、どうだろう。僕のような人間は日々の快楽が多すぎて、それと知らないで、そのせっかくの機会を逃してしまうんだ。君みたいに毎日の快楽が少ないのは幸せかもしれない」

そう言うと、私の頭をぐしゃぐしゃに掻き混ぜた。彼の愛情の表現であり、私にしかしたことがない。

次の日も日が暮れてからはわざと北の窓を開け耳を澄まして待っていると、また同じ音が聞こえてきて、同じ光景が待っていた。

思えば、この前のゴールデンウィークは黄先生の弟子の春の発表会が終わったばかりだったのをこれ幸いと、追分に滞在しているあいだ私は練習を怠け、一度もピアノの前に坐らなかった。今回着いてからもまだ練習を始めていない。それもあってあの妻は自分の吹く笛の音が闇を通してこの小屋まで届くのを知らないのかもしれない。湿気がひどいこの地に置いてある私のピアノは電子ピアノでしかないので、これからは練習するとき、音を極端に絞るか、消音機能を使うかどちらかにすることにした。

もう梅雨は明けているというのに、それからも雨が降ったりやんだりの日が続いた。横笛は聞こえる晩と聞こえない晩とがあり、聞こえない晩が二、三日続くこともあった。私の心は「蓬生の宿」の住人たちが、そうとう妙な人たちだという事実に次第に慣れてきた。

やがて青空が広がる朝が訪れた。それまでも小雨ならフード付きの雨除けをまとって散歩に出ていたが、その朝は澄んだ空と雨水を吸っていよいよ深く色づいた緑の輝きに誘われ、いつもより早くに飛び出すように外に出た。すると、上のほうから「ほそ道」を戻ってくる夫婦の姿があった。すでに「ほそ道」を横切る道を通り越してしまっていたので、とって返すのも妙だと判断したらしい。そのまま私の方に向かって歩いてきた。杖をついた夫が前に出て妻を隠すようにしているので、妻は麦わら帽子の縁しか見えない。眼が合うと、夫は「こんにちは」と声に出して挨拶をした。日に焼けた例の精悍な顔であった。笑顔はなかったが、敵意はなく、無関心でさえない。短いあいだだったが私を注意深く観察したように思う。妻のほうは夫の背中に隠れたまま下を向いて挨拶をしたので、麦わら帽子が上下に揺れたのが見えただけであった。散歩の時間を早めたのを何か悪いことをしたような気にさせられた私は、「こんにちは」と返しながら急ぎ足ですれ違った。

あの妻が横笛を吹くのを知ってからは、彼女が極端に病身だという仮説はあまり妥当だとは思えなくなっていた。ひどい人間恐怖症というか、何か精神を病んでいるにちがいない。それも、あの夫の緊張した様子からしても、生まれつきの病いというよりも、最近発病した病いのような気がする。たとえば、いわゆる、PTSDといわれているもので、最近、何かとてつもなく耐えがたかった体験があり、それがトラウマとなって、夫をのぞいたすべての人間との関わりを病的に拒絶するようになったのかもしれない。あんな風に顔を見せないようにしているのは、ひょっとすると大きな切り傷や深い火傷を負って、それが癒やしがたい心の傷となっている可能性もある。夜になると仄暗いなかで一人横笛を吹くのは治療の一環なのか。それとも狂いの一環なのか。

私は散歩の途中で見かける、やはり精神を病んでいるとしか思えない二人の女のことを思い浮かべた。夫は東京で仕事をしているのか、男の姿は見かけなかったが、彼女たちの姿はよく庭で見かけた。住んでいる山荘もまったくちがう方向にあれば、背格好もまったくちがう二人なのに、私の頭のなかでその二人はよく混同した。私の姿が近づくのに気づくとさっと背を向けて静かに家のほうに消えていく。その時間がないときは、会釈はするが、すぐに顔を下に向け、眼は合わさない。そういう様子が二人ともそっくりなのである。果たして専門家の指示でそうしているのかどうかはわからないが、園芸療法とやらを実践しているらしく、いつも庭で何やらやっている。雑草を抜いたり、小さな花を植えたりするていどで、ふつう庭の手入れをする人間のように、せっせと身体を動かして何か目的を達しようとしているのではなく、砂遊びする子どものようにスコップで土をいじっている。一人は退行現象が激しいのか、ディズニーの白雪姫と七人の小人を土に並べ、その周りにミニアチュアのような鉢植えの花を飾っていた。

この避暑地を保養のために使っているのはたしかであった。

いづれにせよ、裏の夫婦にとって、私が「ほそ道」の先にあった小屋に住んでいたのは気の毒なことであった。

しばらくするうちに彼らの日常生活がわかってきた。

雨が降っていなければ、彼らも日に二回散歩する。犬を飼ってもいないのに散歩をする珍しい日本人であった。また、昼やお茶だけでなく、夜もよく母屋のデッキに出ては仄暗い光を灯して食事をしていた。日常的に外で食べるというのも日本人には珍しいことだったが、外国生活が長かったせいだろう。外食は当然避けているらしく、食事の時間帯にはいつもレクサスが車庫にある。車が消えているときは夫が買物にでも行っているのだろうが、妻が同行しているとは思えなかった。

夫が一晩留守にすることもある。それも日曜日である。子どものころ毎週朝のミサに出ていたので、未だに日曜日の朝は起きしなに、ああ、今日は日曜だ、だがもうミサに行く必要がない、もう両親の命令に従う必要がない、と反射的に思うことがあった。そんな思いのなかに起きたある日曜日、朝の散歩のときに見えなかった車が夕方の散歩のときにも見えなかった。そろそろ戻ったかと確認しに、夜遅く、懐中電灯を頼りにそっと見に行くと、まだない。家に点った光が妻が一人であの山荘にぽつんと残っている証しのようで、翌日の夕方車が戻っているのを見届けるまで落ち着かなかった。それからしばらくしてまた夫が一晩留守にした。やはり日曜日であった。前回消えていたときからちょうど二週間たっていたので、そう決まっているのかもしれなかった。

夫は大変精力的な男であった。庭に出ているときは杖を使わずに、納屋にかかった色々の道具を使って庭に改良を加えている。妻はだいたいは家のなかにいたが、園芸療法を試みるのか、道から離れた、日本庭園が始まる境界線あたりで、例のつばの広い麦わら帽子を被ってしゃがみこんでいることもあった。母屋のデッキで洗濯物を干したりもする。外界から隔離されているという安心感も手伝ってか、洗濯物を干すその姿も、垣間見るだけだが、背筋がまっすぐで、軽やかで美しい。意外だったが折り折り笑う声も聞こえてきた。母屋のデッキは、もともと目隠しのために植わっていた木々に隠され、「ほそ道」からはよく見えないが、私の小屋の裏に回ればある程度見える。たまに双眼鏡を出して裏から覗きにいったが、妻の顔に人を驚かすようなものがあるかどうかは判断できなかった。せっかくあんなに広い月見台を庭の奥に建てたというのに、二人がそこに出ているのは見たことがなかった。

彼らの生活はほとんど尋常といえるものであった。それでいて、夜になると妻が横笛を吹く。毎晩続けて吹くことも、数日吹かないこともある。しかも、太陽が沈みかかったころになると彼女は着物に着替えるらしい。夕暮れ時に散歩から戻ってくると、窓の半ばまで下ろした御簾の下から二人で台所で立ち働く姿が胴の辺りだけ見える。(『源氏物語絵巻』を思い起こさせる絹の布で縁取られた御簾があちこちの窓で使われていた。)すると、妻の顔は見えないが、胸元から帯にかけて見えるので、それで着物を着ているのがわかるのである。着物といっても浴衣のときもあるが、いづれにせよ渋い色合いのものである。今や着物など花火大会に出かける若い娘たちがあたかも仮装舞踏会にでも出るように派手な浴衣を着るだけなのを思うと、あの横笛と同じく、趣味などという次元を超えた異様なものを感じた。よほどふつうではない育ちをしたのか、あるいは、ふつうではない思いのなかに生きているのか。

さらなる衝撃

さらなる衝撃が私を待っていたのは八月の二週目に入ってからであった。

夜、開け放した窓から何やら笛とは別の音が漏れてきた。笛のように闇を破る鋭い音ではない。偶然そのとき食事のあとテーブルの上をぼんやりと見ていたので気づいた微かな低い音であった。私は息を呑んで耳に神経を集中させた。今度のは地面から立ちのぼるような人の声——いや、冥《みよう》界《かい》から立ちのぼるような人の声であった。男の声ではない。さりとて女の声だとは断定できない。

身じろぎもせずにその声に聞き入っていた私は我に返ると、笛の音に驚かされたときよりもさらに静かに仕度をして闇のなかへと出ていった。

南の空にまん丸い満月が梢の合間を縫うように昇っているのが眼に入った。半透明な黄金の皿が宙に浮かんでいるようである。夏の満月なので低いが、山の空気が澄んでいるせいで、驚くほど明るく、裏から聞こえてくる微かな声を玲瓏と照らし出している。大地も樹木も闇を通って聞こえてくるその声と共に呼吸していた。

小川に近づくにつれ瀬音は大きくなったが、声もよりよく通る。辺りを制して闇そのものを呑みこんでしまうような不思議な力をもった声である。神経を耳に集中させているせいか身体全体が耳になっていくような気がする。なおも先に進むと二つの明るい光が見えてきた。近づけば、月見台の両脇で篝火が焚かれ、対の炎が絶えず形を変えつつこれでもかと燃えさかっていたのであった。そして、その絶えず形を変えつつある炎のあいだに、あたかもその炎に包まれたように見える静止した白い姿があった。私は足許を照らしていた懐中電灯を消してポケットに入れると、双眼鏡も取り出さずに、その静止した白い姿を仰ぎ見た。

袴を身につけているが、女だった。

華奢な女である。それなのに英語の「majestic」という言葉がすぐに浮かんだ。

日本語だと「厳か」……。

やがてその厳かな白い姿が扇をもった右手を上げながら、すすっと前方に進んだ。次に立ち止まった。それから扇を胸元にもってくると両手で水平に開き、その開いた扇で月の光を受けるかのようにゆっくりと舞い始めた。

満月と篝火に照らされた彼女の顔が白く見えたが、双眼鏡を取り出すことなど思いもよらず、私は金縛りにあったように身じろぎもせず彼女の動きを眼で追った。

よくは見えないが声を出しているはずの彼女の口はほとんど動いていない。顔も面を被ったように無表情である。白い姿は、何かに憑かれ、それに操られているような、動きそのものを抑えこんだ能の仕舞い特有の動きをしばらく続けたあと、次第に速度を速め、月見台の上を自在に左右し、じきにくるりくるりと足底全体を床に押しつけるようにして回転した。

私の耳には太鼓や鼓《つづみ》や笛の音が聞こえてきた。

やがて動きがぴたりと止まった。同時にすべての音も止んだ。白い姿は浮いたように静かに左手に消えていった。

夫の姿が見えなかったのに気づいたのは、そのあとであった。

その晩から翌日にかけて少し頭がおかしくなってしまった。あの妻が京都の旧家に育ったということ、彼女が精神を病んでいるのではないかということ――そういう現実的な説明は私が受けた衝撃に対しては無力だった。ひょっとしたら京都の能楽師の家に生まれたのかもしれないが、そのようなこともどうでもよかった。たとえそうだとしても、どう考えても、すべてが狂っていた。あの男とも女ともつかぬ声が、あの白い舞い姿が狂っていた。あの篝火も狂っていた。黄金の皿のような満月さえ狂っているように思えた。

すべてが狂っていることが、私を狂わせた。

何に取り憑かれているのか、誰に取り憑かれているのか、ふだんは人間の仮面を被った何物かが満月に誘われて本性を現したかのようであった。

浅い眠りを眠った翌日、起きたところで裏に回ってみれば、今までどうしてこの月見台が能舞台として造られていたのに気づかなかったのかが不思議であった。記憶にある能舞台より一回り小さかったせいだったかもしれないが、改めて見てみれば、屋根はないのに月見台の四隅には胸の高さぐらいまでの細い黒い柱が立っていた。よくは知らないが、四隅に柱が立っているのが能舞台の大きな特徴のはずである。座敷から月見台に至る廊下もたしか「橋掛《はしがかり》」といったはずだが、舞台に至るまでの廊下――日常から異界へと移る道を象徴する廊下を兼ねていたのだった。すべてが目立たないようにしつらえてあるので、通りがかりの人が見ても、こんなところに能舞台があるとは誰も思わないだろうが、床は果たして何の木で造られているのか、檜ではないとしても、神聖な空間だからということで、夫婦はふだんは母屋のデッキしか使わないのだろう。だが、昨晩はたしかに眼にした対の篝火台があとかたもなく消えているので、あの光景が幻想ではなかったと言い切れる証しはもうどこにもなかった。

こんなことは私にはめったにないのだが、午前中は散歩に行く気にも、仕事をする気にもならず、ふだんは掃除しないところを掃除したり、ふだんより手間のかかる料理を作ったりしていた。頭に霞がかかったようで、彼らが何者であるかについて思いを巡らせる気にさえならなかった。彼らが今あの山荘で何をしているのかも考えなかった。午後には寝転んで、荷物と一緒に送った未読の「ニューヨーカー」の一コマ漫画を一つ一つ見ていこうとしたが、じきに天井を眺めていた。当然のように昨晩見た光景が眼の前に浮かぶ。

冥界から立ちのぼるような不思議な力をもった声。これでもかと燃えていた対の篝火の炎。白い静止した姿。その姿がゆっくりと動き始めた瞬間――今の日本においてあのような光景が私の前に実際に立ち現れるのはありえないことであった。そんなことがありうるのは、マンガかアニメかホラー映画――あるいはお目出度い小説か何かのなかだけである。あんなものを今の日本で眼にする日が来るとは、アメリカの図書館の片隅で夢を見ていたときさえ想像しなかった。

ベッドから起き上がった私は首を山荘のほうに向けた。

キリアンだったらこんな場合どうしただろう。気後れというものを知らない彼なら、隣人の特権として、シャンパンか何かを抱えて彼らの家の扉を叩くかもしれない。

「挨拶が遅れましたが、追分にようこそ」

キリアンの少しも図々しさを感じさせないあのはにかんだ笑顔を前にしたら、彼らも心を少しは解かざるをえないだろう。キリアンは回り道をせず、すぐ昨晩眼にしたことに触れ、自分の驚きをそのまま口にするのではないか。だが、もちろん私はキリアンではない。他人のことを知りたいというそれまで私にはほとんど無縁だった欲望を抱えながら、何の行動も起こさずに、翌日からふだんの日課をこなした。仕事もすれば、散歩もした。音を極端に小さくして、ピアノも練習した。

彼らに次に逢うこともないまま、数日後、盆休みに入った。夕方の散歩に出れば「蓬生の宿」

の玄関先の地面に黒く焦げた小さな塊があるのが見えた。先祖の霊を迎えるための迎え火を焚いたのだと気づくのにしばらくかかったのは、今や地元民でもそんな慣習も迷信も捨て去りつつあるのに、都会人の別荘族が迎え火を焚くとは考えもしなかったからにちがいない。黒く焦げた塊は日本中が盆休みに入った徴《しるし》であった。その一週間は軽井沢はゴールデンウィークよりもさらに混む。観光客も大量に押し寄せてくれば、別荘をもった人たちも、ふだんは来なくとも、そのときだけは来る。別荘への来客もある。

「蓬生の宿」にも来客があった。庭の奥のほうから賑やかな声がするので、意外にもあの二人を訪ねてくる人たちがいたのを知った。若い女たち特有の早口も、高い笑い声も混じっていた。夫婦の娘や孫たちだろうか。裏から双眼鏡で覗いてみたい気がしたが、来客があったときまで興味本位で覗き見すると自分の品位を落とすような気がするので、考えないようにして仕事を続け、日の暮れる寸前になって散歩に出た。すると見たこともない白いパラソルとテーブルが月見台のほうに置かれ、皆がそこに坐っているのが生け垣を通して遠くに見える。声が庭の奥のほうから聞こえてきていたのは、そのせいであった。坐っている人たちはまさかその月見台が能舞台として使われているとは想像もしていないのではないだろうか。見慣れた銀色のレクサスの隣りに紺色のＢＭＷが停まっていた。

その日は暑いわりに珍しく湿気もなく夕暮れのいい風が吹いていたせいでいつもより散歩が長引き、戻ってきたころにはあたりはひときわ濃い暮れ色に染まっていた。「蓬生の宿」に近づいたときである。北側の屋根から突き出た例の物干し場のようなデッキに人影が二つ現れるのが見えた。一つは夫で、もう一つは女だが背も高く立派な体格なので妻ではない。自分が何をしようとしているか考える前に、自然に足が動き、すぐそばの水楢の大木の蔭に身を寄せていた。

「ああ、しんど。運動不足やわぁ」

階段が急だったのだろう。女は西のほうの言葉で言った。やはり京都の人なのかもしれない。若い女ではなかった。

「けど、いい風」

あたりを見回しているらしい。

「いい離れ、造らはったなあ」

一人で話し続けている。その話し方が別に品がないわけではなかったが、「蓬生の宿」に突然俗世界が押し入ってきたような印象を受けた。

「お庭も結構やし」

「ああ」

「でも、タカコさんのこと考えるとしかたないかもしれへんけど、こんなトコに二人だけで一年じゅう住んではるなんて……。お母ちゃんはもうよう訳がわからんようになってはるさかい、お兄ちゃんがどこに居ようとあんまり関係ないかもしれへんけど」

どうやら妹らしいが、「タカコさん」と言ったあたりから声を少し低めた。

「ああ、おふくろ、急だったね。あんなに早く呆けるとは思わなかった」

男の方は声を落とさずに話し続けている。彼の話しかたは西の抑揚がたまに出たが基本的には標準語であった。

妹らしい女が兄の言葉を受けた。

「ほんまに急やったなぁ。お兄ちゃんがついにほんまに帰ってきはったんで、緊張が解けたんやなあ。すぐに転んで骨折ってしもうたりしはって」

少し沈黙があったあと男が言った。

「ここは晴れてる晩は夜空が素晴らしくきれいなんだよ」

声の調子が変わったところをみると、空を見上げているのかもしれなかった。

「そやかて、冬なんか雪降って寒いんやろ？　なんもすることなんかないのんとちゃうやろか。お兄ちゃんスキーなんかせえへんしなあ」

「いづれにせよ、こんなんなって、できるはずないだろう」

杖をついた足のことを言っているのだろう。

「この季節はゴルフぐらいはしてはるのとちがうの？」

「ゴルフなんてもう仕事から縁が切れたらする気もしないよ」

「ほんならなにしてはりますねん。いちんちじゅうタカコさんの顔を見てぼうっとしてはるわけにもいかんやろうし」

男は応えなかった。

「相変わらず、あっちに行かはった人たちの研究ですか？」

妹の声にはうっすらと軽侮の念が響いたが、それが、「あっちに行かはった人たち」というのを指すのだか、兄の研究を指すのだか、わからなかった。

「ああ……」

男は続けた。

「それに、たまに頼まれて向こうの政治情勢や経済状況の記事を書いたりするし」

「ふうん。もう退職しはったのに、お兄ちゃんにそんなもん頼む雑誌があんの？」

「今はネットでいくらでも情報が入ってくるからね。英語とちがってスペイン語ができる人は少ないし。ポルトガル語になるともっと少ない」

「へえ、そうかあ」

今度は妹は尊敬した声を出している。

「それに、気候がいいときは、薪を割ったり、枝を切ったり、花を植えたり……四十年間、仕事で人づきあいばかりしてきたから、こんなんが気楽でいいんだ」

「ふうん」

少し沈黙があったあと妹はまた声を低くした。

「タカコさんはあれで少しはようなってきてはんの？」

「ああ。だいぶ良くなってきてる」

今度は男も声を低くして応えた。

「そやけど、まだ、なんだかふつうやない感じがする」

「まあね」

男はわざと簡潔に応えているように聞こえる。

「お兄ちゃんも気の毒やなあ」

「僕は平気だよ」

「いやあ、うちは気の毒やなあと思ってる。あんなことにならはるって、考えもしいひんかったやろうに」

「そりゃあそうさ」

「なんで、せっかく日本に戻ってきたのに、おかしくならはったんやろ」

実際はもっと問い詰めたいのに、努めてふつうの声を出しているような気がする。

「さあ、わかんない」

男は男で努めてふつうの声を出しているようであった。

「ほんまにわからんの？」

「ああ、わかんない」

男は今度は不快を少し露骨に表した。妹は諦めたらしく、まあ、少しづつようなってきてはんのやったら結構やけど、と結論づけるように言った。

二人の声がしなくなってしばらくしてから私は足音を忍ばせて水楢の大木を離れた。

客は二泊だけして消えた。

夫の経歴

　夫婦の正体――というより、夫の経歴がわかったのは、そのすぐあとであった。盆休みが終わるとツルヤの混み具合が増しになるので、いつもそれまで待って食品の買い出しに行く。その年は、迎えにきた荻原さんが、「蓬生の宿」を通り越したところでバックミラーで私の顔を見ながら言った。

「ああ、そうそう、この前ツルヤから一人乗せたんだけどね、その人がね、この家の人を知ってたんだよ。同じ大学に行ったんだって」

　私は思わず身を乗り出して応えていた。

「そうですか」

「ああ、あのダンナのほうね、杖ついてる」

　荻原さんも夫婦が散歩をしているのを見かけているらしい。

「はぁ」

「大使だったらしいよ」

「大使？」

「ああ、ほれ、南アメリカ。なんでもあっちに長いこといたんだって」

「南アメリカ」――その言葉を聞いたとたんに、断片的なイメージが次々と心に浮かんだ。眩しい太陽、豊かな自然、明るい色彩、速いテンポの音楽、陽気な人々――続いて、度重なるクーデター、軍事政権、ＣＩＡの露骨な介入。さらには麻薬密売組織、縄張り争い、果てしない銃暴力、誘拐事件、売春組織……。自分でも内心呆れたが、アメリカの白人の典型的な反応そのままでしかなかった。妹らしい人物との会話から夫がスペイン語やポルトガル語ができるのを知ったが、うかつにもイベリア半島を思い浮かべていたのは、私自身、ヨーロッパには慣れ親しんでいたのに、南アメリカには足を踏みいれたことがなかったからにちがいない。

南アメリカの地図が続いて心に浮かぶうちに微かに息を呑んだ。銃暴力、誘拐事件、売春組織などという恐ろしげな一連のイメージがもう一度頭をもたげ、それと同時に、ふと、それまで想像もしなかった図が眼の前にくり広げられた。あの妻が男たちに乱暴に車に押しこまれてどこかに連れて行かれようとしている図である。華奢な二本の腕が抵抗しようとして宙を掻く。私はそこで自分の想像を止めた。

「どの国でしょう」

チリやアルゼンチンでの確率は低いかもしれない。治安のひどく悪い国と言えば、メキシコ、ホンジュラス、ブラジル、ベネズエラ、コロンビア……。なんだって南アメリカはこんなに治安の悪い国ばかりがあるのだろう。

さあ、と荻原さんはバックミラーで私を見ると首を傾げた。

「なんだか色んな国を回ってたんだって」

荻原さんがそれを知ったのは、たまたま客を乗せてツルヤまで運転したときだという。タクシー専用の車寄せでその客を下ろすと、すぐそばで携帯で一台呼ぼうとしていたらしい白い顎鬚を生やした男が荻原さんの車に気づいて手を挙げた。見るとその隣りに例の杖をついた男が立っており、それまで二人で話していたようであった。顎鬚の男は車に乗りこみながら、それじゃあ、今度ぜひ、と片手でちょこを傾けて口につける動作と共に別れの挨拶をした。この「いつか逢って一緒に飲もう」という日本人特有の動作も、常々面白いとは思っていたが、私はしたことのない動作の一つである。杖の男はタクシーが消えるまで立って見送っていた。

荻原さんはふだんは乗客に自分から話しかけることはないが、そのときは興味のほうが先立ってしまったらしい。

あの杖をついた男の家の近所をたまに通るが、彼を知っているのかと訊くと、乗りこんだ男は幸い口の軽い男であった。荻原さんが問いもしないのに、同じ大学に行っていたこと、卒業する一年前に南アメリカに行くといって消えてしまったと思ったら、いつのまにか戻って外務省に入ったこと、外交官として始終南アメリカに行っていたらしいこと、じきにどこかの国の大使になったらしいことなどを教えてくれた。最後に会ったのは男が日本に戻ってきたあとに京都で開かれた同窓会で、二、三年前のことだという。男が軽井沢の追分に別荘をもっていたのは今日偶然逢うまで知らなかったということであった。

大使ですかぁ、と私は平気な声を出しながら、妻が誘拐されたのを知らされて動転している姿、妻を病院に運ぶ姿などを眼の前に浮かべていた。

「ああ、外国語なんかも話すんだろう。偉《えれ》えもんだね」

幸い荻原さんには私の頭が描く図は見えない。

ツルヤで買物を済ませて帰ってきた私はすぐにコンピューターに向かった。工事中に立っていた立て札を懐中電灯で照らして見たとき、建物が一階建てだと書いてあったのに安心し、施主の名前まで見なかった自分を呪った。夫婦はあの立て札が消えたあと表札は出していなかった。今は誰にでもかんたんに自分のことを調べられてしまうので、表札を出さない人たちがこの高級別荘地ではことに増えていた。私でさえ出していない。ブラウザの検索窓に、南アメリカの国々の名前と一緒に、「日本大使館」、「日本領事館」、「外交官の妻」、「大使の妻」、「誘拐事件」、「暴行事件」など、いろいろな単語を入力し、ずいぶんと前まで遡って調べてみたが、それらしい記事はどこにも見当たらなかった。

インターネットが普及する以前の話ではない限り、もし多額な身代金を請求されたとしたら、記事が一つや二つはあるはずであった。私が想像したようなことは起こらなかったのかもしれない。だが、もし、何かが起こったとしても、表沙汰にしなくて済んだことは確かであった。

妻の精神の病いだと思われるものの原因に関して自分の立てた仮説を信じたわけではないが、納得のいく筋書きの一つだと思った。

ところが、数日後、その筋書きが疑わしく見えてきた小さなできごとがあった。

すぐ次の日曜日のことである。朝、いつものように散歩に出ると、「蓬生の宿」の庭にライトブルーの塊が見える。奥のほうの日本庭園と、道に近いふつうの庭園との境目あたりで、ライトブルーの長シャツを着た妻が例のつばの広い麦わら帽子を被り、しゃがんで草をむしっていたのであった。

闇に白く浮かんでいた人間ばなれした姿とはどこも重ならない、あまりに日常的な姿であった。その小さくしゃがんだ身体が、異国でそんな目にあって精神を病んでしまった可能性を考えると、なんだか異国の人間を代表して謝りたいような妙な気持になりながら通り過ぎた。数歩先に行ってから夫の車がないのに気づいて、初めて、前回夫が一晩消えていた日曜日からまたちょうど二週間経っていたのを知った。

半時間ほどして戻ってくると、同じ姿が道のすぐそばに見えたのは、草をむしっているうちにそんなところまでくり出してきてしまったのだろう。私は規則正しい歩みを続けた。彼女が首を上げて挨拶をしなくともまったく気にしないと言っているような、わざと陽気な足取りで歩いたぐらいであった。

すると予期もしていなかったことだが彼女が顔を上げた。

砂利道を歩く音にうっかりと誘われたのにちがいない。

次の私の驚きは何と言ったら良いのだろう。それまでどこに心をさまよわせていたのか、ぼんやりとした表情で顔を上げたあと、軽く息を呑み、太陽のように晴れやかに笑った。太陽のように晴れやかに笑ったというだけではない。あまりに自然な笑みで、まるで彼女の魂が私の懐にまっすぐ飛びこんできたような印象があった。彼女の眼は一、二秒私の上にあったが、その次には少し困惑した表情が浮かんだ。あたかも一瞬だけ、精神を病んでいるのを忘れてしまい、それを忘れてしまった自分をたしなめたかのようであった。

「こんにちは」

私の挨拶を彼女は聞こえないほどの声で返すと、麦わら帽子のつばに顔を隠して草むしりに戻った。通り過ぎてしばらく行ったあとちらと振り向くと、下を向いたままだった。

砂利道を歩く私の頭はすっかり混乱していた。篝火の明かりでは白っぽくしか見えなかった彼女の顔に、何の傷痕も疾患の気配もなかったのに思い当たったのはしばらくしてからのことである。身の軽い姿から想像していたよりもずいぶんと年をとっていた。夫に比べればだいぶ若かったが、アメリカ人の眼に三十代後半に見えるということは、四十代には確実に届いているであろう。四十も半ばにいっているかもしれない。こと女となると私は若い女より年のいった女のほうを好むので――話をしていてよほど面白い――ふつうの男だったら感じたかもしれない失望は感じなかった。それよりも、想像していたよりはるかに美しかったのに自分でも説明がつかぬほどの深い感動を覚えていた。美しいという形容詞は正しくないかもしれない。華やかでありながらも、どこまでも古風な気品に打たれたのである。京都の人のせいか、昨今の日本人のあいだで流行っているコーカソイドが混ざったような顔とはまったく無関係の、切れ長の一重まぶたをした昔の日本人形のような顔立ちで、得も言われぬ優美さがその色白の細面の顔から首、首から肩、肩から腕へと流れていた。

それにしても、あの太陽のように晴れやかな笑顔はいったい何だったのか。あの、まるで彼女の魂が私の懐にまっすぐ飛びこんできたような自然な笑みはいったい何だったのだろう。そして、そのあとの困惑した表情……。

小屋に戻るまでの数分は、足を自動的に動かしながら、たった今、それも数秒のあいだだけ眼に入ってきた光景を動画のように再生し続けた数分間であった。同時に空だった車庫がくり返し眼に浮かぶ。予測通り、次の日の朝の散歩のときも車庫は空で、夕方の散歩に出て初めて夫の車が戻っていたのを見届けるまで落ち着かない時間が続いた。

それから二、三度、散歩の途中で行き会ったが、妻が私に関して何か言ったのか、夫は前ほど異様な感じで妻を護ろうとはせず、妻も目立つほど顔を隠すこともせずに会釈をするようになった。微かに笑みを浮かべているような気もしたが、それが私に向けられたものか、会釈をするという社会的行為の一部だったのかはわからない。やがて九月に入り、ふたたびレクサスが消えていた日曜日があった。夫がいないときのほうが何か口実を作ってあの家の扉を叩きやすいようで心平らかではなかったが、妻を訪ねる口実などどこを探しても見当たりようもなかった。翌日夫が戻ってきたのを確かめると、妻のためにはほっとしたが、また機会を逸してしまったという後悔が胸に渦巻いた。

前々からインターネットで調べたところによると、その翌々晩が九月の満月にあたった。満月と妻のあの舞いと何か関係あるのかどうかがわからず、あれから一ト月近く次の満月を心待ちにしていたが、天気予報は三日前から雨を予測しており、実際、その日は一日中雨であった。夜になって窓を開けても、雨の音と小川の瀬音がするだけであった。

やがて九月も半ばになった。ふだんなら東京に戻ったころだが、滞在を延ばし延ばしにしていたのは、ローカル線で二時間半はかかる小布施という町に北斎館があり、それをもう一度訪ねようと思いながら実行に移していなかったせいである。だが、それと同時に、このままでは追分を去りがたい思いが私をここに留まらせていたのも否めなかった。去る前に、何かのきっかけで、あの夫婦と少なくとも立ち話でもするような関係に入れないものか……。あの家で何かが起こり、警察や救急車を呼ぶ以前に二人が私に助けを求めてくるシナリオなどを気がつくとぼんやり考えたりしていた。他人を知りたい欲望を、私のような人間がそこまで強くもつに至るとは、自分が自分でなくなったようであった。

しかもその欲望は実際に奇跡的に叶えられた。

台風と白馬の騎士

それはまさに夫の車が消えていた日曜日のことであった。遅い昼飯を食べたあとコーヒーを片手にコンピューターでニュースにアクセスすれば、沖縄から北上し、日本海側に向かっていると報道されていた台風が、昼頃から方向を変え、日本列島のど真ん中——すなわちこのあたりに向かってくるという。大して気にせずに今度はYouTubeでさまざまなアメリカのニュースを観ていると——あの大統領が当選して以来のポルノ中毒にも似たニュース中毒は追分でも続いていた——午後の三時ごろから、急に風が強くなり、そのうちに小屋全体が吹き飛ばされそうな気配がしてきた。空が刻一刻黒くなっていく。窓のそばまで行って庭を見れば黒い空の下で高い落葉松のてっぺんが右へ左へと揺れたり、ぐるりと回転したりしていた。やがて雨がぽつぽつと降り始めたかと思うとまたたくまに豪雨となり、本格的な嵐となった。早すぎる闇が忍びこむ部屋に電気を灯せば、部屋の明るさとのコントラストで外は幕が垂れたように突然暗くなり、大量の雨が窓に打ちつけられては下に落ちていくのだけが見えた。

夜に向かうにつれ、嵐はいよいよ激しくなった。自然がここまで荒ぶるのは東京では見られない。私は雨除けをまとって扉を開けると、軒先に立ち、闇と水煙と風によってくり広げられる暴力的な光景をしばらく眺めていた。顔に突き刺すようにかかってくる水滴が気持よい。レイディ・チャタレーのように雨のなかに裸で躍り出て全身を雨に突き刺されたいような馬鹿らしい欲望が一瞬胸をよぎりさえした。水煙が立つほどの激しい雨は何度も経験しているが、ここまで凄まじい風を伴った雨を見るのは何年ぶりだろうか。落葉松のてっぺんがさらに大きく左右に揺れたり、回転したりしている。

かの地獄の業の風なりとも、かばかりにこそはとぞ覺ゆる

八百年前に建てられた雨露をかろうじてしのげるだけの小屋でこのような風にいたぶられたら、どんなに恐ろしかったことか。

停電になったのは小屋に戻ってからであった。YouTubeが映っていた画面が暗くなると同時に天井の電球が消えた。電気ストーブも消えた。大木の枝が折れて電線が切れる停電はここでは始終あったし、三夏に一度ぐらいはそれが数十分続くこともあった。だが、こんな天候では修復作業もかなわないから少なくとも明日の朝まで停電が続くだろう。そう思った私は薄暗がりの中でまずは二つの懐中電灯と予備の乾電池を出してきた。次に幾本かの蠟燭とマッチを出してきて、部屋全体を少しでも明るくするために灯した蠟燭を机の上と棚の上に置いた。プロパンガス調理器をIHに変えていたので、非常用の携帯ガスコンロとガスボンベも出してきた。これで湯を沸かせばコーヒーぐらいは作れる。最悪の場合は料理も作ることができる。電気ストーブが消え、急に寒くなったのでダウン入りアノラックに袖を通してから、携帯電話の電池残量を調べれば、四九パーセントとある。コンビニでモバイルバッテリーを買っておこうと思いつつ買わなかった自分を呪いながら、これ以上電池が減らないよう、即、電源を切った。予備の乾電池や蠟燭やマッチは机の上に並べた。それ以上はすることもなかった。

そのとき初めて一人で山荘に残されたあの妻のことが頭にのぼった。夫が留守なのを朝は意識していたのに、荒ぶる自然にすっかり気を取られてしまっていたのであった。あの山荘も停電し

ているはずだし、だいたい今年の春に引っ越してきたのだとしたら、こんな台風を経験するのは初めてにちがいない。

妻が一人で座敷に坐っている姿がぼうっと眼に浮かぶ。日が沈んだからもう着物に着替えたころだろう。懐中電灯ぐらいはもっているはずだが、私が心に描くのは蠟燭——しかも古風な和蠟燭を一本だけ立て、あとは座敷の輪郭も見えない闇に包まれて「地獄の業の風」を感じながら、この世のものとも思えない面持ちでじっと坐っている姿である。嵐という自然の猛威を全身で感じているにちがいないその姿は、一千年以上も前の、生霊だの怨霊だのが屋敷にうろうろと出入りしていた時代とそのままつながっていた。

それにしても、彼女が母屋にいようと、離れにいようと、あの広さで懐中電灯なり蠟燭なりを一、二本点けたぐらいではほとんど明るくならないはずである。懐中電灯のための余分な乾電池は充分にあるのか。蠟燭は何本ぐらい予備をもっているのか。マッチはどうか。だいたい、ここと同じようにどんどんと冷えていっているのではないか。

懐中電灯を頼りに読みかけの資料を手に取っても、隣りの山荘が気になってしかたがなかった。途中で立ち上がって暗がりのなかでツナサンドウィッチを作ったが、食べているうちにも台風が勢いを増していくのが感じられる。雨を存分に吸った小屋はさらに冷えこんでゆき、私は毛布を膝に掛けた。

私の想像のなかで、妻はいつのまにか脇息のようなものに寄りかかり、いにしえの人のように着物をもう一枚寒そうにかけ、身を半分伏していた。細く浅い息をしている。荒々しい風の音のせいかその姿が死にゆく前の紫の上と重なる。

　風すごく吹き出でたる夕暮に……脇息に寄りゐ給へる……秋風にしばしとまらぬ露の世を誰れか草葉のうへとのみ見む……かくて千年を過ぐすわざもがな

千年前のものがたりのなかで消えていった魂を心がぼんやりと追っていたそのときである。庭のほうからふいに妙な音がした。ドスン、ドスンという巨人の足音のような音である。気の迷いかと思って無視していると、また似たような音が聞こえてきた。何かが飛んできたのかも知れず、今度はしっかりした防水服の上下を身にまとい、ゴム長を履き、懐中電灯を片手に外に出て辺りを照らした。どこを向いても一様に雨と闇に閉ざされているが、音がしたのは庭先の崖のほうであった。足許を照らして慎重に進んだあと、途中で足を止め、光の角度を上げて眼の前を照らすと、息を呑んだ。近代彫刻のように不気味な形をしたものが十五メートルほど先に見える。崖際に立っていた高い落葉松が二本、根こそぎ崖に向かって倒れていたのであった。

二本の不気味な形をした木の根を見つめていると、今度は後ろのほうから同じ音が、遠くから、微かに、しかし確かに聞こえてきた。「蓬生の宿」の母屋の裏のほうには何本か高木があった。そしてその高木は土に深く根を張らない落葉松がほとんどであり、あの巨人の足音のような音はその一本が倒れた音にちがいない。そう考えた瞬間、褒められたものではない喜びが全身に溢れた。幸い夫が留守である。こんなときに北上してきてくれた台風のおかげで、白馬の騎士という私にはおよそ似つかわしくない役割を演じることができる。こんなときなら山荘まで行って扉を叩いても少しも不自然ではない。ふだんの車がないので一人かもしれないと考え、安否を確認し、何か役に立てるか、何か必要なものがないかを尋ねにきたと言えば、しごくまともに聞こえるはずであった。

小屋に引き返した私は長靴を履いたまま、余分の懐中電灯、乾電池、それに蠟燭数本とマッチ箱を防水服の蓋付きポケットに入れ、「ほそ道」へと飛び出した。懐中電灯の光で不気味に照らされたコンクリートの橋を渡ろうとすると水かさを増した小川が滝のような音を立てて流れている。足許を照らしながら行くので当然ながら先が見えないが、心は勇んでいた。ふたたび大きな音が山荘の向こうから聞こえ、焦った私は水たまりに足を取られそうになり、思わず懐中電灯を手放してしまった。それを拾い、なおも前進すると、水滴はもう顔に痛いほど激しい。山荘の上にいつ落葉松が倒れてきてもおかしくなかったし、すでに倒れているかもしれず、あの妻が両耳を押さえて闇のなかでうずくまっている図がなまなましく浮かんだ。

山荘は外から見ると真っ暗であった。

玄関に着くやいなや、何も考えずに力づくで扉を叩いた。聞こえないようだったら、庭に入って南側に回って雨戸を叩くつもりであった。すると大して時間をおかずに扉の両側から光が漏れてきた。そういえば、この山荘の扉の両側に長細い窓があったと思い出すうちに、光がだんだんと近づいてきて、扉が開いた。

眩しかった。

私の顔がまともにＬＥＤ特有の強烈に白っぽい光を受けていた。光の向こうの人影から、まあ、という声が聞こえたと思うと、私から光を外し、玄関の横の壁を照らした。

「Did anything happen？ Can I be of any help？」

どうかなさいました？　と間髪を入れずに英語で訊くのが聞こえた。

眩しさに一瞬まっしろになった視界にまずは壁を照らしている懐中電灯が入ってきた。私がもっている電灯の三倍以上の大きさがある立派なもので、玄関全体が明るくなった。

虚を突かれた私はすぐに反応できなかった。どういう展開になるかは深く考えないままやってきたが、このような立派な懐中電灯を手に彼女が現れ、しかも流暢な英語で話しかけるとは、思ってもいなかった。我に返った私は彼女が外交官の妻だったのを思い出した。発音は日本人的ではあったが、外見からは想像できないほど自然であった。しかも、その声には突然の闖入者に対する不信感よりも、素直な驚きがあった。いや、素直な驚きでは片づかない何か別のものもあった――ような気がした。

私はよほど緊迫した表情をしていたのだろう。彼女は私の表情を戸惑った顔で見つめてから、やがてその眼を泥だらけになってしまった防水服や手へと移していった。それからその眼を元に戻し、気が狂《ふ》れた人間、頭が弱い人間、あるいは子どもを前にしたように、ゆっくりと穏やかに訊いた。

「Are you all right？」

「Ah… yes」

私はかろうじて応えた。彼女とこんなに近くに向き合って立っているという事実を前に、張り詰めていた気持がますます張り、次の言葉が出てこなかった。眼の前の妻は、秋になったので当然のことだろうが、浴衣ではなく、地味な枯葉色の着物を着て、さらにその上にウールだと思える羽織りをはおっていた。日本人の女の人には珍しく私の眼をじっと見続けている。

「何かお困りでらっしゃいます？」

彼女は日本語に切り替えた。

映画でしか聞いたことがないような、時代がかった美しい日本語であった。私が英語を解さないとは思わなかっただろうが、日本語を解する西洋人によくあるように、英語で話しかけられたことに抵抗を覚えていると考えたのかもしれなかった。少し落ち着いてきた私が日本語で応えたのは、彼女の時代がかった日本語を聞いていたかったからであろう。

「いや、大きな音がしているもんで、何か事故でもあったらいけないと思ってやってきただけです。停電していますし。それに、ご主人の車がないし」

私が口にしている言葉は一応尋常だったが、彼女の眼には常軌を逸した男が映っているはずであった。彼女のために懐中電灯や蠟燭やマッチをポケットに入れてきたなどと言ったらどんなに馬鹿らしく聞こえただろう。扉が開いたときから下に向けていた私自身の懐中電灯が、泥まみれになったゴム長を照らしているのが、私をいっそう滑稽に見せた。

「大きな音？」

彼女は首を傾げた。

「ウチの庭でも大木が倒れていましたから、そちらでもたぶん大木が倒れていってるんじゃあないかと思います」

「まあ」

少し驚いた声を出している。

「そんなにひどいことになってるんでございますの」

数秒沈黙があったあと、私は言った。

「ちゃんとした懐中電灯もあるし、問題ないようなので、失礼します」

軽く頭を下げてきびすを返そうとしたが、思い直し、あらん限りの勇気をふるってつけ加えた。声が掠れていた。

「もし、何か困ったことがあったら、僕の携帯に電話をください。紙と鉛筆を取ってきてくだされば、番号を残しておきます」

彼女が応えずに何ともいえない表情で私の眼を見つめていた時間が永遠のように感じられた。

「あのう、もし、よろしかったら……」

一度口ごもったあと、今度ははっきりした口調で言った。

「よろしかったら、どうぞお上がり遊ばして。こんな中をせっかくいらしてくださったんですから……何か温かいものでもお出しできればと思いますので」

私の様子を見て、それぐらい申し出なくては失礼だろうという常識的な判断に達し、しかも、私のような者を家に入れて一人で相手ができると考えているのだとしたら、精神の病いもそんなにひどいものではないのかもしれない。

それにしても何という古めかしい日本語だろうか。高い声ではなかった。よく響く深い声であった。小津安二郎や黒澤明という日本映画の黄金時代に出てくる女優さんたちのようで、彼女の世代のものではない。母親、いや、祖母の世代のものに近い。あとで気づいたが京風ではなかった。一瞬陶然とした私は我に返ると、どう応えるべきか考えた。これ以上望ましい展開は想像できなかった。まずは相手の申し出を断り、相手がもう一度同じことをくり返してくれるのを待つのがより礼儀にかなっていたが、この際、そんな賭けをするのは愚だとしか思えなかった。

二人のあいだにしばらく緊張した沈黙が流れた。私の顔を無遠慮にならない程度にじろじろと見ている彼女の表情には不安はなかった。気のせいか、私に向けられたそのまなざしは私の魂に探りを入れているようにさえ見える。私はますます嗄れた声でようやく応えた。心臓が高鳴っているのが彼女に聞こえないのが幸いであった。

「そうですか……それは、ありがとうございます」

二人のあいだの緊張がその私の台詞で少し緩んだ。

「これはどうしましょう」

泥だらけの防水服を見下ろして私が訊くと、彼女は玄関の三和土《たたき》を指さした。

「靴と一緒にそこにそのままお脱ぎ遊ばして」

部屋に招き入れられたとたんに贅沢な暖かさが身体を包んだ。眼に入った光景はほとんど日常的と言えるものであった。キッチンとリビング・ダイニングを分けるアイランド・カウンターの上に立派なオイル・ランタンが二つも立っている。彼女が手にしていたひどく明るいLEDの懐中電灯が、底が平たくなっていて、簡易ランプを兼ねたものだったのに気づいたのは、彼女がそのカウンターの上にそれを立てたときである。彼女はその代わりにオイル・ランタンを一つとってコーヒー・テーブルの上に置いた。部屋全体がいよいよ明るくなり、いよいよ日常的になった。見れば北の壁に鉄製の薪ストーブがあり、部屋を暖めているだけでなく、ガラス窓を通して見えるその赤い炎も部屋をいっそう明るくしていた。

そういえば、以前煙突から煙が上がるのがたまに見えていたこと、外には薪が山のように積んであったことを、今さらのように思い出した。篝火も、あの薪を使ったはずである。私は無意識のうちに、すべてを、わざと思い出さないようにしていたのかもしれない。ストーブの上には南部鉄瓶だと思われるものがかかっており、ということは、湯がいつもあるだけでなく、簡単な料理なら作れる。

外で暴れる嵐の音はまったく聞こえてこなかった。

いったん消えて戻ってきた妻が薄手の濡れたタオルを私に手渡したとき着物の袖あたりから微かに香の匂いがした。異界に住む化物の影がその瞬間だけ不意に立ち現れて消えた。沈香、あるいは白檀かもしれないが、一番値が張るのを知っているせいで、彼女には伽羅がふさわしいような気がする。

濡れたタオルで顔や手を拭いたあと、私は勧められるままソファに浅く腰を下ろし、そのタオルを木のコーヒー・テーブルの上のどこに置こうかと迷いながら小さく畳んで手に持っていた。テーブルには古い帯地で作ったらしい金糸と銀糸が織りこまれたテーブルセンターがかかっている。そこには置きたくなかったが、それを避けてじかに木に置くのも気が引けた。

ストーブの上の鉄瓶に手を伸ばした彼女が振り向いた。

「お紅茶？　緑茶？　それともハーブティーになさいます？」

あたかもふつうの日にふつうに訪ねてきた客を相手にしているようである。

「なんでも結構です」

私は立ちあがると畳んだタオルを差し出した。彼女は受け取りながら微かに笑った。

「日本人みたい」

私は苦笑した。日本人のように「なんでも結構です」と言ったせいだと思った。

「それではお茶をお願いします。緑茶を」

そう言ってから続けた。

「お食事中だったようで、申し訳ありません」

カウンターの上には食事の跡が残っていた。

「終わってたんですけど、無精して片付けてなかっただけです」

そう言うと彼女は背中で簡単に結ばれた半幅帯を見せて薄暗いキッチンへと向かった。

彼女が消えたので、ようやく落ち着いて部屋の中を見回せば、ふだんは御簾が垂れただけの窓という窓に雨戸が閉まっており、それで外に光が漏れてこなかったのだと納得した。外の音がまったく聞こえてこないのは、それに加えて、窓が二重になっているからにちがいなかった。

モダンな部屋であった。そしていかにも外国暮らしが長かった人たちの部屋——というより、外交官として、外国暮らしが長かった人たちの部屋であった。南部鉄瓶や古い帯地で作ったテーブルセンター以外にも、茶道に使われる茶碗のコレクションなどが作りつけの棚に置かれているのは、外交官として常に日本を代表せざるをえない暮らしを送ってきたせいであろう。しかも、多くの日本人の住む部屋は呆れるほど混沌と物がくり出しているのに、ここでは最低限の家具や置物が、それ以外のものがそこにあるのを想像できないほど、その場を得て落ち着いていた。それも外国暮らしが長かったからかもしれない。主に南アメリカにいたせいだろう。素朴でダイナミックな形態が南アメリカからのものではないかと思われる小物や家具が、和風のものと混在していた。

日本ではあまり見ないが、西洋の基準では極めて平凡な空間である。奇妙な夫婦が自分たちの奇妙さを隠すためにわざと平凡な空間を作るのを目指したのではないかと疑いを抱かせるほどであった。そのような疑いを深めるのが、私の坐ったソファの正面の壁にある離れと通じる引戸の扉である。増築したときに作ったのであろうその扉はぴたりと閉まっていた。こんな嵐の日、この部屋の暖を逃さないよう閉まっていてあたりまえだが、あたかも二人の秘密を向こう側に閉ざしているように見える。

盆を手に戻ってきた彼女は私のソファと直角になるように置かれた肘掛け椅子に坐った。着物の衿元から細い首が出て、やや病的に痩せた顔につながっていた。鑿《のみ》で一思いに切れ目を入れたような一重まぶたの眼がそのせいで大きく見える。私は彼女の顔を見るのは遠慮して、緑茶を静かに飲みながら首を回して部屋を眺め続けた。彼女はそんな私を観察しているようであった。最近は二、三度挨拶を交わしているので、私に少し慣れてきていたのかもしれない。やや病的に痩せた顔をしているという以外には、精神の病いを感じさせず、私のほうが内心よほどうわずっていた。

あまりに日常的な空間に、あまりにふつうにしている彼女を前に感じたものは、失望ではなく、意外さであり、また、より現実的な好奇心であった。

私が彼女のほうを向くと彼女は眼を私の上に置いたまま、呼吸を整えているかのようにゆっくりと息をしていた。枯葉色の着物の幾何学模様の中心に朱い小さな丸が織り込まれているのがぼんやりと意識にのぼる。一分ぐらい時間が経ったような気がしたが、ほんとうは二十秒ぐらいだったかもしれない。彼女はそのあと口を開けた。

「失礼ですが英語圏のかたですかしら」

私の日本語のなまりは英語を使っている人間のものであった。

「はい、アメリカ人です。シカゴからです」

「やっぱりそうでらっしゃいますか。アメリカのかただろうとは思ってたんですけど、どこかアメリカ人じゃあないようにも見えて……。でもやっぱりアメリカのかたでらしたんだわ」

「英語がお上手ですね」

そう言ってから、自分が陳腐なことを言ってしまったのに気づいた。同時に彼女が「日本語がお上手ですね」と言わなかったのにも気づいた。彼女は微かに笑っただけだった。

「外国に住んでいたのですか？」

私は教科書的な丁寧な言葉では話せるが、乱暴や親しげな言葉はもちろん、この国の言葉を大きく特徴づける敬語——相手を敬って使う尊敬語や相手に対してへりくだって使う謙譲語などがうまく使えない。尊敬語を使い損ねたのを自分の耳が気づいた。

私の問いを前に彼女はしばし黙った。どこまで自分たち夫婦のことを話そうかと迷っているらしかった。夫が南米の大使だったのを知っているのを、彼女に伝えたい衝動にかられたが、他人が自分たちの噂をしているのを知ったらいやな気がするだろうと思い、返事を待っていた。

やがて彼女は口を開くとかんたんに応えた。

「夫の仕事もあって長いあいだ外国に住んでいました」

「メキシコとか……中南米ですか？」

「えっ」

眼を見張ったが、私がキッチンのほうに首を回したので、ああ、あれね、と言った。カウンターからの光を受けて黄色や青や赤の陽気な模様が眼に飛びこんでくる四角いタイルが窓とシンクとのあいだに壁一杯に貼ってあった。

「タラベラタイル。メキシコの。よくご存じでらっしゃいますこと」

「そんな感じがしただけです」

日本は家がせまいのでどうしても手放したくないものだけもって帰ったという。

「メキシコだけでなく、南米にも長いこといました。これはアルゼンチンの家具、これはブラジルの家具」

彼女は濃い茶色のダイニング・テーブルや赤みがかったチェストを指した。革を使ったものもあった。

少し緊張した沈黙が続いていると、ストーブのなかの薪が音を立てて崩れた。

「これはこういう日は実に便利ですね」

私はストーブに眼を向けて言った。

「昔からこの家に一台あったんですけど、あんまり使いにくいんで新しいのにしたんです。せっかく煙突があるので。でも薪を焚くってほんとうは地球温暖化に悪いんでしょう。ですから、ふだんはほとんど使わないんです」

彼女のような人間から「地球温暖化」などという言葉が出てきたのが奇怪に聞こえた。だが、今の世に生きていることの証拠に彼女はコーヒー・テーブルの上に載った携帯電話に眼をやると、ああ、そうそう、ちょっと失礼、と充電器から切り離し、美しく立ち上がると、離れに通じる引戸の扉を開けた。一瞬、穴のような暗い空間が見えて閉ざされた。渡り廊下で話しているらしく言葉は不明瞭だったが、声だけだと意外なほど若々しかった。デッキからおりおり聞こえてきた笑い声やいつぞや見た晴れやかな笑顔が思い起こされた。

コーヒー・テーブルの上に残された充電器は私が買おうと思っていたものよりもよほど立派な

ポータブル電源であった。白馬の騎士たるべく勇んだあげく嵐のなかを転びそうになってこんなに文明の利器が溢れた家までやってきた自分の滑稽さに一人で赤面した。

彼女は戻ってくると、八時を回った壁の時計の針を見てから腰をかけた。

「主人が今日は遠くに行ってるんで、ここがどうなってるのか心配してるんです。心配性なんです。まだ、電気は不通だけど、ちょうど今、お隣りのあなたが様子を見にきてくださったって知らせました。雨や風がひどくって、半分も聞こえなかったんですが」

何の役にも立たなかった私に使われた「きてくださった」という表現に再び赤面しつつ、何気ない顔をして訊いた。

「ずっとこちらにいらっしゃるおつもりですか？」

敬語が続けてうまく使えてほっとしていた。

「ええ。当分そうするつもりなんですけど、なんだかそちらさまに申し訳ないことになったって夫と話してたんでございますの」

「どうしてですか？」

「だって、せっかく一人でお住まいでらしたのに、そばにあたくしたちがきてしまって。おいやでしょう」

自分自身、人と距離を取っていたい人間は、相手が自分と同類だということを、すぐにわかる。

私は正直に言った。

「最初に工事が始まったときは、どんな建物ができるんだろうって、少しは、というより、だいぶ気にはなったんですが……」

このような家と庭ができあがっていくのを見るにつれ、心底安堵し、完成するのが楽しみになったと続けた。

「そう伺ってほっとしますわ」

本当は旧い日本家屋を移築したかったのだが、移築と修復に金がかかりすぎるので、諦めたのだということであった。

尋常な応えを続けるこの女がほんとうに精神を病んでいるのだろうか。でも、最初の印象はどう考えても異常だった。それに夫の妹の、「タカコさんはあれで少しはようなってきてはんの？」という台詞も耳に残っていた。もちろん、満月に照らされたあの白い姿があった。

彼女が話し終わったとき微かに妙な音が外でした。

「聞こえませんでしたか？」

「たしかに聞こえました」

彼女は眉をひそめて天井に顔を向け、屋根に倒れてこなければいいんですけど、と言うと、眼を私に戻した。その眼はさきほどと同じように私をふたたび凝視していた。

「いつ日本に戻ってきたんですか？」

勇気を出して発した自分の問いが自分の耳に聞こえたとたんに、また失敗したと思った。動詞が敬語になっていなかったのである。私は正しく言い換えた。

「失礼。日本に戻っていらしたんですか？」

彼女は私の問いに応える代わりに言った。

「敬語は面倒でございましょう」

「いいえ、僕は好きなんです。僕自身はうまく使えないんですけど」

彼女は眼を見開いた。彼女の古風な日本語が心地よく耳に入ってきていたのは、丁寧になったりぞんざいになったり、彼女が自在に敬語を操っているせいもあった。無内容のことを言い立てる政治家や敬語に慣れない若い人のように耳障りに連発するということもない。

「だって、あれは評判が悪いんですよ、外国のかたには」

彼女は湯飲みをもちあげて唇にもっていきながら続けた。湯飲みのなかを覗きこんでいるのは、あたかも自分の表情を悟られないようにしているかのようであった。

「何て言うんでしょうか。前近代的だって言うのかしら。Social hierarchy のなかに人を閉じこめるっていうんで」

「Social hierarchy」――「社会階層」という言葉に私は驚かされた。英語で言ったのに驚かされた以上に、彼女のような人からは期待していなかった単語だったので驚かされたのである。

彼女は湯飲みから口を離すと私の眼を見つめた。

「尊敬できない相手でも、年上だったり上司だったりしたら一応敬語を使わなくてはならなかったりしますでしょう。アメリカのかたなんかことに抵抗を覚えても仕方がないと思ってましたの」

微笑んでいるが、少し皮肉が入っているようにも見える。私も微笑み返して言った。

「僕は人間社会ってものは入り組んだ上下関係のうえに成り立ってるって思ってるんです。だから英語だって上下関係を示す言葉はあるし。そして、それがいけないことだとも考えてないんです」

言葉に関しては常々考えているのでいくらでも言いたいことがあったが、女を前に得々と話すような男だと思われたくなかったので、そこで留まった。

「とにもかくにも敬語がおいやじゃなくってよかったわ」

彼女が簡潔に応えたので、その話はそこで終わりになると思っていると、ほんの少し間を置いたあと、予期もしなかったことだが、彼女のほうからもう一歩進んだ。

「ご存じでらっしゃいましょうけど、そもそも複雑な敬語がある言葉って日本語以外にもたくさんございますでしょう」

平気をよそおいながら私の反応を窺っているような気がする。

「Social hierarchy」などという言葉で驚かされた私はさらに驚かされたが彼女と同じように平気をよそおって応えた。

「そのようですね」

「そうなんですか？」と訊かずに、「そのようですね」と同意したのを彼女は見てとった。私は今度は自分のほうから勇気を出してもう一歩踏みこむことにした。女がどういうような教育を受けてきたのかを知りたかった。

「言葉って、実にさまざまで。知ってると思いますが、右とか左、前とか後ろとか言わずに、東西南北で位置を示す言葉があるんだそうですね。自分のいる場所を中心としないんです」

「ああ、そうそう。Cardinal directionsを使うとかっていう言葉ですね。どこかで読んだことがあります」

彼女は控え目に応えた。私の驚きはさらに増した。「Cardinal directions」——すなわち日本語では「基本方位」。英語でもあまり耳にすることのない言葉であった。英語圏で高等教育を受けたのだろうか、抽象性の高い単語ほど英語になる傾向があるような気がした。

初対面の人間同士として難しい話になりすぎたと判断したのかもしれない。あるいは自分をさらけ出しすぎたと思ったのかもしれない。彼女は微笑みながら結論づけるように言った。

「わたくし、ひどい方向音痴ですので、そんなとこに育ったら悲劇だっただろうって思いますわ」

高らかな笑い

ストーブの薪が爆ぜる音がそのあとに続いた二人の沈黙を際立てた。赤い炎が彼女の顔を斜め横から照らし出している。髪を真ん中で分けて後ろで束ねるという彼女の髪型は、東アジア人の女の多くが一番美しく見える髪型だと常々思っていた。彼女の黒髪には灰色や赤茶の線が混じっていたが、後ろで束ねた様子があまりに無造作で時代を超越していた。

話題が途切れると、必要もないのに長居しているのが意識された。扉を叩いてからすでに半時間以上経っていた。今は夢から覚めねばならない。それじゃあ、ごちそうさまでした、と残った緑茶を空にして私は無理矢理腰を浮かせた。

外から入ったときは台風の非日常から日常に迷いこんだような気がした部屋も、眼が慣れてくると、ランタンの光がちらちら揺れる、怪しいほど非日常的な部屋であった。外ではまだ雨風が狂ったように暴れているのが思い起こされた。

「どうもごちそうさまでした。やっぱり僕の携帯番号を渡しておきたいと思いますが、念の為に」

立ち上がった私を彼女も夢から覚めたように見上げた。

「夜はお早いほうなんですの？　お休みになるのが」

「いいや。遅いほうです」

再び私の魂に探りを入れているような気がする。一重まぶたを目立たせるようなその眼つきで私を見つめたあと、静かに訊いた。

「それじゃあ、もし、差し支えなければ、もう少しごゆっくりしていらっしゃいませんか」

儀礼的な言葉の背後にまたもや何かそれ以上のものを感じたのは気のせいだろうか。

「ご迷惑じゃあないですか？」

ことの展開が信じられなかったがそれが正直に顔に出ていないのを願った。

「いいえ」

彼女の耳が微かに赤くなった。素直に嬉しそうな顔をしているような気がする。どうぞ、と再び坐るように手でソファを指すと、彼女自身も軽く腰を上げてお辞儀をし、シノダ・タカコと申します、と自己紹介をした。篠田貴子と漢字も教えてくれた。貴い人とは、いかにも彼女らしい名だと思った。

私も名前だけでなく姓もつけて自己紹介をした。

「シーアン。何系のお名前かしら？」

「アイルランド系です」

「まあ、それじゃあ少しぐらいはいただけるロだっていうことかしら」

アイルランド人がよく飲むことになっているのを知っていたりするのは、やはり外国生活、それも西洋文明に近いところでの外国生活が長かったせいだろう。

私はふだんは呑まないが、呑もうと思えばかなり呑める。私が笑って頷くのを見届けると彼女はそのままキッチンに向かった。動きの美しい人だと改めて思った。

「ああ、ご免遊ばせね。ビールはないわ。でもほかは、ウィスキー、バーボン、シェリー、ジンと、わたくしも主人も呑んべえなんで色々ございますんですけど。日本酒もございます」

旧い、旧い、と、その言葉遣いにまたもや打たれた。彼女の母親か祖母の世代の言葉遣いであった。

「一番かんたんなものをお願いします。ウィスキーとかバーボンとか」

「ああ、でもせっかくですもの、そんなんじゃあつまらないわ……甘くっても構いませんかしら」

「もちろん」

「そう」

彼女はまた後ろ姿を見せた。

「アラ、しまった。また冷蔵庫を開けちゃった。停電なのに。でも、これが必要なんですの」

振り向いて半分に切ったライムを見せている。

「氷も必要だし」

「お手伝いしましょうか」

「No thank you」

少しおどけた声で英語で返してきた。久しぶりに夫以外の人間を前にして高揚しているのだろうか。彼女に関してもっていたイメージが刻一刻と変わっていくのが感じられる。

五分後に、はい、カイピリーニャ、と言ってコースターと共にコーヒー・テーブルに置かれたのは、ウィスキーグラスに入った薄緑色の液体で、ライムと氷が浮かんでいた。

「サトウキビから作ったお酒――カシャーサともピンガともいうんですけど、それにライムとお砂糖を加えたものです」

「メキシコのものですか？」

「いいえ、これはブラジルのもの。主人とこういう風にしてたまに飲みますの」

「あの……」

貴子がそのカイピリーニャに唇をつけるのを見て、私は決心した。

自分が旧いものばかりに惹かれるのは恥ずかしい持病のような気がしていたのに、自分が同性愛者であるのを恥じたことはない。物心がついたころすでに世の中がそういうことに関して寛容になっていたのを学んでいったせいであろう。カルヴァー・ミリタリー・アカデミーでは五体満足に卒業できるために隠してはいたものの、そのときも恥じていたわけではない。ただ、私は旧い人間だし、そもそも自分のことを他人に理解してほしいと思わない質だし、自分の性的指向などを進んで人に告げたりはしない。仕事の仲間も、おおっぴらにしている相手もいれば、たぶん気づいているはずだが話題にしたことがない相手もいる。幸い日本には同性愛者を道徳的に許せず、あげくの果てに殺してしまったりする狂った正義漢はいないが、彼女と相対しているうちにそれを一応明確にしておきたくなったのは、一つは、彼女の精神の病いが男たちから受けた暴力によって引き起こされたという可能性を完全には捨てきれなかったからである。

思えば、あのポルシェの男の口から「クライアントさんとこの奥さん」という言葉を聞いてから私はその「奥さん」が現れるのをどこか心待ちにしていた。しかも実際に貴子が現れ、彼女を知るにつれ——というか、彼女の異様さを知るにつれ、かつて他人に抱いたことのないほどの興味をもつようになった。今、こうして当人を前にしてみれば、さらなる興味をもたざるをえなかった。いくら隠そうとしても、私の好奇心が顔に出てしまっているかもしれず、それがふつうの意味で異性に興味をもっているのとはちがうのを貴子にわかって欲しかった。

それに、そのときは意識していなかったが、私には珍しく、同性愛者であるという私を私たらしめている与件、私の存在の根源にある与件とでもいうべきものを、彼女には知ってほしかったのかもしれない。

「何かしら？」

私の緊張した様子を見て、気を緩め始めていた貴子も再び緊張したようであった。

「どうでもいいことかもしれませんが、一応申し上げておきたいと思います……ご主人もいらっしゃらないので」

敬語を上手く使えたことにほっとした私は続けた。

「僕は、あの、女の人に異性として興味をもつことはないんです。余計なことかもしれませんが、そう申し上げておいたほうが安心されるでしょう」

彼女は私を面白いものでも見るように凝視したあと、笑いをこらえた顔で言った。

「まあ、まあ、こんな歳ですのに、ご丁寧にわざわざ」

そういうとウィスキーグラスを片手に軽くお辞儀をし、同じ笑いをこらえた顔で続けた。こんな表情を彼女に見いだすときがくるとは想像もしていなかった。

「女の人に興味のないかただろうって、それは主人と二人で最初からそんな風に思っていましたけど……」

「ハ？」

「ええ」

「いつごろからですか？」

「いつごろって」

「僕の歩きかたを見てですか？」

私が照れ笑いを浮かべて言うと彼女はついに高らかに声をあげて笑った。こんな笑い声を彼女から聞くというのも想像もしなかったことであった。

「そんなもの以前に……」

笑い終わったあと彼女は少し困った顔を見せた。

「ご免遊ばせね。春、こちらに越してきてから夫と何度もあの小屋を見に行って、たぶんそうだろうっていう結論に二人で達してましたの」

危なかしい場所に建っているし、独り者しか住めない大きさだったし、カーテンがめくれていた端からなかを覗いて見れば、机に大きなモニターがあるだけで、どうも女の部屋には見えないのに、すべてがあまりにきちんと整い過ぎていたという。

「整い過ぎてたっていうより、何か統一された美意識のようなもの——こだわりのようなものが感じられて……ベッドにかかっていた布やら棚やら。あなたみたいなかたって、ものすごくデコラティヴなかたが沢山いらっしゃるでしょう。その反動みたいにほとんどスパルタンで、それがいかにもっていう感じで……」

そんな仮定はまちがっている可能性もあるとは思いつつ、それ以来二人で勝手にそう決めこんで暮らしていたという。実は私も自分の小屋の前の持主が自分と同じ類いの人間であっただろうと想像し、彼に性生活があったのか、あったとしたらどんな相手だったのか、あるいは孤独を選び取っていたのかなど、最初は思いをめぐらしていた。

「いずれにせよ、もうこんな歳ですから、わたくしにはどっちでもいいことですけど」

そう言ったあと、彼女はつけ加えた。

「でも、こうしてると、やっぱりあたりまえの男の人じゃないほうが、何か、気楽ですわ……。わざわざ、ありがとう」

彼女はまた面白そうに笑った。


私の頭は次から次へと新しく展開される現実を処理していった。彼女がこんなによく笑う人だということも、私が登場する前から夫婦が私に関してそんな想像を巡らしていたということも、思いもよらないことであった。ありがたいことに、小川のわきの藪に放りこんだあの板の橋は見つかっていないようであった。

私は告白した。

「実は僕も昔はこの山荘はよく散歩のついでに見回ってたんです。庭が蓬に覆われてたり、デッキが壊れてたりするので、『蓬生の宿』って名づけて」

自分の小屋を「方丈庵」と名づけたのは気恥ずかしいので言うのを控えていると、間を置かずに問いが返ってきた。

「日本文学を専攻なさったのかしら？」

あんな舞いを舞うのだから『源氏物語』を最低限は知っていてあたりまえであった。

「まあいろいろです。ただ、絵巻のなかではあの『蓬生』の絵が好きで」

彼女の眼はまた何かを探るように私を凝視していたが、少し間をおいてから遠慮がちに訊いた。

「失礼ですけど、そんなことまでご存じで、いったいどんなお仕事をなさってらっしゃいますの？　九月の半ば過ぎてもここに残ってらっしゃるし、あの小屋にあんな大きなモニターを置いてらっしゃるし。建築家とか……」

「いや、いや、そんな格好のいいもんじゃあないんです」

私は首を横に振りながら、自分の今のプロジェクトが大げさに聞こえないよう――馬鹿らしく聞こえないよう、どう手短に説明したものか迷った。

「あのう、ほら、なんていうか……この先、人類がどうなるかわかんないでしょう」

迷ったあげく口から出てきた台詞はまさに大げさであり、馬鹿らしく聞こえる可能性が充分にあったが、思えば、そこから出発したら一番説明しやすいのも確かであった。

「人類？　そりゃあ、ひょっとすると近いうちにひどいことになるかもしれない」

貴子は予想していたより真面目な顔をして応えた。

私はその真面目な顔を見つめながらもう一歩踏みこんで言った。

「しかも、人類がひどいことになる前に日本がひどいことになるかもしれないでしょう」

貴子は次を待っていた。

大地震がくるって言われているし、と私は続けた。

「そう、そう。不幸な国。よりによって火山だらけのとこにあって。チリなんかもそうですが……」

貴子は真面目な顔をしたまま静かに応えた。私が生きているあいだに七割の確率で大地震が日本を襲うと科学者は予測しており、思えば、そんな国にわざわざ自分が住んでいるのが不思議であった。貴子の眼が次をうながしているので、私は続けた。

「それに、日本列島は地政学的にもそう安全とは言いがたいところにあるでしょう」

「もちろんそう」

心なしか自嘲するような表情を見せながら彼女は続けた。

「そんな意味ではほんとうに不幸な国」

うなずくと今度は自分のほうから日本の不幸を挙げた。

「ご存じの通り、少子化もひどいし。まあ、それは世界的な傾向ではありますけど……」

日本の人口がどんどんと減っているのも私の頭に最初からあったが、女の人を前に口にするのは微妙な問題なので遠慮していたのである。

彼女はそれ以上言わなかった。しばらく沈黙があったあと、私は自分を勇気づけて本題に戻った。

「そんなふうに日本の将来をいろいろ考えるうちに、『In Search of Lost Japan』っていう英語のプロジェクトを立ち上げることにしたんです。オンライン・プロジェクトとして」

「まあ。『In Search of Lost Japan』……」

そうくり返すと、彼女の表情は真面目を通り越し、私がたじろぐほど何かに打たれたものとなった。

「ちょっと詩的でしょう」

これからも大げさな話が続くので私はその表情を前にわざと剽軽に言った。

たとえ地球温暖化が制御不可能になろうと、たとえ日本という国が大地震に見舞われようと、核戦争に巻きこまれようと、あるいはこの国の少子化がいくら進もうと、日本人が一人残らず消えてしまうことはそう簡単には起こらないだろう。また、自然界の大きな変化によって、日本列島全体が海の下に沈んでしまうという可能性も人類が地球に棲息しているあいだには極めて少ない。だが、あたかもそこまで極端な可能性があると想定し、日本にはこういう文化があったという記録――それを、ポータルサイトとして英語で残そうというのが、「失われた日本を求めて」というプロジェクトの意図するところである。要するに世界に向けての日本の文化遺産への初歩的な案内で、ヴァーチュアル博物館のようなものである。もちろん文学作品にも英訳と原文とにリンクを張れるものは張り、最終的には、何人かの人が日本に興味をもつにつれ日本語の書き言葉の面白さにも打たれるところまでもっていきたいと願っている。

一気にそこまで説明した私は、日本人の彼女に失礼にならないよう、少し遠慮がちに足した。

「日本の政府には任せとけないと思ってるんです」

つい最近ようやく文化庁が『日本遺産』というポータルサイトを立ち上げ、英語も併記されてはいるが、観光業の活性化、ひいては地方の活性化という経済的な効果に重点を置いているようで、文化遺産を遺そうという気概は感じられなかった。

「そりゃあそう」

静かに聞いていた貴子が驚くほど即座に返した。こわばった表情からは悲しみも憤りも読み取ることができた。

「そういうことは、日本の政府なんかに任せておけないわ」

彼女は私から眼を離し、薪が燃えさかるストーブに視線を移すと、自分の心にある何かの思いを見つめるように炎を見つめた。

「地震対策や洪水対策なんかは一所懸命してくれていますけど、そういうことは考えない人たちがあんまりに多いから」

炎を見つめながら独り言のように続けた。しばらく沈黙があった。私には彼女の心のなかの溢れる想いが強いた沈黙のように思えた。私は炎を見つめ続ける女を見つめ続けながら、偶然隣人となったこの女がどうやら私と同じような思いのなかに生きているらしいのを奇跡のように感じていた。

私は続けた。

二十世紀から抜け出せない日本政府よりは少なくとも百年先を読んでいるグーグルは、数年前から世界の美術館と提携してオンラインで美術品や文化遺産を観られるプロジェクトを進めている。いづれ日本の美術館も組みこまれていくらしい。だが、横並びの情報というものは、予備知識がない人にとっては、とっかかりがなく、情報としての意味はあってないようなものである。

「失われた日本を求めて」は予備知識がない世界中の人が興味をもてるよう、わざと序列をつけ、私自身が重要だと思うものから始まって、動画も含めて、奥へ奥へと入れるようにしてある。一人でできるようなプロジェクトではなく、コンピューターに詳しい人は当然として、日本の美術、建築、邦楽、演劇、文学などに詳しい大学院生や研究者たちの力も借りている。中国や朝鮮やヴェトナムなど、ほかの漢文化圏との比較も取り入れるようにしている。一番苦労するのは、動画のナレーションも含む英語の文章で、基本的には自分で書くが、膨大な量だし、面白い英語にしたいので、インドに住むインド人のライター――英語を母語としない彼らがかくも格調の高い英語を書くのにはいつも感銘を受けていた――に助けてもらってもいた。

「でも、それって、切りがないんじゃあございません？」

貴子が私をさえぎった。

「切りがないから、僕に残された年月との戦いなんです。しかも、初歩的な紹介だけに留めてあるんです。僕自身初歩的なことしか知らないし」

死んだあとは、私の「作品」としてロックをかけるポータルサイトと、誰でも入りこめ、もっと充実させていけるポータルサイトとを複数のサーバーに残すつもりであった。

「人類が亡びたあとでも、知性をもった存在が現れたら、いつかは発見してくれるかもしれない」

最後にふざけて言った言葉を貴子は聞いていないようであった。彼女は私から眼を逸らすと、少し眼を下に向け、自分に語りかけるように言った。

「人類が亡びるんじゃあないかって、昔から人類は言ってきましたでしょう。もうこんな状態だったら亡びるしかないって。でも人類は亡びなかった。しぶとく生き延びた」

彼女は同じ姿勢で続けた。

「ところが文化は同じようなわけにはいきませんでしょう。マヤもアステカもそうですが、今までにいくつもの文化が消えてしまったでしょう……」

そこまで言ってから私に眼を戻すと、もったいないほど真剣な声で言った。

「ありがたいプロジェクトだわ。新しい技術なんかに感謝したことなどなかったのに、急に感謝の念でいっぱいになりましたわ」

そう言うと、表情を悟られないためか自分のウィスキーグラスに眼を落とした。しばらく沈黙があり、彼女は手首をゆっくりと回転させグラスのなかで氷の音をさせていた。私のグラスが空になっているのに貴子が気づいたのはそのあとである。

「ご免遊ばせ、気づかないで」と貴子はキッチンに向かって立った。振り向いてその姿を追うと彼女がぼんやりと考えごとをしているのが感じられる。自分が仕事の話をしてここまで感じ入ってくれた人はおらず、私こそありがたかった。


「ケヴィン」

グラスを両手に戻ってきた彼女は初めて私の名を呼んだ。

「さきほどのお話だけど、秘密にしてらっしゃるの？」

「秘密？」

「女の人に興味がないってお話」

「いいえ、ただ、自分からわざわざ言うこともないと思って、ふつうは黙っているというだけです」

「そう」

そう応えるとまたストーブのほうに眼を移して静かに言った。

「一緒にしては失礼ですが、わたくしの精神状態が少しおかしいっていうのも、秘密っていうより、わざわざ人に言うようなことじゃあないって思ってたんです。でも、今のお話を聞いて、なんとなく、やはりちゃんと申し上げといたほうがいいような気がしてきて……」

息をつくと、炎から眼を離さずに続けた。

「狂ってるっていうと、大げさですけど、そんな気が自分ではしてるんです」

貴子はそれから私に眼を向けた。

「わたくしがどこかおかしいっていうのは最初からおわかりだったでしょう？」

私は正直に応えた。

「どういう病気かなって考えてました」

「あるときから人中にいるとパニックアタックを起こすようになって……あれは、息ができなくなるんです。実際に胸が死にそうに痛くなって。頭では死なないのがわかってるのに、あまり苦しいんで身体のほうが死ぬって勝手に思いこんでしまうのね。そのあいだは正気じゃあないし」

またストーブに眼を戻して話し続けた。

「一度なんかは京都の四条河原町で発作を起こして、救急車で運ばれたこともあるんです。お医者さまがつけた病名は『広場恐怖症』、agoraphobia――ご存じでしょうけど、不安障害の一種ですって。そのころから、人がまわりにいると、また発作を起こすんじゃあないかって、そう怖がるもんだから、さらに頻繁に発作を起こしてしまうようになって」

それから突き放すように言った。

「悪循環」

南アメリカに滞在しているあいだではなく、日本に戻ってきてから病気になったということなのか。私は薪が爆ぜる音を聞きながら、彼女が続けるのを待っていた。

「でも、わたくしはね、そのおおもとに、あの、ほら、適応障害っていうのがあると思ってるんですの」

外国暮らしが長過ぎたんでしょうか、と私が訊いた。男たちに乱暴されたせいで病気になったわけではないのがこれでほぼ確実になった。

彼女は無言でしばらく炎を見続けていた。

自分もアメリカに戻るとたまに適応障害を起こすので、自分の国に違和感を覚えるという感覚はよくわかった。

彼女は直接は応えなかった。

「人と逢うのが怖くって……。でも、この人なら平気だっていったん思うと、もうそれで平気なんです。まったくふつうでいられるんです」

私のことは平気だと思ったと暗に言っているのかもしれなかった。

「ここにいると、人と逢わないでしょう。だから調子がいいんです。思いのたけ好きなことだけをしていられるし」

そこまで言うと顔を上げて私を見て笑った。

「ただ、こんなとこに引っこんで主人が気の毒なだけ」

そう言ってから、あ、と小さく叫んだ。

「どうしました？」

「主人の天体望遠鏡。すっかり忘れてましたわ。あれは、しまわなくっちゃ」

あたりは高木が多いし、そもそも湿気の多い土地なので、意味もないが、それでも晴れた晩は夫が酔狂で真上の空を眺めるので、カバーをかけて出しっ放しにしてあるのだと言う。そのとき私は初めて物干し場だと思っていたものが、天体を眺めるためのデッキだったのに気がつき、そういえば、何かカバーのかかったものがいつも隅にあったのも思い出した。私が持っておりると言うと、彼女は頭《かぶり》を振り、屋根裏部屋がそのまま仕舞い場所になっているので、そこに入れればよいだけだからと言いながら立ち上がった。

「でも重いでしょう」

「そんなに重くはないんです。重くないから飛んでってしまったらいけないと思って」

懐中電灯をもった彼女のあとを追い階段を昇って屋根裏部屋に入ると、そのとたんに雨が屋根を打つ音や風が窓を震わせる音が耳を脅し、ふたたび台風が現実のものとなった。屋根裏からデッキに出る扉を開ければ雨も風も吹きこんだ。そう遠くない闇のなかで裏の大木が右へ左へと踊るように風に翻弄されている気配が感じられる。懐中電灯は無数の水滴に叩きつけられているビニールのカバーを明るく照らし出した。

「ああ、よかった。こんなものが飛んで車や人にぶつかってたら大変なことになってたでしょう」

「こんなときに誰も通りませんよ」

「でも、あなたはお通りになったじゃない」

天体望遠鏡を無事に屋根裏部屋に入れこみ、扉を閉めようとしたときである。大きな音と共に凄まじい振動が全身に伝わった。落葉松の尖った先がデッキの柵を壊してちょうど扉が開いたところに倒れこんできたのである。全身で押し戻そうとしても幹の先はびくとも動かない。このまま扉が閉まらないと、雨が吹きこんで下の部屋の天井に水が浸透するかもしれず、先のほうの枝を切り落とすほかはなかった。それから急に忙しくなった。チェーンソーが納屋にあるというので、暴風雨のなかを貴子と共にそれを取りにいき、もって帰ってまず私が枝先を切り落とした。そのあと二人で屋根裏の床の水を拭いていると、さらに凄まじい振動があった。別の幹が倒れこみ、今度は屋根がへこんで屋根裏の窓ガラスが割れたのであった。割れた窓ガラスを始末し、段ボール紙とガムテープとで窓を何とか塞ぐのにまた時間がかかった。

気がつけばもう夜中の二時を回っていた。

離れの近くには落葉松がないので離れのほうはひとまず安心だが、母屋の屋根にはまた高木が倒れてくるかもしれなかった。そのときに対応できるよう、嵐が収まるまでこのリビング・ダイニングに残ってソファで休んでいると私は主張した。貴子も私の提案がもっとも現実的であるのを納得したころには、二人のあいだには小さな冒険を共有したもの特有のつながりさえ生まれていた。

「ありがとう。それでは失礼します。なんとかおやすみになれますよう」

その言葉を最後にランタンを一つ手にした貴子は離れに通じる扉の向こうに消えた。

結界

嵐が治まったのは明け方である。

自分の小屋に戻って泥のように眠ったあと目覚めると、太陽はもう高かった。カーテンを開ければ、ゆうべの嵐の記憶を一掃するかのように空が青々と晴れ渡っている。あちこちからチェーンソーの音が聞こえてくるのは、町役場の作業員もこんな辺鄙なところまで当分やってこないだろうというので、週末に別荘に来ていた人たち、あるいはまだ残っていた人たちが庭や通り道に倒れた木を片づけている音にちがいなかった。氷水のようなシャワーを浴びてから、まずは「ほそ道」がどうなったか調べようと外に出て「蓬生の宿」を越して坂を上がっていくと、昼近くの眩しい太陽が無残な光景を照らし出していた。林の中の幾本もの大木が途中から折れたり根こそぎ倒れたりしている。見たこともない光景であった。なおも行くと、先のほうに道を塞ぐかのように落葉松が倒れているのが見え、かたわらに、いつものつばの広い麦わら帽子を被った貴子が立っていた。

近づくと彼女は辺りを見回しながら挨拶も抜きに言った。

「昔の人はこういうのを天罰かなんかだと思ったでしょうね。ひどく怖かっただろうと思いますわ」

それから改まって両手を膝のあたりに揃えて丁寧にお辞儀をして昨夜の礼を言い、さらにつけ加えた。

「さっき上のほうまで見に行きましたの。ケヴィンのおかげで、なんか自信がついて、ここに来て初めて一人で歩きましたわ」

晴れやかな笑みを見せている。

「コイツを始末しなくちゃあ」

私はそう言いながら道に横たわった落葉松を足で蹴った。葉の緑はあざやかだったが、植物として死に向かっているのがわかっているがゆえに、そのあざやかさが痛々しかった。だが「ほそ道」を塞ぐこの生木を切り刻んで片づけないことには彼女の夫が戻ってきても車が通れない。私は肉体労働を人に提供する機会もなく、そんな機会を欲しいとも思わずに人生を送ってきたが、その日も彼女の役に立てると思うと、自分が男の肉体の所有者であるという事実が単純に嬉しかった。

彼女は「ほそ道」の緩い坂を見上げながら言った。

「ほんとうに、ケッサクなところに倒れましたわね」

「蓬生の宿」と私の小屋を共にこの世から切り離すため天がそこに木を倒したかのように見える。

「結界」

私はその木を指して言った。

「まあ」

彼女が初めて私の日本語に感心してくれた。

「ケヴィンはそんな言葉までご存じでらっしゃるの」

まさに「結界」――俗な空間と、神秘的なエネルギーに満ちた聖なる空間とを分ける境界線のような気がする。

ここから先は今の日本と関係のない世界が広がるんです、と私が「蓬生の宿」の方を指すと彼女は素直に首をそちらのほうに向けた。それから首を逆にして国道に至るほうを見た。それから上を見上げながら言った。

「ここに縄を渡しましょう。見えないしめ縄」

道の両脇に落葉松が昨夜の台風にも負けずに高く聳え立っている。

「そのしめ縄で結界を印すの」

見上げたまま両手をふわっと上にあげた。そして右手、次に左手と、両側にある落葉松一本づつに縄を掛けるかのように腕を投げ、やがてその両方の手を身体の中心まで戻すとくるりと宙で縄を結ぶ動作をした。一瞬舞っているように見えた。あたかもまじないをかけられたかのように、その芝居がかった動作がごくあたりまえの動作に見えた。

彼女の眼は宙に描いたばかりの縄を見ていた。

「わたくしたちだけに見えるの」

次に私を見て続けた。

「あの『結界』って言葉ね。実にいい言葉を使ってくださいましたわ。この木を始末したあとでもね、ここが『結界』だって思えると、こっちがわでは、ふつうじゃあなくってていいんだって思えますでしょう。そう思えたら救われるんですの。変な言い方ですけど、一人で勝手に狂ってていいんだって思えて」

彼女の舞い姿が浮かんだ。

能楽だけは過去にいくら舞台に足を運んでも、これ以上知りたいという欲望が湧かなかった。今でも自分のプロジェクトのためにたまに観にいくが、あのあまりに悠長な時間の流れを耐えるのは日本人にとっても本音を言えば苦行以外の何ものでもないのではと疑っていた。あんなものをありがたそうに伝承して日本人は日本文化の奥の深さとやらを自他共に見せつけようとしているだけなのではという疑いさえもっていた。そこへあの晩の舞い姿があった。この世を超えたものが自分のなかにすうっと入ってきて全身が金縛りになった。半透明の黄金の満月。燃えさかる篝火。冥界《みょうかい》から立ちのぼるような声。その声と共にひっそりと息づく大地。匂い立つ自然。足許をしきりに流れる小川の気配――あの白い姿が思い出され、五感は異様に敏感になりつつも現実が掻き消えてしまったあのときの感覚がよみがえった。

二人で納屋に向かっていると彼女が訊いた。

「ケヴィンはお肉はダメかしら？」

「いいえ、食べますよ」

一昔前まで野菜と魚ばかり食べていたせいで、日本人のあいだでは菜食主義はさほど広がっておらず、こんな質問をしたのも私がアメリカ人だったからであろう。

それから十分後には私はできる限りの武装をしてチェーンソーで木の幹を切り始めた。幹の真ん中だったら一人では始末できなかっただろうが、道を塞いでいたのは幸い先の方で、幹を根気よく薄く輪切りに切り落としていけば両手で抱えて藪に投げ入れることができた。貴子は手伝うと主張したが、チェーンソーなどのそばにいられては危険だし、切り落とした幹を彼女が一人で藪まで運べるとも思えないので、断った。夫が一人で外で作業をしているときとちがい、私が作業しているのはやはり気になるらしく、いったん家に引きあげた貴子はたまに様子を見に出てきた。やがてチェーンソーの燃料が切れたので、今度は私の小屋にあった充電式チェーンソーをもってきて使った。

自分が一人の女のためにこんなことを喜んでしているのが信じられず、去年「蓬生の宿」で増築が始まってから自分のなかで何か別の時間が流れ始めたようである。

チェーンソーを硬く握り過ぎて身体中が汗ばんできたころに貴子がまた現れると執事か何かの真似をしてうやうやしく右手を胸までもってきてお辞儀をした。

「Lunch is served」

優雅な動作であった。

リビング・ダイニングに入るとテーブルに広げられた二枚のランチョンマットとその上に置かれた深皿が私を待っているのが眼を射た。妻がいるふつうの男のような妙な感覚に囚われながら私は席に着いた。九月はまだよく外で食べるのだが、今日はせっかくストーブで煮こんだ料理が冷めるのがもったいないので中で食べることにしたと彼女は言った。事実、テーブルの中心には湯気の立った大きな鉄鍋が載っている。

貴子は鉄鍋の中身を私の深皿に盛りながら言った。

「こういうのって、いかにも男女の division of labor ——役割分担がはっきりしてるようで、進化を遂げたスカンディナビアの人なら、許さないかもしれない」

真面目な顔で言うので、どこまでが本気でどこまでがふざけているのかわからないし、私が外で木を切っているあいだに自分が料理を作っていたのを指しているのか、今こうして自分が料理を深皿に盛っているのを指しているのかもはっきりしなかった。

私はかんたんに応えた。

「僕はたんなるアメリカ人でしかないから、平気です」

深皿の中身を見ると黒くてどろりとしている。得体が知れなかった。傍らには日本ではあまり出てこないインディカ米が添えてあった。

「これも南アメリカの料理ですか？」

「そう。フェジョアーダって言います。ブラジル料理で、黒いいんげん豆と豚肉のバラ肉を塩辛く煮こむんですの。あとはベーコンやらソーセージやらが冷凍庫にたまたまあったんで、朝起きたとたんに慌てて出して、ついでに豆を水に浸しておいたんです」

もともとはコーヒー農園の奴隷たちに食べさせていたとされており、豚を使うときは本来はしっぽや皮や耳や鼻まで煮こむのだそうだが、どんな部位であろうと肉は貴重だったことを考えると、そんなものを奴隷たちに食べさせていたかどうかは疑わしいという説もあるそうである。

豚のしっぽやら皮が喉を通るのを想像すると食道のあたりが一瞬つまりそうになった。

貴子が説明を加えた。

「なにしろもの凄い数の奴隷がいたそうですから。ブラジルには」

「アフリカからの奴隷ですか？」

「ええ、そうなんですって。コーヒーやら何やら輸出してましたでしょう。そういう農園のために。その前はその辺の先住民を捕まえて使ったりもしていたらしいんですけど、そんなんじゃあとても足りなかったみたいで……」

外交官の妻ともなると、赴任した国の歴史も一応勉強せねばならないのだろう。

私は皿から顔を上げて訊いた。

「貴子さんは南アメリカでどの国が一番気に入りました？」

「そうねえ」

彼女は手にしたフォークを宙に浮かせ首を傾げた。それからそのフォークを下におくと、ナプキンで口をゆっくり拭き、背筋を伸ばした。突然澄ました顔になっている。次に花が咲いたように美しい笑顔を作って私を見ると、あたかも観衆を前に応えているかのように英語でゆっくりと言った。

「Each, in its own way, was... unforgettable. It would be difficult to name a country...」

言い終わると、あたかもなぞなぞの答えを求めるような表情で訊いた。

「さて、何のつもりでしょう」

どこかで聞いたことがあったような気がしたが、私が首を横に振るのを見てとると彼女は笑った。

「ハハハ。オードリー・ヘップバーンのつもりだったの。似ても似つかないからおわかりにならなかったでしょうけど」

それを聞いたとたんにわかった。『ローマの休日』で小国の王女を演じるオードリー・ヘップバーンの真似であった。ヨーロッパの主要都市を表敬訪問したあと最後のローマでの記者会見で、どの町が一番気に入ったかと尋ねられたとき、今の貴子の台詞、すなわち、どこもそれぞれ忘れがたかったと、準備されていた通りの台詞を言い始める。そして、その途中ではたと口をつぐみ、初めての恋——生涯で一度だけ許された恋を知った町、「ローマ！　やっぱりローマ！」と心からの叫びを上げる。日本人はユーモアのセンスがないというのは嘘で、面白いことを言う人はたくさんいるが、英語でとっさにこんな反応をする人は珍しい。私は自分の驚きを隠して笑いながら、たいへん外交的ですね、と言い、言ってから彼女が実際に大使の妻であったのを思い出した。

「あの映画を何度か観るうちに、あの台詞がなんだか面白くって覚えてしまったの」

私も好きで何度も観たが、彼女は大使の妻だったからあの台詞が印象に残ったのにちがいない。

「映画はよく観るんですか？」

離れに繫がる引戸の隣りの壁には大きなテレビスクリーンが壁にかかっていた。

「ええ、観過ぎるぐらい。人生でこんなに観たことはないぐらい。Ｎｅｔｆｌｉｘもよく観るし」

彼女の口から「Ｎｅｔｆｌｉｘ」などという言葉が出てきたので危うく喉に豆をつまらせそうになった。だが、今の引きこもった生活を恥じているのか彼女の顔がわずかながら陰ったので、それ以上映画の話をするのは控えた。病気になる前はもっと活動的な人生を送っていたのだろうか。

食事が終わったところで彼女が言った。

「さっき夫とゆっくり話しましたの。今、京都にいますの。いろいろ報告したら、ひどく恐縮してましたわ。どうもありがとうございますって。とにもかくにも心配性なんです」

新幹線が復旧して夫が戻ってくるまでそれから三日間あった。それは「ほそ道」に電気が通じなかった三日間でもあった。電気という文明の利器を奪われたまま毎日何時間も貴子と一緒に過ごせたその三日間は、私のような人間嫌いに与えられようとは夢にも思わなかった幸せな時間であった。

思えば、私の青春のただ中はエイズが猛威を振るっていたせいで恋人を作るのをみなで怖れていたし、治療法が進歩し、死に至る病気ではなくなってからも、私自身、つき合っている相手をついつい キリアンと比べてしまい、我を忘れるほど夢中になったことはなかった。こんな性格なので、ほんとうに心を開くこともなかった。それが、貴子の前では、ほとんど、ほんとうに心を開くことができたのであった。その大きな理由として、貴子自身が自分の核心に関わる部分を隠しているというのがあったように思う。離れに通じる引戸は私には閉ざされたままだった。貴子は自分の病いについて打ち明けながらも、その核心にある何かを隠そうとしていた。彼女には悪かったが、彼女が何かを隠し続けているという事実、いや、隠し続けねばならないほど彼女がどこか深いところで孤独に病んでいるという事実があり、それゆえに、私は彼女の前では、可能な限り、ありのままの自分でいられたのである。妙な比喩だが、癌患者が自分より軽症の人間を相手には心を許せないが、自分より重症の人間が相手だと心を許せるのに似ていたかもしれない。

もちろんここまで近しく感じられたのには、彼女相手には英語に切り替えて話すことができるのも、一役買っていたであろう。貴子とは日本語で話したかったが、たまに面倒になって英語に切り替えれば、彼女は平気で英語で応えた。

それにしても、不思議な人であった。かくも昔風の印象を与える日本の女の人は見たこともなかった。少なくとも、あの歳の人では見たことがなかった。それでいて、かくもコスモポリタンな印象を与える人も見たことがなかった。どうということもない会話が多かったが、そのどうということもない会話を違和感を覚えずに人と交わせられる喜びを私は初めて知った。しかも、それが、今まではいつも薄い幕で隔てられているように感じていた日本の人を相手にである。

彼女の山荘に行くのは昼ごろからであった。私が持っていった非常用の携帯ガスコンロも使って余りもので二人で料理をし、身体を暖めたい日は家の中で、陽の光を楽しみたい日は母屋のデッキで昼を食べた。あたりからはチェーンソーの音が間欠的に聞こえてきた。私たちの庭にもまだ無残に倒れた木が数本あったが、チェーンソーのための燃料を買いに行く車もないので、かえって諦めよく放っておくことができた。その代わりに庭のそこいら中に落ちた枝の始末などをした。昼飯の残りをタッパーに入れてもらって別れるのは、日が暮れるころである。台風のあとの澄み切った秋空が続いたせいか、夜、極端に冷えるということもなかったが、暗闇のなかで何をするということもなく私は早々と寝た。「蓬生の宿」からは横笛の音がずっと聞こえてくることもあった。

新幹線が通じ、その午後に夫が帰ってくるという日の昼食中に彼女がふと言った。

「実はね、あの台風の晩ね、ケヴィンのことが頭にずっとあったんですの」

自分の山荘には燃えさかるストーブもあれば、湯も沸いているのに、あの西洋人はあの今にも吹き飛ばされそうな小屋で、薄暗がりのなか、毛布にくるまっているにちがいない。その寒い姿が脳裏から離れず、あの晩は何も手がつかず、ぼんやりとしていたという。(私が想像していた彼女の姿よりも、彼女が想像していた私の姿のほうがよほど現実に近かった。）それでも、まさか私が姿を現すとは予想もしなかったそうである。

「玄関に立っていらしたのを見て、心底驚いてしまいましたわ」

二つの魂が呼び合っていた証しのように自分には思えたが、そう思うのも僭越な気がして、私はかんたんに、そうでしたか、と応えた。

「そう。よく来てくださいました」

彼女の反応は無邪気だった。


夫は京都から戻ってくるなり礼を述べるために私の小屋を訪ね、パナマハットを取って、篠田周一と言います、と西洋風に手を差し出した。帽子を脱ぐと広い額が現れ、突然、精悍さが消えた。広い額の下にある眼も優しい細い眼で、先日怒ったような視線を投げかけられたのが嘘のようであった。あの貴子とは不釣り合いなぐらい、目立たない地味な風貌をしている。ただ、声は男らしいバリトンである。日本人にしては珍しい深さで、まるで声に包みこまれるような気がした。彼はそのよく響くバリトンで簡単に礼を述べると、翌日の昼もまだ追分にいるのならぜひひと、山荘での午餐に招待してくれた。ネットで取り寄せたという、アイリッシュ・ウィスキーの十二年物「ブッシュミルズ・シングルモルト」も手渡してくれた。

「いつここを発たれるのかわからなかったんで、食べ物はやめたんです。これならそうとうもちますから」

妻を護らねばという強迫観念から解放された男は、全身をこわばらせていた男とは別人であった。

入り口で挨拶しただけで消えた彼を見送った私の耳元にまだ彼の声が残っていた。あのようなバリトンの声があのように優しい細い眼をした日本人の喉から出てくるとは思わなかった。声だけは最初に受けた精悍だという印象によく似合っていた。

翌日の昼、山荘に向かった私は、その日はいつもよりは正式に昼食に招かれたので、月見台のほうに案内されるかもしれないという淡い期待を抱きつつ玄関の扉を叩いた。過去三日間、飛び石を渡って日本庭園の枝を片づけるのを手伝ううちに幾度も自然に月見台に行きついたが、自分で勝手に上がろうという気にはならなかった。だが、その日も貴子に案内されたのは、それまでと同じく、母屋の前のデッキでしかなかった。

篠田氏の年の日本人にはあまり見ない光景だが、彼はデッキとキッチンのあいだを行ったり来たりして皿やナイフ、フォークや箸を運んでいた。すでに夫婦のキッチンにすっかり馴染んでいた私も当然のように手伝った。先に椅子に坐った貴子は皆が席についたところで中腰になると手を伸ばし、テーブルの真ん中に据えられた先日の鉄鍋を柄の長い木のスプーンでかき混ぜた。

「Witch's brew——魔女のごちゃ煮」

顔を上げて笑った。

人を招いておいて悪いが、冷蔵庫にまだ残っていたものを何でもかんでも炒めたあと、ホールトマトの缶詰を二缶鍋に空けて煮こんだだけなので、わけのわからない料理ができたと言う。

篠田氏が手慣れた手つきで赤ワインを抜いた。

「温かければそれだけでご馳走だ。もうそんな季節になりましたね」

たしかに眼に入る光景は秋が深くなったのを感じさせた。

すでに葉を落とし始めていた木々は先日の台風でさらに葉を落とし、小川の向こうの雑木林が透けて見えつつあった。黄色や朱色の葉も混ざっている。最後まで咲いていた夏の花も色あせてきていて、貴子が紫やら深紅やら橙やらいろいろの色がまざった柔らかそうなショールで肩の周りを巻いているのが、そこだけまだ夏の花が咲いているようであった。

夏にも飛んでいたとんぼが今はいかにも秋の虫に見えてくるのも「とんぼ」が秋の季語だからか。

貴子が鍋の中身を私の皿に分け始めたところで篠田氏が言うに、実はしばらく前から貴子が一度ぐらい私をお茶に招いてみたいと言い出していたそうである。あの日、草むしりをしていて、ふと、太陽のように晴れやかな顔を見せてしまったときからのことかもしれないと私は思った。人を避けるくせがついてしまっていたせいで、私が最初に現れたころに失礼をしてしまい、これからもずっとこのままになってしまうのだろうかと二人で話していたら、幸い今回のことがあったと続けた。

「屋根がやられてしまったけど、台風に感謝すべしですな」

篠田氏はそう言って温和に笑った。

食事が始まったところで、私は例の立派な懐中電灯やオイル・ランタンや携帯電話の充電器を思い出して言った。

「それにしてもお二人の備えの良さに僕は感心しました」

氏は妻に一度眼をやってから応えた。

「いやあ、南米に住んでたって妻が言ってたでしょう」

南アメリカでは場所によって停電が日常茶飯事なので、二人とも停電には充分過ぎるほど充分に備えるのが習い性となっていたそうである。実は自分は外交官をしていたという話を篠田氏が続けて出してきたとき、私は、はああ、と初めて知ったような顔を見せた。なんでも小学生のころから南半球からはどのように月が見えるのかに興味があったのがそもそもの始まりだそうである。

「天体図鑑を見ながら、自分で色々と図を描いて、北半球と南半球とではどんな風に欠けかたがちがうのかって一所懸命考えて……」

考えるときに日本人がよくやる動作で、首を傾げたあと、日本人が昔から月ばかり歌で詠んでいたせいがあるのかもしれないとつけ足した。

「日本人は星を詠まなかったでしょう。飽きもせずに月ばかり詠んでたんだから……紫式部もなんか月の歌があったよね」

貴子のほうを向いて彼は訊いた。

この山荘のことを「蓬生の宿」と私が呼んでいるというのを貴子がもう話してあるらしい。何でも夫にはすぐに話すのだろう。氏が妻のほうを見ると、貴子は少し笑いながら『百人一首』に入っている式部の歌を吟じるように声にした。

「めぐり逢ひて　見しやそれとも　わかぬ間に　雲がくれにし　夜半《よは》の月かな」

日本のふつうの女の人のように恥ずかしがる風もなかった。

「そうそう。でも、ほかにもいろいろあるだろう」

『源氏物語』にも月を詠んだ歌はたくさんあったけど、きっとケヴィンのほうがご存じよ」

「いや、僕は『源氏』は『唐衣　またからころも　からころも』しか覚えていません」

「アハハ。たしかにあれは誰でも覚えてしまいますわね」

貴子が私のほうを向いておかしそうに応えると、篠田氏が独り言のように言った。

「業平で有名なのがなかったかな」

「そうそう。なんかあった」

貴子はテーブルの上に置いてあった篠田氏の携帯電話を、いいぃ？　と訊きながら手にした。あとでわかったが、氏が若い人のように食事中も常に携帯電話をそばに置いておくのは、母親が入居している京都の老人ホームからいつ連絡があるかわからないからだそうであった。

「これだわ。月やあらぬ　春や昔の春ならぬ　我が身ひとつはもとの身にして」

貴子が携帯の画面を見ながら業平の歌を低い声でまた吟じると、そのあと指先で画面をスクロールし、ああ、ほんとうに、月の歌が次々と山ほど出てくるわ、と嬉しそうに言った。

「どっかで聞いたことがあるのもいろいろある。秋の夜の　月にこころのあくがれて　雲ゐにものを思ふころかな……あ、茂吉もいくつもあるわ。わがいのちを　くやしまむとは思はねど　月の光は身にしみにけり。ながらふる　月のひかりに照らされし　わが足もとの秋ぐさのはな……」

　彼女の声もよく通る声であった。こんなところで昼の光を受けながら、月を、そして夜を呼ぶように朗々と月の歌を読み上げている女がいるという事実――さらには、魅入られたようにその声を私が聴いているという事実が不思議であった。まさに結界のこちら側でこの世と切れてしまっているような気がした。

　篠田氏はトマト色に染まったキャベツをナイフとフォークで切りながら貴子を見て言った。

「僕は歳だからこんな風にすぐ携帯で調べようという発想がないんだね」

　貴子は、わたくしだってそうとうな歳よ、と言いながらスクロールし続けた。

「俳句もたくさんある。大空の　真ただ中や　けふの月。子規ですって。切りがないわ」

　笑いながら携帯電話を置いた。

　篠田氏は私のほうを向いた。

「ケヴィンの『失われた日本を求めて』っていうプロジェクトですけどね。貴子から聞いたんですが、ポータルサイトがどうのこうのって、やはり若いからそんな発想が出てくるんですねえ」

　自分も少しも若くないと言おうとしたが、篠田氏よりは若いので黙っていた。

「ありがたいことだって二人で話してたんです」

　外交官として四十年勤めていて、自分のまわりにいる日本の外交官たちの古い日本文化に関する驚くほどの無知、またそういうものを世界に広める活動に割り当てられる予算の極端な少なさなど、苦々しくてしかたがなかったと言う。何と日本の国家予算のなかで文化予算が占める割合は文化大国だと自負するフランスに比べると八分の一ぐらい。のみならず、自国の文化に世界の注目を集めようとしている韓国に比べると十分の一以下だと言う。

「その話になると外交官としていつも恥ずかしいんです。彼らはなかなか信じてくれないんだな。日本は特殊な文化をもってるって思ってくれてるから」

話しているうちに私に対しての篠田氏の警戒心がさらに緩んでいっているのが感じられる。ただ、会話をしながらも、貴子の心身の状態は彼のほうが病的に見えるほど気にかけていた。貴子が片手で自分の肩にかけたショールを少しでも直したりすると、寒いのではないかと膝掛けを取りにいったりし、しまいには、食事中なのに、しばらく一人で休んでいたらどうかなどと言い出したりした。

「お疲れになるといけないから、このへんで失礼します」

篠田氏があまりに貴子のことを気遣っているので、自分の皿が空になったところで私は腰を上げた。

「だめよ」

貴子が命令するように言った。

「篠田はわたくしが、最近、人前でこんなに元気そうにしてるのに慣れていないんです」

「そうなんだな」

篠田氏が少し自分を恥じたように言った。貴子がパニックアタックを起こすと今にも死にそうに見え、それが何回かくり返されるうちに自分もノイローゼ気味になってしまったのだと説明した。

「死なないから平気だって言うのに」

そう貴子は言うと、隣りに坐った夫の背にそうっと手のひらをのせた。自分のことをそこまで心配してくれる人間がいるという感謝の念がその動きにこめられていたが、それは篠田氏を超えたもの——天に対する感謝の念のように見えた。

自分の小屋に戻るあいだ、これで貴子と二人きりの時間が終わり、来年からは篠田氏も含めた三人での時間しかないという思いばかりが浮かんできた。もっと長いあいだあのような時間の流れに身を任していたかった。貴子にもそういう思いが少しはあるのを願ったが、どうもそうは思えなかった。

幸いにも篠田氏という人物には十二分に及第点を与えられた。彼の地味な風貌も親しめば親しむほど好ましいものに見えてくるという類いのものであった。私にでもわかる彼の際立った頭の良さが、当人の意図とは無関係に、その広い額に自ずと現れているせいにちがいなかった。しかも、異性愛者の男によくある単純さ、よく言えば一途さのようなものは感じられたが、異性愛者によくある無神経さは少しも感じられなかった。だいたい、パニックアタックを起こすなどという以前にもっと深いところで精神的に病んでいるらしい女と一緒になっており、しかも、そのような女をあそこまで大切にしているからには、一見ふつうにしているが、どこかで常軌を逸した人物にちがいない。年の差から考えると二度目の妻だとしか考えられなかった。

その日のうちにようやく電気が繋がり、日常が戻った。

三日後、来年の夏を楽しみにしているという挨拶を交わしたあと、私は東京に引きあげた。私なりにこれまでに築き上げた生活のリズムがあった。仕事を手伝ってくれている連中にも会うべきだったし、鎮静剤や睡眠薬も切れかかっていた。黄先生のピアノのレッスンにも戻るべきだった。

「蓬生の宿」の住人に関する謎は少しも解けなかったが、その謎を解きたいという思いよりたんに彼らと共に時を過ごしたいという思いが今となっては強くなったぐらいであった。新幹線の窓から外を眺めながら私は来年もまた夏が巡ってくるのを待ち遠しく思っている自分を発見した。先にくるものを待ち遠しく思う人生の楽しみは長いこと忘れていたものだった。

家族

東京に戻った翌日、モウリーンからメールがあった。いくらなんでももう東京にいるのではないか、と訊いてきていた。戻ってきたとたんのメールだったので、何だか見張られているような妙な気がしたが、素直に昨日戻ったところだと返事した。ケイトリンの結婚式の写真アルバムをできあがり次第送りたいと言っていたのを、そんなものを追分で受け取ってもしかたがないと思い、東京に帰ったら連絡すると応えていたのである。インターネットのリンクで見られるようになっているのに、それだけでは物足りないらしかった。

白いぶ厚いアルバムが届いたのは十日ほどしてからであった。映像がプラスティックごみのように溢れるこの時代、わざわざこんなものを作りたがったのは、ケイトリンではなくモウリーンのような気がする。モウリーンは長女のキャレンが結婚したときも同じような白いぶ厚いアルバムを送ってきたが、もうどこにしまったか記憶にない。私はほとんどの写真は飛ばし、家族だけが芝生のうえに並んで立った写真に行った。フラネリーが私を驚かせた大きな派手な帽子を被って家族の一員として写っているが、両親の姿はもちろんもうない。モウリーンは父の再婚相手のクレアの隣りに思い切り笑顔を作って立っており、そのマスカラに縁取られた眼が私に向けられているように見える。

「ケヴィン、なぜ日本なんかに移っちゃったの？」

彼女の声と、真剣なまなざしがふたたびよみがえった。

アルバムを閉じ、豆を挽いて淹れたコーヒーを手にしてソファに坐った。窓の向こうには久しぶりに見ればいかにも都会的な西新宿の超高層ビルディング群が広がる。私はその上にさらに広がる秋らしい澄んだ空をぼんやりと見つめた。

かんたんな答えがあるはずはなかった。

満月に照らされた貴子の姿がよみがえり、ああいう光景に巡り逢う日を待って日本に居着いてしまったのだと高らかに言いたかったが、それはもちろん真実ではなかった。日本に長い多くの外国人と同様、いろいろなことが積み重なるうちに、いつのまにか居着いてしまった。一つだけたしかなのは、自分の家、そしてその家があるシカゴの郊外、そしてさらには、アメリカという国からしばらく遠ざかりたかったということである。ただ、最初は漠然と数年ぐらいと考えていたのが、いつのまにか四半世紀を過ぎてしまった。

記憶がある限り、家族と一緒にいるのは、そう楽しいことではなかった。

ずいぶんと前のことだが、日本のどこかの喫茶店でエラ・フィッツジェラルドの「サマータイム」が流れていた。じきにみなしごになってしまう赤ん坊に向けて歌われる子守歌の歌詞――「Oh, your daddy's rich and your ma is good-lookin'……お前の父さんは金持で母さんは美人だよ」。その歌詞を聞いたとたんに、わけがわからないほど感傷的になり、テーブルの上で冷めていくコーヒーを眺めていたことがあった。どの場所でもどの時代でも子どもがもつ単純な願望をあまりに率直に言い表しているようで、その率直さがかえって哀しくさせたのかもしれない。もちろん、その願望が実際に叶えられる子どもは少ない。しかも、叶えられたからといって、幸せだとは限らない。

私の父は金持で母は美人だったが、私は幸せな子ではなかった。世に幸せではない子はごまんとおり、私のような育ちで不幸だったなどと言う権利がないのはよく承知しているが、キリアンを除けば、家族は私を愛してはくれず、私も彼らを愛することができなかった。英語ではよく家族のことを「the loved ones」と呼ぶが、直訳すると「愛される人たち」。私は家族という存在をそんな表現で置き換えることの押しつけがましさにずっと違和感を覚えていた。

私の父と母……。

父はいつも忙しかった。母はそんな父とバランスを取るかのように、いつも優雅に、またそれ以上に、怠惰にしていた。

こうして日本語でアメリカでの思い出を書こうとすると、薄い膜のようなものが文章を覆い、具体的な思い出が抽象的になり、今でも心に鮮明によみがえる生々しさがどこかで薄れてしまうのが感じられる。ヨーロッパの昔の小説をいくつか日本語で読んだことがあるが、自分の思い出もどこかそういう小説――翻訳小説に似てくるのも不思議である。

しかも、私の両親の結婚はまさにヨーロッパの古くさい小説にありそうなものだった。それでいて、それは、男に経済力があり、女が美貌をもっていたら、どの国でもどの時代でもよくある結婚であった。根っからの実業家であった父にも若いころはあれでもロマンティックなところがあったのだろう。同じアイルランド系だが、政界とも財界ともつながりがなく、そう金持でもない家に育った母に父が求婚したのは、母が美しかったからで、しかもその美しさを際立たせる芸術愛好者だったからにちがいなかった。まず母はピアノをよく弾いた。母が娘時代に習っていた白系ロシア人のマダム・ダニロヴァという自称もと男爵の娘は、ロシア語訛りが残る英語で、母の才能を大げさな言葉で褒め称えていた。（兄姉と同様、私も最初の手ほどきを彼女から受けたが、そのころ彼女はもうこの世の人だとは思えないほど老いていた。）母は当然のことのようにシカゴ・シンフォニー・オーケストラに寄付し、現代美術館に足を運び、「ニューヨーカー」を定期購読していた。不動産業を営んでいた母の実家が、経済的な余裕ができるにつれ、中産階級に属すに相応しいと思われる教養を子どもたちに与えたおかげである。その結果、母の弟のジョンは安い月給で満足せざるをえない州立大学の英文学の教師になり、あんなに貧乏じゃあ結婚できなくったって無理もない、と父に見下されていたが——私は亡くなったジョン叔父は同性愛者だったと信じている——女である母が音楽や文学や絵画が好きなのは父にとって母の美しさを増したようであった。

眼の前に浮かぶのは、父が二度目の妻のクレアと結婚するまで客間の暖炉の上にかかっていた、母の肖像画である。結婚した直後に描かせたというから一九五〇年ぐらいの絵か。太い筆で描かれた少し誇張された油絵の写実画だが、二十歳ちょっとの母の優雅さがその長い首に象徴されていた。

ところが、父と私がうまくいかなかったのは当然として、悲しいことに、私はそんな母にも違和感を覚えていた。

学部生時代プルーストの『スワン家の方へ』を苦労しながら読んでいたときだが（もちろん、そのあと苦労しなくなったというわけではない）マダム・ヴェルデュランという登場人物と母の姿が重なって、母にひどく悪いことをしたような思いがしたことがある。プルーストに徹底的に滑稽に描かれている自称芸術的感性が繊細すぎるという大ブルジョワ夫人で、毎晩彼女の家に取り巻きが集まるが、そこで折り折り一人のピアニストがスワンも好きなあるソナタを弾こうとする。すると彼女はその度におおげさに叫ぶ。「ああ、だめ、だめ、あたくしのあのソナタだけは、おやめになって」。興奮のあまり病気になってしまうと言うのである。「先だってみたいに泣いたあげく、鼻風邪やら顔面神経痛やらにかかりたくはございませんもの。……みなさまはご丈夫でらっしゃるから、あたくしみたいに一週間も寝こんだりなさらないでしょうけど」。そんな彼女をなだめすかして安心させるのは、その場にいる医者で、取り巻きのなかでも際だった俗物として描かれている人物である。儀式のようにくり返される場面なのだが、そのつど、彼女の取り巻きは彼女がおおげさに抗議するのを彼女の芸術的感性の表れだとして、感心して見物している。その家に初めて招かれたスワンの眼にはむろんひどく悪趣味な芝居としか映らない。

「母さんはこんなにひどくはない」

私は心の中で母を庇ったが、そのプルーストの文章を読んだとき、自分が以前から母の嘘っぽさを感じていたのをはっきりと自覚し、そんな自分を責めながらも、母のことをどこか疎ましく思う自分を許すようにもなった。父とオペラを観にいった翌日など母は興奮が覚めやらず頭が熱っぽいと称して部屋に引きこもっていたし、小説も（つまらぬものでも）読み始めると明け方まで読んでしまって、次の日は使いものにならなかった。朝六時半には起きて会社に行く父と同じ寝室で寝起きするのは到底無理で、半分閉じた厚手のカーテンに煙草の匂いの染みついた別の寝室を母はもち、そこに始終引きこもっていた。そしてそれを彼女は自己管理ができないせいではなく、架空の世界にかくまで没頭できる自分の芸術的資質のせいだと思っていた。私自身子どものころから、母は豊かで安逸な生活が欲しくて父と一緒になったのではないかという疑いを漠然と抱いていたが、その欲望は、芸術的資質という本人も信じていた隠れ蓑に隠された欲望だったので、父には見えなかったのにちがいない。

そんな父も母も、そして兄のジャックとショーンも、私のことなどたいがいは無視していたが、モウリーンはちがった。

わが家では家族の数がある程度揃えば、ブレックファスト・ヌックではなく、祖父から引き継いだシャンデリアが天井から垂れているダイニング・ルームで少し正式な感じで食べた。だが、家族が揃うことはめったになかったのは、兄たちが九年生――日本でいう中学三年生――になると次々と東海岸の全寮制高校に消えてしまったからである。私が物心がついたころはもうキリアンはいなかったし、じきに残りの二人の兄も消えた。ところが五歳上のモウリーンだけは、自分がアイルランド系であること、カトリック信者であることに強いこだわりをもち、九年生になっても、家から近い聖心会系の全寮制の女子校に上がり、週末になると家に戻ってきた。

「帰ってきたわよ、帰ってきたわよ！」

大声が聞こえたと思うと、制服姿のモウリーンが玄関ホールに飛びこんでくる。膝までの格子柄のスカートからは小さいころからテニスで鍛えた逞しい二本の足がのぞいている。モウリーンが戻ってくれれば、ブレックファスト・ヌックでの食事どきに勢いよくしゃべって両親の機嫌をよくしてくれるのはありがたかったが、私をからかったり、意地の悪いことばかり言ったりするのには閉口した。

モウリーンは私を徹底的に軽蔑していた。そしてこれみよがしに私につらくあたった。彼女のほうが大きいので、子どものころは暴力を振るわれ、そのあとも、ことあるごとに、弱虫！　腑抜け！　女の子みたい！　と決めつけられ、半泣きになると、今度は、なんて泣き虫なの！　と罵倒されたりした。

なぜ彼女がこんなに私を嫌うのか、私はその原因を彼女以上にわかっていた。末っ子、しかも唯一の女の子として可愛がられていたところに私が生まれたわけだが、それが面白くなかったのが原因ではない。私は寡黙なうえに眼の縁が病的に青く染まりいつも怯えているような印象を与える子で、モウリーンの脅威となりうる、人から可愛がられるような子ではなかった。モウリーンが私をいみ嫌ったのは、キリアンの愛情をひたすら独占したかったがためであった。

そう。みなのキリアンに対する愛情……ジャックとショーンはキリアンを愛する以前に彼に嫉妬していたかもしれないが、少なくとも畏怖はせざるをえなかっただろう。

キリアンは、とにもかくにも、素晴らしい兄だった。際だって美しく、優しく、勇気があり、正義感に溢れ、そのうえ、卓越した頭脳の持主でもあった。要するに、陳腐な形容詞を並べるしかないほど完璧な人間であった。

父は公平であろうとして隠そうとしてはいたが、当然、五人の子どものなかでキリアンをもっとも高く買っていた。ところがキリアンは、いつも翼を広げどこか遠くへ飛び立とうとしているような若者で、シーアン・マシーンが自分の肩に重く乗り、その会社と共に自分がシカゴに根を生やしてしまうような人生を望んでいないのは明らかであった。父はキリアンがイェール大学で歴史を専攻するのには異を唱えなかったが、実際に勉強したのが古代ギリシャの歴史だったあげく、卒業近くになってケンブリッジ大学でアッシリア学をやりたいと言い出したときにはさすがに怒りを見せた。大学院に行って学問をするなど、人生で成功する見こみのない人間がやることにしか父には思えなかった。しかもこれ以上役立たずの学問も考えられないアッシリア学とは……。二人で数ヶ月争ったあと父が観念したのは、奨学金をもらうことになっていたキリアンを引き留めることなどできなかったからである。幸いジャックとショーンは会社を引き継ぐ気まんまんであった。面白い兄たちではなかったが、邪悪な精神はしておらず、昔から自分たちの嫉妬心を後ろめたく感じていたので、キリアンが消えてしまうのには安堵したはずであった。

母はキリアンを溺愛していたのを隠そうとはしなかった。しかもその愛情だけは本物だった。自分の容姿を継いだ息子を愛するのにはナルシシズムの延長もあったかもしれないが、打算で結婚した父を充分に愛せない分、誰からも愛されるキリアンを愛するのは必然だったのかもしれない。キリアンが遠くに行くのは悲しんだが、誰かをほんとうに愛する人間の常として、彼が好きな道を進むのを喜んだ。

モウリーンは、そんな母と競ってキリアンの愛情を独占したがったのである。たしかにキリアンは唯一の妹であるモウリーンを可愛がり、家族の男たちには見せなかった細やかな愛情を母にだけではなく彼女にも注いだ。男が多く、家父長的な匂いが強いわが家のなかで、女は弱い者、守らねばならない者だと男らしいキリアンには思えたのかもしれなかった。そんなキリアンはモウリーンにとって初恋の男、いや、運命の男であった。すでにデビュタント舞踏会は流行らなくなっていたとはいえ、キリアンは両親の知人から請われて何度かエスコート役に選ばれたが、燕尾服を着たキリアンの優雅さといったら表現のしようもなく、母や私が息を呑んでキリアンを見つめるなか、モウリーンは興奮して真っ赤になって彼の周りを飛び跳ねた。十六歳になってキリアンをエスコートに当人がデビュタントとなった日、床につく裾広がりの白いドレスと長い白い手袋という装いで舞踏会場に集まった娘のなかでモウリーンより美しい娘は山ほどいたはずだが、彼女ほど幸せな娘はいなかったのではないだろうか。あれから十年ほど後、結婚式で白いウエディングドレスを着たときも、あのときほど幸せではなかったのは確実である。

ある日、三人で絨毯の上でスクラブルという文字ゲームをしていると彼女がキリアンに訊いた。

「マミーとあたしとどっちが好きなの？」

ゲーム・ボードを睨んでいるキリアンが微笑んで応えないのでしつこく続けた。

「海で二人が溺れてたら、どっちを先に助ける？」

「弱いほうから助けるべきだから、もちろん母さんに決まってるさ。君はサメの餌になるしかないね」

いじわる、そう言いながらモウリーンは嬉しそうにキリアンに肩でぶつかったあと、彼の腕に自分の両腕をからませて身を寄せた。

女に生まれなかった私はキリアンにそこまで肉体的に親しくできないのが悲しかった。キリアンが家にいれば目立たないように気をつけながら常に彼を見ていた。ソーガタックの別荘のデッキチェアで彼が昼寝などをしていると、周りに人がいないのを確かめて、彼の顔を近くからじっと見たり——肩幅は男らしく広いのに頬が女のように薔薇色だった——そうっと匂いを嗅いだりした。

そんなキリアン――私がかくも憧れていたそんなキリアンが、実は私を特別視してくれていたのである。学校でいじめられ、家族からも疎んじられていた私に対する同情があったにちがいないが、それだけでは説明がつかなかった。こんな風に想像するのは自惚れもあるだろうが、私が成長するにつれ、彼は私たち二人がどこか深いところで似ており、ほかの家族とは別の次元で繋がっていると考えてくれるようになったのだと思う。

鼻っぱしの強いモウリーンは、私のような者を相手にキリアンの愛情のとりっこをする気は毛頭なく、自分が母の美貌を受け継がなかったのは認めても――なんて不公平なの！――私に嫉妬しているなどというのは絶対に認めなかった。彼女の誇りが私のような者を恋敵だと見なすのを許せなかったのである。それでいて彼女は恋する人間特有の鋭敏さでもって、キリアンが私にだけ一種独特の親しさを感じているのを見抜き、私にいつもつらくあたっていたのであった。

巨木のアメリカニレを中心に緑の芝生が広がる一九六〇年代から七〇年代にかけてのシカゴの郊外の家での日常――どの部屋にも壁から壁までの絨毯が敷かれ、適度にモダンで快適な家具が置かれ、過激に前衛的なところも過激に懐古調のところもない、時間が止まったような錯覚に陥る、そこだけで充足しきった日常。そんな日常に私が説明しがたい違和感を覚えているのを、キリアンだけが感づいていてくれたのは、彼も、そして彼だけが、私と同じような違和感を覚えていたからにちがいなかった。

私は日曜日がことに嫌いだった。朝のミサはそんなにいやではなかった。太いゴチックのアーチが天井に模様を描く大聖堂は美しかったし、司祭の長い白いアルバや金糸の刺繡入りの赤や緑のストラは好きだったし、聖歌隊のまさに天使を思わせる歌声にはしばし恍惚とした。だが、教会を出てからの隣人同士の挨拶や、家での少し改まった昼食は苦手だった。そして苦手を通り越して拷問だったのは、そのあとの地下の娯楽室でのフットボール観戦である。私は自分の部屋のベッドに寝転びグレープ・ソーダを片手に母の部屋からとってきた十九世紀の英国の小説――『自負と偏見』や『嵐が丘』や『ジェーン・エア』などの「女の子もの」が多かった――を読んでいたいのに、子どもたちは娯楽室で父につき合うという暗黙の了解があった。場合によってはテレビを前に皿を膝に載せてソファで夕食を食べることもあった。幸い週末なのでモウリーンがおり、父と一緒に歓声を上げたり罵ったりしてくれる。私はソファの端で静かにしているのが常だったが、あまり静かにしていると、「ちゃんと観てんの?」とモウリーンから訊かれたり、「ルールぐらいわかってんだろうね」と父から嫌みを言われたりする。

それが、キリアンが戻っていれば、私と眼が合うと、慰めるようにそっとうなずいてくれる。スポーツの得意な彼は私ほどは苦痛を感じていなかったはずだが、あたかも恋人のように私の苦痛を感じ取っていてくれた。ある時観戦が終わったあと地下室の階段を昇り終わったところで彼が声を低くして私に言った。

「ケヴィン、もう少しの辛抱だよ」

キリアンが進んで自分の部屋に招き入れるのも私だけであった。珍しいものが壁や本棚に無造作に飾られたその部屋が、二十世紀後半のシカゴの郊外という今《ヒック》と《エト》ここ《ヌンク》で充足している世界とは異質な部屋だったのは、彼が全寮制高校に入ってしばらくしてから休みといえば外国に旅行をするようになったせいである。

「君のおかげで、あのとき以来旅行すんのが人生の一部になっちゃったんだと思う」

十二歳での日本への旅行を指してそう彼は言った。

キリアンの部屋にはたとえばロザリオとはちがって先に十字架のついていないさまざまな色の数珠があった。長いのは九十九個も玉がついている。これは琥珀、これは黒檀、これは緑玉髄、と彼は数珠一つづつ石の名前を教えてくれた。銅とステンドグラスでできた天井から吊すランプもあれば、複雑な模様入りの大きな銀の盆もあった。中東のものが増えていっていた。

父と彼が日本からもって帰った土産物――日本人形、あざやかな絹糸を巻いた手鞠、漆の杯、折り紙用の和紙、母のための夏のキモノなどは私が物心がついたころには屋根裏の奥にしまわれてしまい、たまに私一人で眺めるだけになっていたが、彼が気に入ったらしい扇子だけは彼の部屋の壁に開かれて飾られていた。骨は黒い漆塗りで、堅い紙には金箔を背景に荷車のようなものが描かれ、それを囲んで菖蒲や菊、そのほかにも名を知らぬ小さな花が散り、紅い雲が上のほうに浮かんでいた。ずいぶんと立派なものではあったが、それでいて掻き消えそうなはかなげな雰囲気が伝わってくるのは、扇子全体から、ほんとうにそこにあるかどうかも定かではない、微かな匂いが漂ってくるせいかもしれなかった。私はしばしば顔を近づけてその匂いを嗅いだ。香水のような甘い匂いではないが、何ともいえず上品な匂いで、この世ではない場所に足を踏みいれたような気がした。

ある時キリアンが扇子に顔を近づけている私に言った。

「欲しければもってったら」

私は首を横に振った。キリアンの部屋にあるからこそこんなに惹かれるのにちがいなかった。

「じゃあ僕が死んだら君にいくように遺言書に書いておく」

キリアンはそう笑ったが、そんな遺言書を書く間もなく死んでしまい、彼のために作られていた信託基金は残った兄弟の基金に平等に振り分けられ、その扇子は誰も気づかないうちに私の引出にしまわれた。たまに取り出すと、私の家族からも、シカゴからも、アメリカからも遠く離れた、この世のものではない場所に一瞬連れていかれた。

「ケヴィン、なぜ日本なんかに移っちゃったの?」

私を取り巻く環境が私にそう優しくなかったというのがまずはあっただろう。それと同時に、キリアンと同様、どんな環境で育とうと、そこから遠いところに身を置くのを欲するよう生まれついていたのかもしれない。人の人生がおしなべてそうであるように、偶然と必然とが絡み合い、いつのまにかこうして日本までやってきて、やがて居着いてしまった。

図書館の片隅で息づく日本

大学でまずフランス文学を専攻することにしたのは、遠くへと踏み出そうとしたその最初の一歩だったと言えよう。中国人や日本人が英語を話すのはあたりまえだが、アメリカ人が中国語や日本語を話すのは何か物理法則に反しているように思えた時代であった。少なくとも私の周りではそうだった。日本語を学ぼうとか、日本に行こうなどという発想は、大学に入る前の私のなかではまだなかった。外国語を学ぶのが好きだったし、また得意でもあったので、小学校から始めていたフランス語はすでにかなり読めた。

「フランス文学をやるなんて色男にでもなりたいのか？」

父に告げると、老眼鏡に頼るようになっていた彼は眼鏡越しに案の定嫌みを言ったが、「ロクなものにはなるまい」と決めつけていた私には何も期待しておらず、それ以上何も言わなかった。

日本語を学び始めたのは一年後である。寄宿舎でルームメートだった頭脳優秀とは言いかねる学生が何を思ってのことだか日本語を勉強しており、縦書きの奇妙な字をたまに見るうちに自分も学びたいという気持、こんな男が学べるのなら自分も学べるだろうという気持が募っていってのことであった。もちろん、そこには、キリアンが死んだあとくり返し観たあの8ミリの軽井沢でのフィルムもあったにちがいない。寄宿舎でもそっと隠しもっていた例の扇子もあっただろう。学び始めれば実に面白く、日本文学も同時に専攻することにした。シカゴに戻れば、「ケヴィン、大学じゃあちゃんとやってんだろうね？」と父は一応尋ねたが、日本語も学び始めたことをどうやって報告すべきか一瞬迷うあいだに、ジャックやショーンを相手に仕事の話にいつもすぐに移ってしまった。

卒業後は自然に貯まっていた小遣いで深い考えもなくまずはパリに旅発った。(シーアン家の一人として恥ずかしくない社会生活を予備校でも大学でも送ることができるよう、父は充分過ぎるほどの小遣いを学期ごとに渡してくれていたのである。)パリの十区にある安い屋根裏部屋でのバゲットとカマンベールだけの貧乏生活は面白かった。近代のなかに歴史が力強く根を張って息づく美しい都はもちろん気に入った。ところが、秋になり、マフラーが必要になったある夜、立派かつ絢爛なオテル・ド・ヴィルが黄金色にライトアップされているのをぼんやりと眺めているうちに、自分がほんとうに惹かれるのは、こういう洗練のされかたとはちがった、もっとつつましげなもの、もっとはかなげなものだという事実に、あたかも神の啓示を受けたように気づいた。今思えば、ヨーロッパなどよりも遠くにまで自分をもっていきたかったのかもしれない。

屋根裏部屋に戻るなり、その日のうちにイェールの東アジア言語・文学科の大学院入学のための願書を取り寄せる準備を始めれば、二ヶ月半ほどのちに合格通知が着き、キリアンと同様、生活費こみの奨学金をもらえ、大学院生らしく倹約して暮らせば家からの援助も必要ないことがわかった。金もだいぶ底をついてきていたのでイェールがあるニューヘイヴンに戻ってピザ専門店で小銭を稼ぎながら部屋探しを始め、復活祭になったところでシカゴの家を訪ねた。もう大学を卒業していたので復活祭に家に戻る必要はなかったが、父に一応報告すべきだと思った。

「大学院？　日本研究？」

「ええ、大学ではフランス文学と一緒に専攻してたんです」

父は肩をすくめ、両手を挙げた。いったんは驚いたが、フランス文学も日本研究も、どちらも役に立たないという意味では彼にとって同じであった。父は無駄な愚痴をこぼし続けるような愚かしい人間ではないので、そのあと無言で例によって充分過ぎる小遣いの小切手を切ってくれた。キリアンのときのような言い争いはなく、私は父の寛大さに感謝すると同時に小指の先ほども期待されていない息子であるという事実にも感謝した。

そのとき復活祭の晩餐にはもう結婚し近所に住んでいた二人の兄とモウリーンもそれぞれの家族と共に同席した。私が日本研究のために大学院に進むという話が出るやいなや、ジャックとショーンは珍しい動物でも見るような眼つきで私を見たあと、顔を見合わせ、優しいとは言いかねる薄ら笑いを浮かべた。キリアンが死んでからは私をいじめるのをやめたモウリーンが二人の気持を代弁するように皮肉を言った。

「日本研究なんて、いかにも……あんたらしいわ」

どういうわけかモウリーンでさえも日本研究者に同性愛者が多いのを知っていたらしい。「いかにも」のあと、ダイニング・テーブルに坐った家族の前などで口にすべきでない言葉が危うく口を衝いて出そうになったのを、彼女は呑みこんだ。父は私が同性愛者なのを感づいても認めようとはしなかったが、私の兄姉はいつからかその事実を前提として私に向かうようになっていた。

それから三年のあいだ、私は大学の図書館の片隅でひっそりと息づいている日本に朝から晩まで埋もれて暮らしていた。図書館には両腕にも重い画集が山のようにあったし、頼めば古い和紙の匂いが立ちのぼる実物の屏風絵や浮世絵も見ることができた。江戸末期から西洋の影響を受けて画風が変わっていくのも興味深かった。そして、もちろん日本文学。古典はごく基本的なものを学んだが、日本人が西洋の小説を読むようになってから書かれた近代文学は、学ぶというよりも、じきに主人公と身を重ねるようにして読むようになった。自分が三四郎になり、下駄をカラコロと鳴らして本郷あたりをうろついているような気がするぐらいであった。ほかの学生が研究者になるために日本に関して勉強していたとき、私一人消えてしまった世界の幻を追っていたのと同様である。大学院生のなかにはやはりトラスト・ファンド・ベイビーだと思われる男がいたが、生真面目なせいか、ご苦労さまなことに博士号を取って教職に就くつもりのようだった。私も奨学金までもらっているのだからいつかは何かを世に返したいという思いはあった。だが、勉強もできないくせに生意気なのがまぎれこんでいるに決まっている学生を相手に授業をしたり、彼らの小論文などを読んだりするのはご免だと思っていた。

ほかの学生は夏休みを利用して日本を訪ねたが、私はそれもしなかった。今の日本に関する情報は充分すぎるほど入ってきており、実際に日本を訪れれば、その経験が失望に次ぐ失望だろうというのは予測できたので急いで訪ねるまでもないと思っていたのである。現実の日本を見たらこんな風に日本に興味をもてなくなってしまうのが怖かったのかもしれない。運よく日本美術の通史を執筆中の教授が研究助手を求めていたので、彼のもとで、夏休みはもとより、学期中も働いた。（この経験がのちに「失われた日本を求めて」のプロジェクトを立ち上げたときにどんなに役に立ったことか。）シカゴの家に戻るのは降誕祭のときだけであった。

ついに日本を訪ねることにしたのは、口頭試験を受けたあとである。『源氏物語』の名訳者として世に知られるアーサー・ウェイリーは日本を一度も訪れないまま人生を終えたが、もう時代が時代だったせいもあるだろう。どれほどの失望が待っていようと一度ぐらいは現実の日本に触れてみよう、ついでにしばらく住んでみよう、それからこの先何をすべきか考えればよい、と私は思うようになっていた。教授たちの手前、日本では絵巻物の研究をすると一応宣言したが、出発前にシカゴの家に寄ったとき、父に自分が日本に行こうと思っていること、だが博士号を取るつもりはないことを正直に告げた。

書斎にある大きな机の向こうに坐っていた父は一瞬驚いた顔を見せたあと彼らしく要点をつかんだ反応を返した。

「じゃあ、お前は日本で働くつもりなんだな」

「もちろん」

彼は老眼鏡越しに私の眼を捉えると、少し間を置いてから訊いた。

「当座の金が必要だったら貸そうか？」

「いいえ、小遣いが貯まってます」

図書館にずっと閉じこもっていたのだから金を使う機会もなかった。

「そうか」

私を見つめたままである。

「幸運を祈る」

椅子から立ち上がり握手のために手を差し出した。私を見つめたままの眼にいつもの皮肉が珍しく消えていたのは、私が博士号を取るつもりだとさえ言えば大学院生として経済的援助を受け続けられたのに、そうしなかったからだろう。父は人がどう金と向き合うかだけで、その人の道徳心の度合いを判断した。多くの場合それは驚くほど正しい判断のしかたであった。そんな父の影響を受けてか、ほかの学生と取り合いになるのも悪いので、私は研究を続けるための助成金も申しこまなかった。すでに二十六歳になっていたのだからあと四年、三十歳になるまで自力で食べていけないはずはなかった。

数日後に私はオヘア空港から飛び発った。経験したこともない飛行時間の長さが、遠い国に向かっていることをしみじみと意識させた。半醒半睡状態の頭にキリアンが映っていた8ミリのフィルムがカチカチと音を立てながら回り続けた。

時代遅れのジャパノファイル

日本は私にとって初めての西洋以外の国であった。「みんながあんまりに貧乏で、気の毒でしょうがなかった」とキリアンが言っていたが、それは四半世紀前のことであった。私が着いた日本はすでに先進国の仲間入りをしていた。のみならず、少し前に経済バブルが破裂するまでの一時期は大金持の国だとされていた。それなのに、成田空港から東京駅に向かう高速道路を走るバスの窓からは富の集積がもたらすべき落ち着きなどどこにも感じられないでたらめな光景が続き、それが都心に近づくにつれ、ばらばらの色や形の建物が互いに肩を擦り合わせるように密集して建つ、息づまるほど狭苦しい光景に変わっていった。胃液が喉元まであがってきて吐き気さえする。空港からの景色というのはロクでもないのが多いが、あまりに精神的に浅ましいものに私の眼には映った。

建物の看板に漢字やひらがなやカタカナ、それにラテン・アルファベットが入り混じっているのだけが、唯一物珍しかった。

醜い国だというのが第一印象であった。

私のこのような反応が、人類ではごく少数しかいない、恵まれた環境に常に身を置いていた人間特有のものだったのは、よく承知していた。バックパックを背負って貧しい国を旅行したこともないし、シカゴでも南の方などに足を踏みいれることもなかった。大学があったニューへイヴンでもキャンパスの外にはほとんど出ないで、イギリスの古い大学を真似た贅沢なゴチック建築と芝生とに囲まれて暮らしていた。唯一住んだ外国の町パリは十区だったので中心街のような芸術的な町並みはなかったが、それでもパリはパリである。バスの窓から見える光景に胸を潰されながら、経験不足からくる自分の心の狭さを責めるよりも、これから私を待ち受けているであろう失望につぐ失望に向けて心を備えるため唇を結んだ。

新幹線で京都に向かったのは成田空港に着いて十日後である。かの大谷崎も人生の途中で東京を捨て、旧い文化が少しは残る西へと向かい、戦後は京都に住んだではないか。京都駅で降りれば駅の正面に聳え立つ白い京都タワーは予想していた以上でも以下でもない醜悪さと無神経さを太陽の下にさらしていたが、千二百年前から一千年以上にわたって日本の都だったこの町は、日本人自らが少しづつ壊していった町で、東京の中心地のようにアメリカ軍の絨毯爆撃で昔の面影を掻き消されてしまったわけではない。現に数え切れないほどの寺や神社が残っているという。大学の図書館の片隅で夢見ていたものの残り香ぐらいは見いだせるはずであった。

私の学歴で英語塾の講師の職を得るのは簡単だった。アジア系の人とちがっていかにも西洋人らしい風貌をしていたのも有利に働いたと思う。教室で接する日本人の生徒は、年寄りから学生まで、みな礼儀正しいだけでなく、私のような引っこみ思案な人間でさえ呆れ果てるほど大人しかった。自分が教壇に立つのに向いていないのを改めて痛感するだけの毎日で、私は時間を切り売りする労働者と自分を規定し、教室の外では精力的に自転車を乗り回し、夢の残り香を探しながら、京都の道という道に親しみ、あらゆる寺や神社を巡り、博物館や美術館や珍しい店を訪ねた。

もちろん和の芸事も稽古した。かつての日本の文化を特徴づけることの一つに、その辺の人たちがあたりまえのようにさまざまな芸事を楽しんだというのがある。武士のみならず、商人も職人も百姓も、余裕がある人たちは、俳句や和歌を詠み、水墨画を描き、書道を習い、謡をうたい、舞いを舞い、踊りを踊り、花を生け、茶を点て、さまざまな楽器を奏した。西洋でもかつては芸事が専門家のものとは限らなかったが、日本では昔からその風習ははるかに広く根強くはびこり、しかも今も細々とではあるがさまざまな形で続いていた。

「一応は茶道などもやってみたいのですが」

ある日、わざと何気ない調子で尋ねた相手は、イェール大学の教授が出発前に紹介状を書いてくれた京都大学の絵巻物の専門家であった。

「ハハ、そりゃあ、あなたのようなお人だったら、あたりまえですわね」

そう言って、気楽に紹介してくれたのが、「藪内流」という聞いたことはなかったが格式の高い茶道の流派であった。今度は、そこで出会った五十がらみの呉服屋の主人の紹介で、香道も少しは習い、最後までよくわからなかったが、白檀、沈香、伽羅などを聞き分けるのを学ぼうともした。漱石の『門』の主人公を真似て寺で座禅をしたりもした。水墨画の教室にもしばらく通ったし、思い出すと自分でも苦笑せざるをえないが、剣道の道場にもしばらく出入りしていた。袴を穿くのが面白かったし、そのうちに少しは着物について学ぶこともできた。

だんだんと情熱が薄れていったのは、最初の物珍しさが消えると、次第に、何となくむなしく、哀しくなっていったからである。老いた立派な師匠はいた。年々数が減っているとは聞いたが、若い熱心な弟子もいた。子どもを育て終えた主婦も真面目に教室に通った。だからこれらの嗜みが廃れることは当分ないだろう。だが、それらの文化を生んだ土壌そのものは、年々頼りないものになっているようにしか見えなかった。香しい葡萄を生む土壌も人が慈しまなければ年々痩せていくのと同じである。成田空港に降りる前から頭ではわかっていたことを、身をもって知ったということか。

それを象徴するように、私が京都に住んでいたたった数年のあいだにさえ、京都という古都を特徴づける渋茶色の町家が次々と壊されて工事現場となり、背の高いクレーン車が姿を現し、やがてコンクリートの建物が建った。

国家が自国に文化を花咲かせようとするのはいくら金を出してもそうかんたんにできることではない。だが、すでに存在する自国の文化財ならば、もし保存しようとする意志があれば、金さえ出せば保存できる。ことに建物などはそうである。日本政府はその金を出し惜しんだし、何かというと政府に文句を言う日本の人も、そこで政府に文句を言うことはなかった。

世の中は夢かうつゝかうつゝとも夢とも知らずありてなければ……

いったい幾たび京都の町なかで、自転車を止めて立ち止まったことだろう。眼の前には一本の細い石碑がぽつんと淋しく建っている。昔の城の跡、屋敷の跡、戦いの跡、街道の跡、事件の跡などを記すもので、京都のあちこちに建っている石碑の一つであった。周囲の人はむろん誰もそんなものには眼もくれずに歩き続けている。車も忙しくその横を通り過ぎていく。石碑の前で唯一足をとめている私の眼に、一千年前の、人家も少なかったであろう淋しい古都の姿が浮かぶ。西のほうには夕暮れに赤く染まった空が広がる。足許には小さな枯葉が舞っている。どこからか寺の鐘の音が響いてくる……。空っ風が胸のなかを通り過ぎた。

もちろん「遅ればせながらの目覚め」は、当然、京都でもあった。だいぶ前からだが、私と同じ思いをもっていたらしい西洋人が中心となって昔の町並みを遺す運動を始めたのもあり、京都市も景観の保存地区を指定するようになったりしてはいた。だが、壊されたものが元に戻るわけではない。しかも、今や外国旅行が人類の主な暇つぶしとなったせいで、保存地区と指定されたところは勢いを得て観光地化し、観光地化するにつれ昔からあった足袋や扇や香の専門店が消え、似たり寄ったりの安物を売る土産物屋が軒を並べるようになった。これぞ着物と思えるような着物を着た人たちはあたかも宇宙人に掠われたかのように毎年少なくなり、その代わり、若い娘たちがインクジェットで染めた派手な色のポリエステルのレンタル着物を着て闊歩するようになった。日本製のものとは思えなかった。それと連動するように、観光地の常として、若い娘特有の陽気な早口の話し声は中国語が多くなった。

三十歳になったのを契機に東京に移ることにしたのは、古都としての京都に未練があったからこそ、心が痛む光景をこれ以上日常的に眼にしたくなかったからであった。

それでいて、アメリカに戻る積極的な理由は見いだせなかった。アメリカに戻るべきだろうかという思いが浮かぶたびに、亡き祖父の指示通り、来る年、来る年、降誕祭にシカゴの家に戻るためオヘア空港に降りたときの記憶がよみがえった。スーツケースを転がしながら空港を歩けば、声高のアメリカ英語が四方から聞こえ、故郷に戻ったという安堵感よりも昔感じていた疎外感が舞い戻ってきた。アメリカにいながらアメリカに馴染めないアメリカ人であるよりも、日本で異邦人として生きているほうが気楽だという結論にそのたびに達した。

実際、どの国に住もうと、好きなところと嫌いなところとがあってあたりまえであった。そういう風に考えれば、日本は嫌いではなかった。ことに日本人の優しさはありがたかった。外国人としていやな思いをせずに済んだのは、私が見るからに西洋人だったせいもあるだろうが、そして例外もたくさんあるだろうが、見ている限り、日本人は他の日本人に対してもおおむね優しかった。そのせいかこの国には人を安心させる細かい粒子のようなものが空気に漂っているのが雑踏のなかでも感じられた。皆忙しそうに歩いていても、とげとげしい緊張感はなかった。もちろん日本の気に入らないところとなると、そちらも数え始めたら切りがないほどあり、例によって「だから日本はいやなんだ」と深々とため息をつくことがある。だがその頻度は日本があたりまえになるうちに、慣れとあきらめとがないまぜになり、だんだんと減っていった。

アメリカ人は信じないかもしれないが、生まれてからずっとアメリカが世界一偉大な国であると教えこまれてきたにもかかわらず、日本のことをこの世で一番よい国だと思うこともあった。

しかも、それだけではなかった。いくら絶望する瞬間があろうと、私はたまたまアメリカ人に生まれたというだけで、私の本来の居場所……それを故郷と呼ぶまでの勇気はないが、私の本来の居場所はこの国なのだと前々から定められていたような思いがすることさえもあった。狭い路地で蔓を伸ばす鉢植えの朝顔、その下でこっそり生えているドクダミ、四季の変化を謳うようなさまざまな色の漬物、片手を口にあてて笑い合う老婆、ごく自然に丁寧にお辞儀をする少年。そういうものに出会ったり、そういう光景を眼にしたりすると、不思議に懐かしく、生まれる前からこの国に生きていたような錯覚に陥るのであった。

同時に、この国は変化をしながらも図太く独自に生き延びるのかもしれないという気がしたりもする。私が日本に求めている「何か」の根源にあるものは、形を変えながらも、太古の昔から今もまだ大河のように地下深くに流れているのではないかという気がしたりするのである。海に囲まれていたおかげで、大陸の儒教的な教えも結局は根づかなかったように、グローバル化が大波のように押し寄せてきても結局は表層だけで終わってしまうのかもしれない。知らずしてそんな自信があるから日本人たちは自分の旧い文化をないがしろにして平気なのかもしれない……。

と、そこまで考えると、今の時代、そんな自信をもつのは危ういという思いがまた頭をもたげる。

いづれにせよ「失われた日本を求めて」というプロジェクトに深入りするにつれ、自分が日本にいることに次第に積極的な意味を与えられるようになり、それ以来アメリカに戻るべきかどうかあまり考えなくなった。

「それにしてもケヴィンは旧いですね」

「失われた日本を求めて」を最初に手伝ってくれることになった山田君が、ある日、スターバックスで私に言った。コンピューターの画像処理の専門家で、つややかな黒髪を左右に等分に分け、ハロルド・ロイドにちなんで「ロイド眼鏡」と日本では呼ばれる、まん丸い縁の眼鏡をかけている。ふだんからレトロな格好を好む山田君からそんなことを言われるのは心外であった。彼は前衛的なレトロ好みで私はひたすら時代遅れだということだろうか。自分の本質を見透かされたようで、私は平気な顔を見せながらも内心うろたえた。

「旧いですかね？」

「だって、今日本に住んでる外国人て、昔の日本なんかにそんなに興味もたないじゃないですか」

そう言うと山田君はアーモンドミルク・ラテの白い泡がついた口元を緩めて笑った。当時は私も若く、山田君とは数歳しか年が離れていなかったのに、老人扱いされたような気がしたが、同時に、自分が何を常日頃感じているかがそのとき意識された。

十九世紀後半、ついに鎖国を解いた日本に興味をもった西洋人には——何か旨い汁を吸おうと集まってきた連中をのぞけば——二種類の人たちがいた。一つは、日本政府から請われたわけでもないのに、日本人を啓蒙し、キリスト教者に改宗させて文明人にしようとした、おせっかいだが実際に日本の女子の高等教育などには役立った人たち、すなわち、宣教師的な衝動に動かされた人たちである。もう一つは海を越してやってきた工芸品や美術品や文学を通じて、日本という国に憧れた人たち、すなわち、ジャパノファイルであり、こちらが日本人が言う「ガイジンさん」の戯画のような人たちである。私はアメリカにいるころから自分が後者のジャパノファイルの一人であり、ということは、類型的人間の一人でしかないという認識をもっていた。ところが、日本に住み始め、日本に住むほかの西洋人を見かけるようになるにつれ、自分がどうも類型的ではないらしいこと、それどころか、自分のような人間はほとんどいないことに気づき始めた。宣教師的な衝動に動かされて日本にくる人はいまやもういないが、昔ながらのジャパノファイルもどうやら絶滅危惧種となりつつあったらしい。山田君に「旧いですね」と言われて、それをはっきりと意識したのであった。

しかもあのとき山田君に言われてから日本はさらに変わっていった。国境をさらに楽々と越えられるようになったせいで、外国人の血が入っているとしか思えない若者や子どもの数が指数関数的に増えた。それは、外国人も指数関数的に増えたということだが、なぜ彼らが日本に住んでいるかという理由の多様さには、驚かざるをえなかった。移民労働者は別として、自分の国より暮らしやすいというだけで、日本を選ぶ人もいる。単純明快で羨ましい人たちである。そのなかで、私が絶滅危惧種の一人であるのを思い起こさせ、時の流れを感じさせるのは、今の日本が「大好き」だという若い外国人である。彼らは日本人の優しさなどが好きなだけではない。商店街の街灯を飾る安っぽいプラスティックの桜も耳障りな音楽も極彩色の看板の洪水も、何もかもが「大好き」なのである。電線だらけの道に詩情を感じる人さえもいる。私自身彼らの美意識に追いついていけないほど老いているとは思っておらず、電線だらけの道に詩情を感じるのさえわからないことはない。それでいて、彼らと私のあいだにはどうしようもない深い溝が横たわっているとしか思えなかった。

YouTubeで腹立たしいほどべらべらと日本語を話すのには、日本生まれ、日本育ちだというのもいる。だが、多くは、私とまったくちがったメディア――マンガ、アニメ、そしてまさにYouTube――を通じて日本に興味をもってやってきている。もちろん、今、すでに四半世紀以上経済が停滞しているとはいえ、一応は西欧並みに金持になった日本しか知らない。日本は遠い国だという感覚さえほとんどもっていない。しかも、日本語を読めると自負している連中も、多くは、今書かれたものしか読んでいないので、おのずから、今、眼の前にある日本しか見えない。彼らからすれば、でたらめな高さのコンクリートの建物に混じって皇居や寺や大仏があるだけで、日本は「伝統とモダニティ」が見事に共存しているという旅行代理店の広告文句に出てきそうな国だということになる。そしてこれだけ人が簡単に国境を越えられるようになると、そういう外国人ばかりが増えていく。私のように、眼に見えない幻の糸のようなもので過去とつながっている日本に連綿と執着し続ける人間など、いよいよ絶滅危惧種になってくる。しかも、かつて日本に惹かれるのは同性愛者の男が趨勢を占めていたのに、今やそういう男たちの影さえも薄くなりつつある……。

と、そこまで考えが進んだとき、満月と篝火に照らされた貴子の白い姿が瞼《まぶた》の裏に浮かんだ。

私のような人間が絶滅危惧種であったとしたら、彼女はすでに絶滅してしまったはずの種であった。そんな絶滅種が、いったいどうして長野の山のなかに、一人、夫に護られて奇跡的に棲息しているのか。

私は息を深く吐くと立ち上がって窓から外を見た。

西新宿の超高層ビルディング群の後ろに広がる空はとっぷりと暮れていた。飛行機が誤って衝突しないようどのビルディングも赤い光を屋上で点滅させている。最初のころは、昼間に下を見下ろせば庭がついた瓦屋根の一軒家がまだいくつか残っていたのに、それも年々潰され、小さな四角い建物に取って代わられてしまった。あたり一帯はいよいよ味気なくなっていっていたが、こうして眺める夜の遠景は光と闇の魔法にかけられ、幻想的で美しかった。

白いぶ厚いアルバムが無事に届いたとモウリーンにメールを書いたのは、寝る前であった。久しぶりにケンダル・ジャクソンの赤を開け、珍しく自分の過去に彷徨っていた心を落ち着けてからキーボードに向かった。するともうオフィスにいたのか、すぐに返事があった。そういえば、アメリカの歴史のなかでもっとも多くの市民が犠牲となった射殺事件が起こった直後であった。いったい何のためにそんなことをしたのか、ラスベガスのホテルの三十二階の窓から一人の男が地上の群衆に向けて銃を乱射した直後だったのである。六十人近い人が殺され、数百人が傷を負った。

あんな大統領がいるからみな頭がおかしくなったにちがいない、とモウリーンは書いてきた。

以前アメリカが無理矢理に中東に攻め入ったとき、あのときの大統領の愚かしさに絶望したが、さらにこんなとんでもないのが出てくるとは……。いったいアメリカはどうなってしまったんだろうと嘆いたあと、最後に彼女らしくなく優しくしめくくってあった。

「ケヴィン、あんたがいなくって淋しいわ」

僕もだよ、と一言返事を書くべきかもしれなかったが、嘘をつくのは気が引け、彼女の最後の言葉をもう一度眺めたあとコンピューターの電源を切った。モウリーンを恨む気持はとうに消えていたが、彼女がいなくて淋しいと思ったことはなかった。

それからしばらくワイングラスを片手に遠くに並ぶ超高層ビルディングをソファから見ていた。

二夏目の夫婦

クリスマス・シーズンも軽井沢は人気である。スキーが楽しめるし、冬景色も美しいし、光をふんだんに使ったクリスマスらしい飾りつけが町の中心にほどこされる。だが、軽井沢には春になってから行くという自分の習慣を守ろうと思ったのは、あの夫婦と近づきになりたい気持をあまり露骨に見せると彼らが困惑するのではないかという恐れがあったからである。かくして追分に発ったのは翌年のゴールデンウィークだったが、いつもより数日早めた。

冬が去ったばかりの空気はまだ冷たかった。

例によって荻原さんの車で国道からの道を下りていくと、見えない縄で貴子が結界を結んだあたりにアノラックを着た後ろ姿が三つ見えた。女が一人と、背は女より高いぐらいだが細い手足と胴回りが子どもっぽさを残した男二人で、女のほうは近づけば近づくほど貴子ではないかと思える。一緒にいる男たちの体型が何かふつうの日本人とちがう――腰が上のほうにある――と思ったとたんに、一人が振り向いた。何人だかわからない顔をしている。東洋人の血も入っているようだが、白人も、さらには黒人も入っているようで、肌が浅黒く髪が縮れていた。

そばまで行き、貴子だとわかったところで、荻原さんに止まってもらって窓を開けた。

彼女が笑みを浮かべながら寄ってきた。

「ようこそ戻っていらっしゃいました。首を長くして待っておりました」

メールアドレスも携帯電話番号も交換していたが、結界の向こうに不意に侵入するのを遠慮して連絡していなかった。

「お元気そうですね」

少しふくよかになり精神が病んだ感じもなくなっていたが、相変わらずどこかこの世離れした感じが彼女の周りの空気に漂っていた。

少し離れて立っていた若者たちは二人ともどこの国の人間だかわからない顔をしていた。よく似ていたから兄弟かもしれない。この半年――七ヶ月のあいだにこんな若者たちと親しくなるところまで彼女は回復したのか。

「よろしかったらあとでお茶にいらして、三時ぐらいに。まだ寒いから外では無理かもしれませんけど」

私は頭を下げて礼を言ってから、少し先にある「蓬生の宿」に眼をやった。天体望遠鏡を置いたデッキも含めて母屋の屋根は修復され、次の台風に備えてか、倒れずに残っていた落葉松が裏庭からは消えていた。

「可哀想だけど、切ってしまいましたの」

私の眼を追っていた貴子がそう言ってからふうわりと腰をかがめて荻原さんにも挨拶をした。それを機に車を先に進めた荻原さんは三人の姿をバックミラーで見ながら言った。

「やったら、品がいいなあ」

感心した声を出したあと、あの子たちはいったい何なんだろう、と私の疑問を彼も口にした。荻原さんはごくたまに彼らが歩いているのを見かけるそうであった。

お茶によばれたときは兄弟だと思われる二人はもういなかったし、話題にものぼらなかった。夫婦はふたたび礼を言うことから始めた。あの台風の晩を皮切りに貴子の広場恐怖症が少しづつ改善され、篠田氏の車に乗って何度かドライブにも出たと言う。夏には三人でレストランに行こうとも言う。

それから東京に戻るまでの二週間弱、三人でいると、あ、もうこんな時間だとみなで驚くほど、しばしば時の経つのを忘れた。ただ、私たちのあいだには人づきあいが苦手な人間、だからこそ、大切にしたい関係に行き当たればそれを長続きさせたい人間特有の抑制が働いていた。そのゴールデンウィークに夫婦と逢ったのは、お茶で二回、昼食で二回ぐらいだったように思う。

篠田氏が話の中心となることが多かったのは必然であった。私は自分のことを話すのが苦手だったし、貴子も、あまり目立たないようにしながらも、自分に話が向かないようにしていた。篠田氏はそんな貴子を庇うために積極的に話題を提供しようとしたのにちがいない。その話し方は社交的であることを訓練された人間特有の、自分を離れた、聞き手にとって気持のよい話し方であった。同時に、ほんとうの自分を出すのをどこかで抑えているようでもあった。常識のある教養人として生きていて何十年もの時が経ったが、あくまでそれは役割を演じていたのに過ぎなかったような気がする。貴子のような女と一緒にいるからには、本来は過激なところがあるのではないかと私自身が勝手に想像するせいだろうか。

最初のお茶のときに聞いたのは彼がどうして南米の国々の大使になったかという話である。そもそも篠田氏が南半球から月を見てみたいなどと思うに至ったのには、父親の影響があったという。彼の父親は京都大学で政治学を教えていたそうだが、政治というのは実に生臭いものだからと言って、天体観察を趣味としていたのであった。

「政治なんか研究してると、金の損得ばかり計算してる連中と一緒で、人品が卑しくなるね」

口癖のようにそう言い、安物の望遠鏡でおりおり夜空を眺めていたという。それがあって篠田氏も小さいころから天体観察の真似事をし、天体図鑑をよく眺めるようになった。

記憶がある限り小説を読んで育った私は子どものころに天体図鑑に興味をもったというだけで

尊敬してしまった。

「天体図鑑ですか……」

「図鑑がなにしろ好きだったんだな。親父が子ども用のを買ってくれたんだが、世の中にこんなに面白いものがあるかって夢中になって、くり返し眺めてた。天体図鑑、昆虫図鑑、動物図鑑、植物図鑑、鉱物図鑑……」

篠田氏が指で数えながら言うと――日本人は親指から内側に折って数えるのが私には何度見ても面白かった――貴子が笑って割って入った。

「ケヴィンが驚いてらっしゃるわよ」

篠田氏いわく彼の世代の日本の少年は科学者になりたかった子が多かったそうで、それは敗戦直後に物理学者の湯川秀樹が日本で最初のノーベル賞を取ったからだという。

「嬉しかったんですね、日本人は。ちょっと前まではたいそう優秀な民族だっていうことで威張っていたのに、あんな戦争を始めて、馬鹿だった、頭が遅れてた、非科学的だったって自分たちのことを恥じてね。そんなときに現れた湯川秀樹はヒーローだった」

「あなたは今でも物理学の本ばかりお読みになってるじゃない」

篠田氏は貴子の言うことを無視して続けた。

南アメリカ大陸のことを意識したのは天体図鑑で「南十字星」という言葉に触れたときだったという。

「なにか、とんでもなくロマンチックに聞こえて、大げさだけど、胸が締めつけられる思いがしました。『南』っていうあたりまえの言葉が『十字星』っていう聞き慣れない言葉と一緒になって、エキゾチックで、夢があって、どこかとんでもなく遠いところへと誘われるようで」

思えば、キリアンと篠田氏はほとんど同世代であろう。キリアンが日本を旅行していたときいかにも「現地人の子」という感じがしたにちがいない日本の少年たちが天体図鑑などに熱中していたのを知っていたら、なんと思っただろうか。

やがて篠田氏は文学や歴史なども読むようになり、結局は京都大学で法学を専攻したそうだが、大学三年の途中のある秋の晩、夕刊を読んでいると彼の将来を決定する記事が載っていた。アンデス高原のチリ側にヨーロッパ諸国が金を出して造ったラ・シヤ天文台というのがしばらく前から稼働しているという。南半球での初めての本格的な天文台である。部外者がどこまで入れるかはわからないが、少なくとも山頂までの道は通っている。その記事を読んだとたんに夜空が見たくなって外に飛び出せば、高く澄み渡る秋の夜空に、まん丸い満月が透けるように白く浮かび、町家の屋根屋根の瓦を照らし出していた。月を見つめているうちに月に吸いこまれるような感覚があった。この世ならぬ世界に引きこまれるような感覚であった。すると、その同じ月を南半球から見上げたいという思いが息苦しいほどに胸を締めつけ、周一さん、ご飯ですえ、と女中が呼びに来るまでぼんやりとしてしまった。一週間後、来年一年休学して南アメリカに行ってみたいとついに両親に言い出した。

「ありがたいおやじでね」

篠田氏には妹がいたが、母親の眼には長男の篠田氏しか子どもがいないにも等しく、息子がそんな遠くまで行くのを心配して反対したが、父親は冒険できるのも若い体力があってのことだと賛成してくれた。

「でも、別に冒険てほどのこともなかったんだな」

父親の親しい同窓生の長兄でアルゼンチン大使になっている人物がいるというので、息子が出発する前に連絡を取ってくれ、もし何かあったらその大使に相談できるようにと計らってもくれた。

「あとで思ったけど、船底で一緒だった日本人からすれば、坊ちゃんの道楽もいいとこだったね」

神戸からブエノスアイレスまでの三等船室で移民に混ざっての長い船旅も、次にサンティアゴまでの長い陸の旅も、目的地に近づきつつあるという興奮で篠田氏は時間を感じなかったそうである。出発を決めてから集中して始めたスペイン語も学び続けた。ついにラ・シヤ天文台に辿り着き、一般人向けの天体望遠鏡を覗けば、肝を潰すほど天体が大きく見え、感覚が狂って南十字星もなかなか見つからなかったぐらいだった。だが、もっと心に染みたのは、夜、外に出て、澄みに澄んだ空気を吸いながら肉眼で見上げる月の明るさであった。ラ・シヤ天文台は年間を通じて雨が降らないので知られるアタカマ砂漠の標高約二千四百メートルの高地にあり、人工的な光はいっさい届かない。

「じっと見てると、それこそ月に誘われてそのなかに吸いこまれるような気がしてくるんだ」

バスで帰路につき、田舎町を見物しながらブエノスアイレスを目指して進んでいったその途中のことである。最後に乗ったバスが崖崩れで事故に遭い、死者まで出して大きなニュースになったのが、死んだ人たちには気の毒だったが、篠田氏の将来をさらに方向づけた。足を複雑骨折し、ブエノスアイレスから少し離れたフニンという町にある病院で治療を受けていると、怪我をした乗客のリストに日本人の若者がいたのを知ったブエノスアイレスの日本大使館から病院に電話があり、その怪我人が大使が自分の弟の友人からよろしくと頼まれていた若者であるのがわかった。(そのときの骨折が、今となってもたまに痛み、杖をつくことがあるのだという。)それからは日本大使直々の要請を受けて病院での扱いも丁寧なものとなった。一ト月以上遅れてブエノスアイレスに戻り、日に焼けた顔に松葉杖という姿でその日のうちに大使館に挨拶に行けば、大使は悠長に言った。

「君、もう少しのあいだブエノスアイレスで暮らしてスペイン語を本格的に勉強してみたらどうだい。今、比較的政治が安定してるし」

日本人には珍しく口髭を伸ばし、大きい肘掛け椅子に深々と腰掛けている。滞在を延ばすことにすればビザのほうは何とかするとつけ足した。

大使の言葉を聞いたとたんにその気になったのは、すでに南アメリカに魅せられていたのかもしれない。それからは昼は語学学校に通い、夜はパラグアイから出稼ぎにきている先住民族の連中に混ざって料理屋の厨房で裏方の仕事をした。近くを小旅行できたし、一日中スペイン語を学ぶことができた。小さいころから学者になると決めていたのに、外交官試験を受けてみようなどとそのころから思うようになったのには、なによりもあの大使の悠長な感じが気に入ったからであった。

日本に戻ったあとは大学四年生に復学する前から外交官試験を受けるため生まれて初めて真剣に勉強した。無事合格したとき、赤飯を炊いてくれた母親は悲しそうだったが、どういう職に就こうと大企業が少ない京都で就職できる可能性は極めて低い、日本で勤務しているあいだは可能な限り京都に顔を出すつもりである——とそう説得して納得してもらった。

最初の赴任先はスペインのマドリッドだったそうで、ヨーロッパの各地も回り、ヨーロッパ文明に感心もすれば畏怖の念を持ちもしたが、やはり若いときに出会ったせいで、自分は文明と野趣とが入り混じったあの南半球の大陸が向いているのを再認識した。上司もそれを理解し、次には三等書記官としてメキシコに派遣された。その間、マヤ文明やオルメカ文明を一応勉強しておいたおかげで、グアテマラ、ホンジュラスや、ユカタン半島に行ったりしたときに、向こうの要人と話すときに役に立ち、思わぬ面目をほどこしたこともあるという。そのうちに周りの人も自分のことを南米専門だと見なすようになっていったし、またスペイン語を話す人材が少ないので南アメリカのどこに派遣されても重宝された。

それまでほとんど口を挟まずに夫の話を聞いていた貴子が夫をからかうような口調で私に向かって言った。

「なにしろ小さいころから図鑑ばかりを見てた人でしょう。三つ子の魂百まで。それで、少し変人だったけど、大目に見てもらえたらしいんですの」

篠田氏はからかわれ馴れているらしく、平気で続けた。

「インカ文明なんかも、少し勉強したよ」

それから私のほうを向いた。

「南アメリカには色んなヘンな人がいて、まったくの西洋人の顔して眼まで青いのに、まっすぐ背筋を伸ばしてね、インカ皇帝の末裔だなんて自己紹介する女の人にも逢ったな。あれはブエノスアイレスだったかな。笑っちゃあ失礼だから、感心したような顔をしといた」

そう言って背筋を伸ばした女の人の様子を真似した。

篠田氏の話が一段落したところで貴子が結論づけるように言った。

「あなたは南アメリカまでやってくる運命だったのよ」

去年と同様、夫の背に優しく手のひらをのせるのが見えた。やはりそこには夫に対する感謝の念を超えた、天に対する感謝の念がこめられていた。

貴子はそのあと西日を受けて輝く新芽に誘われたかのように窓の外に眼をやった。春めいた太陽の光が朝からじわじわと大気を暖め続けていたので、こうして話を聞いていたあいだにも辺りにもやのように緑が増えていくような気がする。貴子は首を「ほそ道」の近くのほうに廻した。

「もうじき山吹が咲くわ。去年の春、山吹の花が咲くのを見て、ああ、ほんとうに日本に戻ってきたんだって、しみじみ思いましたわ」

私も日本に来て初めて黄色い山吹の花が群生しているのを見たときは感慨深かった。日本人はあまり知らないが山吹は東アジア原産で、ほかではあまり見ることのない花である。学名は「*Kerria japonica*」だが、英語ではたんに「Japanese rose」——「日本の薔薇」と呼ぶ。

篠田氏の書斎

ゴールデンウィークのあいだに貴子について新しく知ったことはほとんどなかった。

追分に着くまえから、四月の末ごろが満月にあたるのがわかっており、雨さえ降らなければ衝撃で全身が金縛りにあったあの光景が待っているのではと期待していたら、実際に期待通りになった。その晩はやや曇っており、満月は灰色の空の向こうに朧ろにしか見えなかったが、去年と同じ冥界《みょうかい》から立ちのぼるような声が微かに聞こえてき、裏庭を回って小川まで行けば、対の篝火が燃えさかり、白い立ち姿があった。同じ曲目かどうかはわからなかったし、季節が季節なので私はアノラックを着ていたが、ほかは去年と寸毫も変わらない光景が眼の前にくり広げられた。去年ほどの衝撃は受けなかったにせよ、やはりその晩から翌日にかけてぼんやりしてしまった。

夜、わずかに開けた窓から横笛が聞こえてくるのも同じだったが、前ほど頻繁ではないのは、少し精神が落ち着いてきているのかもしれなかった。

一番大きな変化だと思われたのは、着いた日に見かけた二人の若者が、どうやら彼女の人生に入ってきたらしいということである。私が散歩していると三人とたまに出会った。篠田氏も交えてデッキに坐っていることもある。スペイン語のような言葉が聞こえる。いったいどういう子どもたちなのか知りたかったが、彼女が自分から言い出すまで何も詮索しないというのを自然に自分に課すようになっていた。

　夫婦間の会話は当然日本語なので三人になっても日本語で話すことが多かったが、篠田氏が問題なく英語を解するので、話があまり難しくなると彼がいても私は英語に切り替えた。南アメリカでは食事と一緒に飲むという薬草のような茶を出されることもあった。マテ茶という。本来は一つの専用カップに茶葉を山ほどいれて熱湯をかけ、そこに突っこんだ一本のストローで回し飲みするそうだが、彼らはネットで買ったティーバッグでふつうの茶のように出していた。かすかに苦かったが飲みにくい茶ではなかった。

「まさに緑が一番のご馳走」

　ある日、日に日に濃くなる若緑を見渡しながら貴子が感に堪えぬような声を出した。今までもありがたく思っていた光景だったが、貴子の言葉がよりありがたく思わせた。

　ゴールデンウィークが終わってしばらくして追分を去り、ふたたび戻ってきたのは、いつもと同じ七月に入ってからである。それから秋になるまでいったい何度昼食に招かれたりお茶に招かれたりしただろう。（夕食に招かれることがなかったのは、貴子の「狂い」と関係があるにちがいなく、詮索しなかった。）私も自分で作ったものを抱えて行き彼らの台所に立って手伝ったりした。デッキに坐っていると、庭の遠くに立つ高木を風が揺らし、夏の陽を受けた葉が裏を返してちらちらと光るのが見える。黄色いきすげや青い山紫陽花やピンクの風露草が咲き乱れ、蝶が花から花へと忙しく羽を開いて飛んでいる。黒い大きな羽の背に青と緑が鮮やかに光るのは深山《みやま》鴉揚羽《からすあげは》——山の奥に棲む烏色をした蝶という、名前も美しければ、姿も美しい蝶である。

ある日食事が終わってマテ茶を飲んでいるときに貴子が言った。

「似たような蝶々が南アメリカにもたくさんいるのに、名前のおかげでいかにも日本の蝶々に見えるわ」

するとそのあとすぐに篠田氏が訊いた。

「ケヴィンは南アメリカに行ったことがないんですか？」

「ええ、ないんです」

自分の興味の範囲の狭さを少し恥じながら応えたが、彼は気にせず続けた。

「いいとこですよ。日本みたいに自然がチマチマしてなくって、壮大なんだ。大きな大陸だから砂漠からジャングルまであって。それに、都市も美しいのがあるし」

ブエノスアイレスは「南米のパリ」とよばれるのに相応しい美しい町だという。中心街には堂々とした石の建物が並び、人々は大人らしく人生を楽しむことを知っており、知識人は色々な言葉を話すコスモポリタンで、映画にあるような一時代前のヨーロッパの雰囲気を彷彿させた。それでいてヨーロッパの都市では見られないブルー、ピンク、橙色、赤、緑と派手な色に建物が塗られたダイナミックな町並みもあった。

貴子が口を添えた。

「だいたい素晴らしい本屋があるし」

百年ぐらい前に建った豪華な劇場を、劇場の雰囲気をそのまま残して本屋にした「エル・アテネオ」というのが一番有名だが、そのほかにも「エテルナ・カデンシア」など、足を踏み入れたとたんに本の神殿——荘厳な図書館に入ったような気がする本屋がいくつかあるという。

「ああいう本屋をもてたら幸せでしょうね……」

心から羨ましそうな声を出してから独り言のように足した。

「本屋もピンキリですもんね」

「ああ」

篠田氏はちらと貴子の顔を見てから言った。

「こっちじゃあ本屋に入っても、あんまりありがたみがないからね」

そのせりふを聞いて私は篠田氏の書斎を思い出した。北に面したその書斎は始終扉が開いているので、リビングから中を自然に覗くことができ、先日、入り口に立って興味深そうに見ていると招き入れてくれた。机の上には大きなモニターが据え付けられ、壁一杯の棚には学者の部屋のように本が所狭しと並んでいる。『江戸の市場経済』などという意外な背表紙もあったが、さらに眼を見はったのは、物理学関係のものだと思える本の多さであった。日本語でも英語でもある。『ファインマン物理学』というのが全巻揃っている。さらに、『重力とは何か』『Our Mathematical Universe』『The Beginning of Infinity』『The Fabric of Cosmos』等など。私は声を出しながら背表紙を読んでいった。

「こんな本も読むんですか？」

そう訊くと篠田氏が応えた。

「ああ、よくわかんないんだけど読むんです」

平気な顔での応えだったが、その瞬間、篠田氏は学者にならなかったのを後悔しながら生きてきたという類いの人間の一人ではないかという気がした。

「年とって頭がますます悪くなってきてるし、読んで理解するだけでも難しいんです。まあ、呆け防止のようなもんです」

そう言ってから、反対側の棚を指した。

「こっちのほうはね、たんなる消費者じゃなくって、少しは貢献できればって思ってるんです」

反対側の壁は南アメリカ関係の本が多く、英語以外にスペイン語の本もあり、背表紙の言葉が自然に眼に飛びこんでくる。「Indentured Labor」「Allied Forces」「El Colonialismo」。雑誌もあれば、印刷された資料のフォルダーもあった。

篠田氏が説明を続けた。

「たまに記事を引き受けて書いたりする以外に、南アメリカに渡った労働者の歴史のようなものを書き始めてるんです。暇つぶしですね。いつか本にできればと思ってるんですけど」

私はそれを聞いて安堵した。彼のような人物が自分の妻の病気のためにこんなところに引きこもり無為に過ごしているのは気の毒な以上に勿体ないと思っていた。

こちらがわの棚に並んだ本も私の興味を惹く類いのものではなく、どちらかと言えば私が敬遠している類いのものだったが——南アメリカにも興味をもてなかったし、歴史の暗部を掘り起こそういう使命感にも欠けていた——仮にも大使として長いあいだ生きてきたらいろいろなことを考えるようになるのだろう。

ブエノスアイレスの本屋の話が出た日、篠田氏は彼の言う「暇つぶし」に触れなかった。だが、その「暇つぶし」が彼の頭をそれなりに占めているのがわかったのは、次によばれたとき、日系ブラジル移民の話を出してきたからである。台風の翌日に貴子が作ってくれた黒いんげん豆のシチューがその日はＩＨのコンロの上でぐつぐつと煮たっていた。

「今日は自分たちで勝手にブラジル・デイにしようと思って、台風の翌日に食べたフェジョアーダ。昨日からこの豆を水で戻してたの。でもこんな日には暑いかもしれないわね」

続いて貴子はまな板の上で斜めに切っていた白い棒のようなものを指した。

「これはパウミットと言って椰子の実の赤ちゃん」

私が自分がもってきたサラダを差し出すと、彼女はガラスのボウルを眼の高さまで優雅な手つきでもちあげた。

「綺麗な色」

私自身が鉢植えで育てているケールに赤いトマトと白玉葱とをまぜてきたもので、たしかに美しかった。

「これも混ぜちゃいましょう」

そう言うと斜めに切った「椰子の実の赤ちゃん」をそのなかに放りこんだ。

三人で黒いシチューを口に運び始めたとたんに、この料理は昔はアフリカからの奴隷に出したという説があると今回は篠田氏が言い、それをきっかけに、ブラジルはかつて世界で一番多くアフリカからの奴隷を入れた国だという話が出た。

「奴隷を使うのを法的に禁止したのも一番最後で、そのときまでに、すでに少なくとも四百万人以上も入れてしまっていたそうです」

大西洋奴隷貿易全体の四割ぐらいの数にあたるという。

「そうなんですか」

アメリカよりも多くアフリカの奴隷を入れた国があるのを知り、少なくとも入れた数としては、アメリカが一番ではなかったのを知ってほっとしたが、篠田氏は続けた。

「日本人はね、そんなアフリカからの奴隷と自分たちが関係があったなんて考えたこともないでしょう。歴史的に」

私はフォークをもっていた手を止めて篠田氏を見たあと質問した。

「関係があったんですか」

「あったんですよ。僕だって、何の関係もないってずうっと思ってた。だって、アフリカって遠いでしょう。実際に物理的に遠いっていう以前に、歴史的にいって、日本人はアフリカ大陸と直接関わったことがない。アフリカ人の奴隷貿易がかつて大西洋であんなに盛んだったっていう話も日本人からすれば遠い、遠い話——他人事でしかないんだな」

篠田氏は唇についた黒っぽいソースをナプキンで拭くとワインを一口飲んでから続けた。

「ところが、最初にブラジルに渡った日本人はね、黒人の奴隷の代わりだったんですよ。奴隷を使っちゃあだめだってことになったもんで、ブラジル政府があわてて代わりの労働者を外に求めたせいで」

「なるほど」

「最初は沖縄の人が多かった。昔は日本も貧乏で、そのなかでも沖縄の人たちがことに貧乏だったから」

一稼ぎして日本に戻るつもりだった移民は自分たちがアフリカからの奴隷の代わりだったのを知って、さぞや肝を抜かれただろうという。

「今やその子孫たちが立派にやってるけど」

ブラジルは今世界で一番日系人が多く、三世、四世ともなると過半数が他の血が混ざっているが、百五十万人以上もいるという。

「そうですか」

私は少し大げさに感心した声を出した。ハワイやカリフォルニアに日系移民が昔からいるのはもちろん知っていたが、彼らはすでにアメリカ人となってしまったので、興味をもったこともなかった。南米に渡った日系移民にいたっては遠すぎてなおさら興味をもったことがなかった。

「日本人はみんな忘れちゃってるけどね」

篠田氏は続けた。

「歴史の教科書でも触れてないし、だいたい、ほとんどの人はそんなことにはあまり関心がないんですね」

「僕も『ほとんどの人』と変わらないですよ」

私がそう言うと篠田氏はうなずいた。

「僕だって、なんにも考えなかった。大学時代にブエノスアイレスに向かったときに乗ったのは移民船の最後のほうだったらしいんだけど、そんなことは当時は考えたこともなかった」

追憶に浸った眼が遠くを見た。

ゴールデンウィークのあいだは白っぽくて弱々しいうす緑、光るほど鮮やかな黄緑、力強い濃い緑、とさまざまな緑が交叉して眼を楽しませるのに対し、真夏になると視界が届く限りどこからどこまでも似たような緑一色となる。しかも時が止まったようにその状態がこれから一ト月半ほど続く。これだけの豊かな緑に囲まれていることの贅沢が改めて意識され、それと同時に、これだけの豊かな緑に囲まれ、こうしてのんびりと奴隷のためだったという料理を食べているという事実に——私も近代人なので——微かに罪の意識を感じていた。

そのとき尺取り虫がテーブルの上をゆっくりと這っているのが眼に入ってきた。貴子もそれに気づき、小さい黄緑のものを細い指先でつまむと一瞬おどけて顔を合わせるようにしてから、背をかがめて丁寧にデッキの床に置いた。

「これ、こんなに小さいのに、結構速いのよね」

夫の話は聞き飽きているのかもしれなかった。

篠田氏は自分の追憶を辿って話し続けた。

あの船旅で何十日も一緒だった若い移民たちとは友だちのようにしていたのに、自分は天文台に行き着くことばかり考えて、この先彼らにどんな運命が待っているかなど思い巡らすこともなかった。じきにすっかり忘れてしまっていた。のちに知ったが、戦後に渡った彼らは「新移民」と呼ばれ、教育を受けた人が比較的多く、しかも戦前に移民した「旧移民」が辛酸をなめたおかげでずいぶんと楽な運命が待っていたという。だが、成功した人ばかりではなく、自殺した人、なんと強盗に殺された人もいるという。

「あとで知って、まさに心胆を寒からしめる思いがしたなあ。もちろん『デカセギ』で日本に戻ってきてしまった人もたくさんいるって聞きましたがね」

そう言ったあと篠田氏は結論づけた。

「知らなかったことが多いので、よい暇つぶしになります」

しばらく沈黙があったあと私は貴子のほうに頭《こうべ》を向けた。

「貴子さんは何をしてらっしゃるんですか？」

「わたくし？　わたくしは良いご身分なの……信じられないぐらい」

自分の両手の甲を見ている。年なりに血管が浮いていたが、白く、柔らかそうな手であった。自分は労働者の手をしていないと考えていたのかもしれなかった。

「なんにもしなくっていいんですもの。働く必要もないし。映画だのＹｏｕＴｕｂｅだの観て、そして、たんに狂ってればいいの」

またあの舞姿が浮かんだ。同時に彼女が使った「働く必要もない」という表現が、あたかも働く必要があった過去を思い出しているかのように聞こえて、平安時代の貴族のように土さえ踏まずに育ったような彼女に不似合いだと思った。

篠田氏がからかった。

「いやあ、そう言いながらけっこうお忙しくしてるじゃないか。夜だって遅くまで起きてることがよくあるし。それに、いろんな鳴り物の稽古を結構熱心に続けてるんですよ」

「いろんな鳴り物」と篠田氏は言ったが私の小屋には笛以外には聞こえてきたことはなかった。

貴子は夫をたしなめるような鋭い視線を一瞬投げつけてから言った。

「ああいうことをしていられるのが狂っていられるっていうことなのよ」

そのあと私のほうを向いた。

「聞こえてきませんかしら？」

私はとっさに嘘をついた。

「いいえ」

彼女のあの舞いを私が見ているのは絶対に秘密にしておきたかったが、自分の応えがあまりに白々しく耳に響いたので、私は足した。

「ごくたまに何か聞こえてくるような気がしたことがありますが、空耳だと思ってました。なにしろあの小川の音がかなり大きいんで」

「そう」

私の表情を窺っていた貴子がそう言ってから続けた。

「ケヴィンはピアノをお持ちでしょう。あれはお弾きにならないの？」

いつか訪ねてきたときにピアノが見えたと言う。

「弾いてますよ」

練習するときは窓を閉め、昼は音を極端に絞っていたし、夜は消音にしていた。

「そう。弾いてらっしゃるの」

そういうと美しく笑ってから言った。

「いつかちゃんと聞かせてください」

伊予の青石

それまでの私の思いこみ——それが、まったく見当ちがいのものだったのを知ったのは、もう少しあとのことであった。その日、私たち三人はあいかわらずデッキで一面の緑を眼の前にお茶を飲んでいた。話題が途切れ、大きな深山鴉揚羽を眼で追ううちに私が日本庭園のほうに首をねじれば、ところどころに置かれた大きな庭石が眼に入る。「蓬生の宿」の増築工事が始まって、ひょっとしたらという期待をもったのは、あれらの庭石が眼に止まったときだった。

私が顔を戻して夫婦に向かってそのことを言うと、篠田氏がすぐに応えた。

「ああ、ああいう石は便利なんですよ」

大きな石を庭にいくつか置くと、それが不動の基点となって空間が整理され、周りにある木々の枝を切るのも楽になるという。それでそう難しいことを考えず、この辺の庭師に入ってもらうだけで済むようになるそうである。

そのあと彼は青っぽい色をした一番大きな石を指した。

「あの石ね。よくある石ですけど、あれはことに母が気に入っていたんだな。伊予の青石。伊予って愛媛県だけど、なんでも江戸時代以前から京都の中庭に置いてあったんだって」

「えっ」

私は篠田氏と貴子の顔を交互に見た。

「あの石は、貴子さんの家のものではなかったんですか?」

貴子が私の言葉を不審そうにくり返した。

「私の家のもの?」

「ええ」

「まさか」

「あの石灯籠もちがうんですか?」

「あれも篠田の家からです」

眼を見開いて私を見ながらはっきりと応えた。

ポルシェの男が「奥さん」「奥さん」と連発していたのが耳に残っていた。

「それじゃあ、この山荘は？」

「篠田の父親が戦争直後に建てたって聞いてますけど」

そう言って貴子は母屋の建物を振り返った。

そういえばゴールデンウィークのとき、篠田氏の父親が天体観察を趣味としていたというのを聞いた。しかも山荘の屋根には突き出たデッキがあり、そこには現にあの天体望遠鏡があった。それなのに、この山荘を篠田氏の父親と結びつけるという、あたりまえの思考をしていなかった。

私が自分の動揺をなるべく隠して説明をうながすように篠田氏のほうを見た。

「父は京都の家に婿養子に入ったんですよ」

篠田氏いわく、彼の父親はもとは東京の人間だったが、大学院から京都大学に移ってそこで助教授になったところで、婿養子の話があったのだという。ぜひと請われたのは美術品のような御《み》簾《す》を扱っていた簾《すだれ》問屋で十七世紀まで遡る家であった。時代が進むにつれそんな凝った御簾を求める人が少なくなったのを機に、その問屋の主は代々続いた商売を止め、一人娘に立派な婿をもらって引退しようと決めていたそうである。その話が人を通して、次男坊で自分の家を継ぐ必要がない篠田氏の父親にきた。父親自身、娘に逢ってみれば、京都の娘らしい旧さはあれど、聡明そうだし、だいたい幾人もの使用人に仕えられ大事に育てられたわがままさがかえって魅力に映り、婿養子に入るのを承知したのだという。

ポルシェの男が言っていた「クライアントさんのとこの奥さん」。それが、その簾問屋の娘であり、その簾問屋の娘が、篠田氏の母親だったということか。昔から屋敷に出入りしていたポルシェの男の父親にとっては、彼女こそが常に「奥さん」であり、それでポルシェの男もその表現をそのまま引き継いだのにちがいなかった。

今まで勝手に築き上げていた世界観が私の胸のなかで崩れていくのを感じた。それと同時に、「蓬生の宿」のあちこちにかかっている繊細な御簾が眼の前に浮かんだ。

私の胸のなかで、たった今、一つの現実が搔き消えてしまったことなど知らずに篠田氏は話し続けた。

「でも京都の人って旧いでしょう。そこでもって養子に入ったもんだから父は息苦しかったんでしょうな」

京都の町のまん中で妻の家族と一緒に暮らすわずらわしさ、加えて京都の夏の盆地特有の暑さ――そういうものから逃れるために、やがて篠田氏の父親は大学の夏休みをこの地で過ごすようになったのだという。京都からは馬鹿らしいほど遠いが、若いころ夏になると涼を求めて友人と受験勉強をしに集まっていた場所なので懐かしかったらしい。追分ではなるべく孤独にしていたかったので、わざわざ地主を探し出し、辺鄙なところにあるこの土地を売ってもらったということであった。父親が老いて来られなくなったあとは篠田氏の妹家族が最初は何度か使ったが、遠いし、ほんの数日のために家を開けるのも大変だしということで、長年空き家になっていたそうである。

「そうだったんですか」

私の動揺はまだ少し収まらなかったが、貴子が私の様子を窺っているような気がするので、なるべく平然と相づちを打った。「蓬生の宿」のすべてを貴子と関係づけて見ていた私は、すでに真実そのもののような堅牢さをもっていた認識を捨て、新しい認識に慣れねばならなかった。それまでは、青みを帯びた石も赤みを帯びた石もみな貴子が幼いころから見慣れたものだと思い、幼い彼女が袂を翻してその周りを蝶のように美しく遊び回っている姿を想像していた。

源氏が初めて見た若紫とその姿を重ねていた。

雀の子を、犬君《いぬき》が逃がしつる。伏籠《ふせご》の中《うち》にこめたりつるものを……というあどけない声まで聞こえてくるような気がしていた。

篠田氏はそのまま話し続けた。

明治維新寸前の大火で燃え尽きたあとに建て直されたというその京町家はたいへん凝ったもので、しかも御所の南、すなわち京都の中心地に近いところにあったという。

「自分がその座敷や中庭で遊んでるころは、何も考えなかったけど、大人になってから、あれは、美術館に住んでたようなものだったって初めてわかりました」

自慢げなところはなく自分を離れた口調であった。

篠田氏の母親は九十歳を越してまだ生きているが、彼女が死んだときその屋敷を相続するだけの税金が払えないのは眼に見えており、篠田氏は外国にいながらも、友人知人に訴え、公共文化財として保存してもらおうと運動したそうである。だが、国も京都府も京都市も予算がなかったし、そもそも妹がそんなことをするのに反対だった。しかも篠田氏が日本に戻るやいなや母親が転倒したあげく大腿骨頸部と鎖骨とを骨折して車椅子になり、介護施設に入らざるをえなくなった。それで篠田氏も大手不動産会社が持ってきていた話についに乗ることにし、母親名義で銀行ローンを組んで屋敷をマンションに建て替えることにしたという。その巨額のローンを引きつげば相続税はかからない。また一等地にあるので、経費で落とせる贅沢なセカンドハウスを京都にもちたい人たち――これが結構いるらしい――に貸し出したほうが一生安定した収入があると不動産会社に勧められ、賃貸マンションにした。できあがったマンションは高さも低く、道沿いには京町家らしい瓦葺《かわらぶき》の軒も連なり、京都の景観をひどくは損ねないような造りになっているが、それでもかつて黒ずんだ京格子が道に沿ってずっと続き、歩いているとどの時代を生きているのかわからなくなったときと比べると、道全体の雰囲気がまるで変わってしまったという。

「母は見ないで済んだんですがね……」

母親を老人ホームに移してから解体工事が始まったので、幸いなことに母親は壊された跡は見ていないそうであった。

「でもわたくしは見てしまったわ。壊される前と後と」

「ああ……」

気の毒そうな声でそう言ったあと篠田氏は貴子の腕に優しく手を置いた。

「でもそのおかげで生まれて初めて金持になったよ」

苦笑している。当面、マンションからの収入のほとんどはローンの返済にあてるつもりだが、老後のことを心配せずに持金を使えたのでここまでの増築工事も可能になったという。また、そのマンションのうちの一つを母親の様子を見に京都に戻ったときの定宿として使っているそうでもあった。

私は口を挟んだ。

「大使になったら自然に金持になるのかと思ってました」

「いいやあ。外務省の退職金や年金なんか雀の涙ていどですからね。たんなる国家公務員だから」

「大使になってでもですか」

「ああ、大使になっても同じ。大使ってコックがいたり運転手がいたりするでしょう。それなりに豪華なところに住めるし。でも、日本には大金持なんてそんなにはいないからね、大使になってもね、みんな、魔法をかけてもらったシンデレラでしかない、これは現実じゃあないって思いながら生きてるんですよ。じきに馬車はかぼちゃに戻ってしまうって」

この庭石は、屋敷を解体したあともったいないというので工務店が預かってくれていたものだ、と篠田氏はつけ加えた。

貴子が言った。

「いづれにせよ、ありがたいことですわ。あの庭石が私の家から来たなんて思っててくださったなんて」

貴子は初めて見るような眼つきで青石を眺めていた。

夜、小川を隔てて聞こえてきた音も、満月に照らされていた姿も口にすることができないので、私は言った。

「貴子さんがあんまりに……なんていうか、あんまりに今の日本と無関係に生きてる感じなので、よほど旧い家に育ったんだろうと思って、それでこの庭にある石なんかも貴子さんの家から来たんだって思いこんでたんです」

私は冗談のようにつけ加えた。

「ほら、いわゆる、やんごとない育ちの人だろうって」

篠田氏が私の言葉を受け取った。

「確かに珍しいほど旧い家に育ったとは言える。僕だって最初は、この人はなんなんだろうって、そう思った」

ふざけているようにも真面目なようにも聞こえた。彼は続けた。

「実際、たまに『姫』って呼んでるんですよ。当人はいやがるんだけど」

貴子はその夫の台詞には反応せず顔を私のほうに戻すと淡泊に言った。

「とにもかくにも、庭石だの石灯籠だのがある、そんな結構なお家とは無縁に育ちました」

何がおかしいのかそう言ったあと少し笑っている。それから決心をしたようにつけ加えた。

「町なかの本屋だったんです。わたくしは本屋でよかったって思ってるんですけど、でも、先日言っていたピンキリの本屋のなかでは、明らかにキリのほう」

それからつけ足した。

「期待なさっていたような育ちじゃあなくって、なんだか申し訳ない気がしますわ」

篠田氏は何か言いたそうだったが、妻に遠慮しているらしく、黙っていた。例によって貴子の口調が質問を許さない口調なので私も黙っていた。夫婦と私のあいだに何か壁が立ちはだかっているのは確かであった。

京都の旧家の出だという仮定からは貴子を切り離すべきらしい。「キリのほう」の本屋だというからには、恵まれた育ちではないということだろうか。だがあの話し方がある。あの佇まいがある。あの横笛もあれば、あの仕舞もある。

そういえば、あの仕舞だが、私が調べたところ、七月の満月は庭石をめぐっての会話があった数日後の二十八日のはずであった。ほとんど忘れそうになっていたのを前日に思い出させてくれたのは、篠田氏である。

「今月の満月は皆既月食になるんですよ。今年は二回目でね。でも明日のは朝の四時半ぐらいだっていうし、大体そのころは雨が降るそうだし。まあ、今回はいいやって思って」

今さら皆既月食もないのだが、綺麗に見られると思うと子どもの頃のようについ写真を撮りたくなったりするそうで、篠田氏は首を後ろにねじって屋根のほうを見た。

「あそこに置いてあんのは、ネットで買ったんだけど、一眼レフをそのまま取り付けられる反射望遠鏡なんです」

南半球でも皆既月食になるんですか？　と私は訊いた。

「そうです」

だが、月も太陽も北の空に昇るので、北半球の逆に右から昇るのだという。

「北の空を向いていると右が東だから」

篠田氏がそう言ったとたんに、貴子が懐かしそうに言った。

「そう、おんなじお月さまなのに、右から昇るの」

右手を横に伸ばすと、右から優雅にまるく半円を描いた。架空の月を見るため空を見上げている。その所作に誘われて彼女が舞いを舞っている姿がまた眼の前に浮かんだ。

二十八日の晩は雨だった。満月が東から昇ってくるのを勝手に想像して耳を澄ませば、空耳だが、去年から耳底に残っていた音が遠くからあるかなしかに聞こえ始めたような気がした。すでに二度見た光景が、より幻想的に、それでいてより鮮明に瞼の裏によみがえった。

この世を離れた時間が私のなかでまた流れた。

再び二人きりの日

貴子が自分の過去を、それこそ御簾を隔てたように、朧気に垣間見せてくれたのは、それから一週間ほど経った日曜日の午後、篠田氏が泊まりがけで山荘を留守にしているときであった。空が暗くなり、遠くから雷が聞こえ、あ、これはひょっとしたら夕立がくると思っていると、珍しく貴子から電話がかかってきた。少し遅いが、お茶に来ないかと言う。

貴子と二人きりになるのは去年の台風以来であった。

そう思ったとたんに、身体は正直なもので、怪しいほど心臓が高鳴った。そういえば篠田氏が留守の週末は貴子が一人でいるのをわざと意識しないようにしていたし、散歩に出るときも彼女の姿が庭に見えないのを知るとほっとしたぐらいであった。人間には自分で知りたくない欲望というものがある。

重く垂れこめた雲の下、平静を保ちつつわざとゆっくりと行けば、玄関に現れた貴子は着物姿であった。まずはその事実に息を呑んだ。しかも浴衣ではなかった。髪を首の後ろで丸くまとめ、白い襟元を見せ、薄鼠《うすねず》色の着物に渋い銀の帯といういでたちである。薄鼠の着物はかげろうの羽のように透き通った盛夏に着る絹の薄物で——絽《ろ》だか紗《しゃ》だか私にはいつまでたっても区別がつかない——ああいう薄物を人が着ているのを今でもたまに見るが、そのたびに、『源氏物語絵巻』の「夕霧」が頭をよぎる。薄物を纏っている雲居の雁の二の腕から乳房まで透けて見えるのだが、エロスが意識されていないがゆえに、逆に、妙にエロティックだと私のような者でも思う。あの台風の晩の緊張を思い出しながら私はあの晩に坐ったソファに少し緊張して腰をかけた。

貴子もあのときと同じ肘掛け椅子に坐った。

「こんな剣呑なお天気のなかをありがとう」

古風な言葉を使いながら軽くお辞儀をした。デッキにお茶の用意がしていないのは夕立が来るのを予期してのことかもしれないが、コーヒー・テーブルの上にも、ダイニング・テーブルの上にも何も載っていない。ふだんは私が着くころには少しは用意をし始めており、器が積み重ねてあったりするのに、その日は二人きりなので、お茶にと言いながら、ほんとうは気分を変えて酒でも飲もうというのだろうか。

その日がいつもとはちがう日となるのではと淡い期待を私がもっているのを貴子も知っているようであった。

私はあたりさわりのない言葉を挨拶がわりに発した。

「篠田さんも京都まで行くのはたいへんですね」

二週間に一度とはいえど、軽井沢から京都までは、新幹線を乗り継いで半日がかりで行かねばならない。

「ええ。でも日本を留守にしてることが多かったから、せめてそれぐらいはしたいって。私もそれぐらいはして欲しいの」

貴子いわく、篠田氏と彼の妹で交代交代母親を訪ねているという。

「わたくしもたまに行くべきなんですけど、来ても来なくてもわかんないんだからいいって、篠田が言ってくれるんで……」

自分の頬を両手で挟んでから続けた。

「それに、最後に顔を出したとき、わたくしの具合が悪かったもんだから極端に痩せてしまってて、篠田の母がね、幽霊がいる、幽霊がいるって、怖がって指さして……それで顔を出さずにいられるっていうのもあるんです」

「だいぶ元気になりましたね」

言葉は陳腐だったが正直な感想であった。今年のゴールデンウィークに逢ったときよりも、さらに頬もふくよかになっていた。

「おかげさまで――これ、挨拶じゃあなくって、ほんとうよ」

そのふっくらしてきた頬に笑みを浮かべた。

わずかに沈黙があったあと彼女はごく自然に言った。

「実はね、さきほどね、ふっと思いついたんです。今日は離れのほうにご案内したいって。そしたら雨が降りそうになってきたけど、思い立ったが吉日って言うでしょう」

私の眼をじっと見ている。

「あ、嬉しいです」

私は思わず正直に反応した。

いつも私を拒むように閉まっている離れへの扉はどうも篠田氏さえそう自由に開け閉てしている気配がなかった。俗界から離れた結界のこちらがわにいながらも、扉の向こうには、さらに俗界から離れた空間があるような気がしていた。

「それじゃあ」

立ちあがった彼女が部屋の奥まで行って扉を引くと同時に仄暗い渡り廊下が視界に入ってきた。南側にあたる右手からは連子窓からどんよりとした光が射しこんできている。たんなる渡り廊下にしては幅がやたらに広かったので、どうなっているのだろうと思っていたら、反対側は書庫になっているという。

貴子が閉まった板戸を指しながら説明した。

「へんなとこにあるでしょう。ほかに場所もなかったんでこの廊下を思い切り広くとったの」

篠田氏の本がほとんどだそうであった。

廊下は離れの奥まで洞穴のようにまっすぐ続いており、渡り廊下が終わったところからは、右手は鳥の子紙らしい白っぽい襖が並び、左手は書庫と同じような板戸がずらっと並んでいる。横桟がある古い板戸なので、解体した京町家からもってきたものかもしれなかった。

貴子は「はばかり、みずや、なんど」と、先のほうに並んだ板戸を自分に近いところから指していった。遊び心もあって、わざと古めかしくも雅びな言葉を使っているらしい。不思議な人だという思いを新たにしながら突っ立っていればいつもより強く香の匂いが漂ってくる。

数歩先に進んだ貴子は右手の襖を開けた。

「控えの間」

私が首を突っこむと古びた対の桐箪笥やら鎌倉彫の姿見、それに文机と座布団などが見える。六畳だが京間でしつらえてあるらしく広い。

ひどくごちゃごちゃしてるけど、これ以上は片づけられないんですの、これでも現代人だから、と自分でおかしそうに言った。文机の上にあるノート・パソコンやその横の台にあるプリンターや小さなスピーカーを指しているらしい。

「おまけに床暖房なのよ、この下は」

スリッパを脱ぎ、白い足袋をはいた片方の爪先で畳を軽くつついたあと、貴子は中に入りつつかつかと進んで奥の襖を開けた。

「こちらがお座敷。その辺の旅館みたいなごくあたりまえの造り」

こちらは八畳はある。黒い雲が空を覆っているせいで庭に面した窓が並んでいるのに仄暗い。たしかにごくあたりまえの造りだったが、いろいろなところで古材を使っているせいも、香炉から白い煙が上がっているせいもあり、やはりさらに俗界から離れた印象を与えた。その印象をいやましに強めたのが、座敷をぐるりと見回したときに眼に入った能面であった。控えの間とのあいだの欄間の下に三面飾ってある。ふだんなら陳腐にも見えうる光景だが、座敷全体の雰囲気のせいか、はっとするほどところを得て収まっていた。

満月に照らされた白い姿が一瞬よみがえった。

床の間に眼を戻せば、手前に風炉釜《ふろがま》が置かれている。それに気づいたとき、初めて、貴子が今日はこれからここで茶を点てるつもりであること、それでわざわざ着物に着替えていたことがわかった。座布団が一枚、私が坐るべき場所に敷いてある。芝居がかったことをする人だとまた思ったが、今回もいやみには思わなかった。ただ、着物を着ているせいか、この座敷がこの世のものではないものを呼びこむ空間のような気がするせいか、背を見せて眼の前に立っている彼女の姿にどこか異様なものを感じ始めた。夜、小川の向こうの障子に映っていた気味悪くデフォルメされた影が胸をよぎる。彼女の精神の病いはやはり思ったほど治ってはいないのかもしれない。

そのとき彼女が振り向いて笑みを浮かべた。

「今日はニッポンごっこ」

その言葉に胸をなでおろした私も笑みを浮かべた。

「すると今日は僕はガイジン待遇ですか？」

私がそう言うとそれには応えず、どうぞ、と澄まして座布団を指し、自分は釜の近くへと進んだ。

遠くで鳴っていた雷がいつのまにか近くで鳴っている。

あたかも雷など聞こえていないがごとく膝を揃えてもの静かに釜の脇に坐る貴子を見て、その日はそれまで意識しなかった彼女の身のこなしの美しさを改めて意識した。そういえば、スリッパを脱いで和室に入ったとたんにどこがどうちがうのかすべての所作が静謐でありながら舞台で踊っているように美しい——ふだんよりさらに美しい。茶を点てているあいだも私は魅入られたように彼女の手の動きを見ていた。だが、彼女の所作が美しければ美しいほど、あの、障子に映っていた異界の化物とその姿が重なるようで、再びどこか異様なものを感じざるをえなかった。

くるくると茶筅を廻している時間が必要以上に長く感じられる。

やがて黄色い茶菓子が眼の前に置かれた。よく見ればマンゴーの実を四角形に切ったものであった。

「ハハ、お茶菓子がなかったの」

私が黄色い固まりを箸で取りにくそうに取るのを見ながら彼女は笑った。私も一緒に笑うことができた。異界の化物がその姿を現したりひっこめたりしながら私を翻弄しているような気がする。

　彼女がふくさを帯の間に収め、釜に蓋をし、作法通り柄杓も元に戻したところで私は口を開いた。

「裏ですか？」

「まあ、そうです。でも好い加減。ＹｏｕＴｕｂｅでお浚《さら》いしなくっちゃ」

　彼女の前に並んだ茶道具を眺めながら私は訊いた。

「このお茶の道具なんかも篠田さんの家からきたもんですか？」

　数千円の茶碗も数百万円の茶碗も区別がつかないが、なんだかありがたそうに見える。

「篠田の家からのと私のとチャンポン」

「じゃあ、あの能面は？」

　首を裏に回しながらほんとうは最初に訊きたかったことをわざと軽い調子で尋ねた。

「あれはね、わたくしのなの」

　貴子は座敷に案内したときからこのような質問を期待していたらしく、能面を見上げもせずに素直に応えた。

「お能に関係するものだけは、ぜんぶわたくしが譲り受けたものなんです」

　たとえ「結構なお庭」とは無関係に育ったとしても能面を「譲り受ける」ような環境で育ったらしい。

　彼女は続けた。

「面《おもて》を飾ったりするってちょっとヘンかもしれないけど、でも、こうして飾ってあった部屋で半分育ったもんだから、懐かしくって……。それに面袋《おもてぶくろ》に丁寧に入れて後世に遺さなくっちゃならないほどのもんじゃあないんです」

「面袋」という聞いたこともない言葉を耳にしたせいで、思い切ってもう一歩踏みこむ勇気が出た。

「ひょっとしたら貴子さんの家は能楽師か何かですか？」

あの舞姿を見てから――いや、横笛の音を聴いてからずっと胸にあった質問なので、何気ない声を出すのに苦労した。

「いいえ。本屋だったって申し上げたでしょう」

貴子は顔を上げると三面並んだ能面に眼を移した。すると能面のほうで彼女の瞳を捉えたかのように、彼女の視線が自然にそこに釘づけになった。彼女を包んでいる空気がまた微妙に変になっていっているような気がする。私も今度はしげしげと並んだ能面を見つめた。ごく一般的なもので、真ん中に若い女の面、その左右に翁の面と般若の面があった。顔は似ていないのに、若い女の面の一重まぶたが貴子の一重まぶたと重なる。しばらく二人で無言で首を上げているとあたかもその沈黙を破るかのように窓の向こうに光が走り雷が鳴り轟き、同時に文字通り天が割れたような凄まじい勢いで雨が降り始めた。

私の粗末な小屋で感じるほどは雨を身近に感じなかったが、無数の水滴が窓を打ちつけているのが見える。

この世に呼び戻された彼女が訊いた。

「もうそんな風に坐ってらっしゃるのも限界にきてらっしゃるんじゃない？」

私は突然の雷雨に救われた思いで応えた。

「ハア、実は限界にきています」

「じゃあ母屋に戻りましょう」

しびれた足をいたわりながら立ち上がり、茶道具を一緒に片づけるのを申し出ると、あとで一人になってからするからと彼女は断った。

「それより、もしよろしければ、あちらで、ほら、あのカイピリーニャ……台風の晩にお出ししたドリンクですけど、あれを一緒に作りましょう」

昼間から飲むとあとの時間が使いものにならないということで、篠田氏と三人で飲むことはほとんどなかった。しかも台風の晩に出てきた薄緑色の液体があの晩以来ふたたび私に供されたことはなかった。彼女が二人きりの時間を特別のものにしようと思ってくれているらしいのが伝わった。

母屋の洋間に戻れば、さきほど彼女を包んでいた妙な空気はすっかりと消え、二人で立ち働くうちに、日常が戻ってきた。こんなもんがカイピリーニャに不思議と合うのよ、と彼女が冷凍コロッケを取り出したときは、あまりに彼女に似つかわしくないものを眼にして、日常が戻ってきた以上に、なんだかおかしかった。彼女も自分でも滑稽を感じているらしく、キッチン鋏を振り上げると愉快そうに袋を切った。

デッキに坐ることにしたのは、夕立にはよくあることだが、凄まじい勢いで降っていた雨が嘘のように止み、いま沈まんとしている夕日が辺りの空を照らし始めたからである。

デッキチェアに深くかけるなり貴子が唐突に言った。

「あの面《おもて》もそうですけど、お能のお道具はね、亡くなった伯母が遺してくれたんです」

今日、自分をよんだのは、自分の過去について少しは語ろうと思ってのことにちがいないというのが確信となった。ひょっとすると前もって篠田氏と話し合ってのことなのかもしれない。いや、篠田氏がそうするよう勧めたのかもしれない。

「伯母っていっても血は繋がっていないんですけど」

貴子はカイピリーニャの入ったウィスキーグラスをもちあげて、眼を細め、木立のあいだに望める澄み切った西の空をグラスを通して眺めた。それから私のほうを向いた。

「あなたがここを『蓬生の宿』って呼んでるっておっしゃってたでしょう。それを聞いておかしかったわ。わたくしはね、その伯母を『六条の御息所』って呼んでたんです」

「六条の御息所……」

「というより、伯母が自分で言うんです」

貴子が訂正した。

「三つのうち右側にあったおっかない顔の面ね、鬼女面。般若とも言うけれど、あそこにあったのは白般若なんです。位が高い人用の般若面」

さきほど見た、長い角を生やし、赤い口を大きく開け、吊り上がった両眼をかっと見開いて眼の前を睨みつけていた般若面がほかの般若面とどうちがうのかはわからなかった。

「伯母があれを手に取って、これはまさにあたしよって、何度もそうくり返したんです。葵上に取り憑いて殺してしまう六条の御息所の面」

「そのかたに育てられたのですか？」

貴子はすぐには応えずまた西の空を見た。

「半分ぐらいはそう。小さいころはほんとうの両親に育てられて、次は祖父母――こちらも血が繋がっていなかったんですけど……。そしたら、途中から御息所が入ってきて」

だからあの三つの面は右の般若面が伯母、まんなかの女面が母親と祖母、左の翁面が父親と祖父――自分を育ててくれたありがたい人たちを表していると、そう思いながら生きているという。

「父は年寄りになるまでは生きなかったんですけど、もし生きていたとしたら、あんな風になってくれたらって、あんな風に幸せな顔した年寄りになっててくれたらって、そう思って……」

それ以上そのまま続けるのに困難を覚えたらしく、貴子はいったん口を閉じ、しばらく間をおいてから、カイピリーニャに眼を落として静かに加えた。

「なにしろ、こんがらかった人生だったんです」

その最後の結論づけるような台詞は私の質問が続くのを拒否しているというより、少なくともふつうの人生ではなかったということだけは私に伝えたいと訴えているような気がした。

二人のあいだには長い沈黙が流れたが、気まずい沈黙ではなかった。蚊取り線香の煙が足許から上ってくるのが貴子の着物から匂い立つ香の匂いと混じる。昔よりもよほど昼間が暑くなったので、こんな山の中でも夜が近づいて涼しくなるのが気持よかった。

八月に入っていたせいで早々と虫の声も聞こえてきた。

貴子がランタンと蚊取り線香の追加を取りになかに入ったのをきっかけに、私もほとんど空になった二つのグラスを手に立ちあがった。カイピリーニャの作りかたを教えてもらおうと思ったのは、彼女の世界を少しでも共有したかったからにちがいない。

戻ってきてグラスを彼女の前に置いたとき、かねてから訊きたいと思っていた質問を口にした。

「貴子さんはどうしてそんなに英語が話せるんですか？」

その程度に踏み入ったことは今日なら訊けるような気がした。

お代わりを受け取った彼女は、ありがとう、と言ったあと、マドラーをくるくると回しながら応えた。

「わりあいと小さいころからやってたし、それに恋人がね、アメリカ人だったことがあるの」

ちらと私を見上げた。

大学を卒業したあとのことで、三年ほど一緒だったという。私が自分でも説明のつかない嫉妬のようなものを感じていると、彼女はそれに気づいているのか調子に乗って続けた。

「とってもいい人だった。優しかったし、頭もよかったし――そのうえ並外れた美男でしたの。映画俳優みたいだった。『ハスラー』のころのポール・ニューマンによく似てたわ」

私に眼を戻してつけ足した。

「一緒に歩いてると人がよく振り返ったぐらい」

いたづらっぽい顔をしている。

最初に私の顔を見たとたんに太陽のように晴れやかな笑みを見せたのは、外交官の妻として西洋人を見慣れていたせいか。あるいはそのアメリカ人の恋人がいたせいか。

「何をしてた人ですか？」

「ジャーナリスト」

「別れてしまったんですか？　それとも……」

キリアンのせいで、こういうとき、事故で死んでしまったという可能性もありうると思うくせがついていた。貴子は首を傾げ、少し考えてから応えた。

「最初からあまり多くを期待しないでつき合ってたんだけど、やっぱりだんだんと、うまくいかなくなって」

私は黙って次を待っていた。

「リベラルな人だったの、ふつうの意味で。だから善意に溢れてた。それだけじゃあなくって、勇気にも溢れてたわ。ファヴェラ……」

そこまで言うと、はたと止まり、説明を加えた。

「ブラジルの貧民窟のことなんですけど、そんなところにも平気で入っていって取材したりするんです。でも predictable――予測可能っていうのかしら」

そう言うとグラスを振ってなかの氷の音を鳴らした。

「南アメリカで知り合ったということですか」

貴子はゆっくりとうなずいた。大学を出たあと彼女はいったい何をしに南アメリカに行ったのだろう。さきほど「三年ほど一緒だった」という表現を使ったが、はたして同棲していたのだろうか。思えば篠田氏とも南アメリカで出逢った可能性が強いが、その男と別れてからどれぐらい経ってからのことなのだろう。新たな質問が次から次へと喉元まで湧いてきたが、例によってそこで踏みとどまった。いつもどこかで堰を設けている彼女の態度もあったが、それと同時に、妙なところに踏みこみ、まだ病んでいるかもしれない彼女の心の地雷を爆発させてはいけないという配慮が働いた。

彼女は私の質問には応えずに続けた。

「ケヴィンには失礼だけど、彼、アメリカ人でしょう。アメリカ人だから……」

真面目なのかからかっているのかわからない彼女特有の表情で私を見ている。去年の夏に見た、水平に動く広い麦わら帽子のつばの下にこんな女が隠されていたという、その事実に慣れるまで幾たび足を掬われるような思いをしただろう。

「アメリカ人だから？」

私は次をうながした。

「アメリカ人だからっていうより、アメリカのごくふつうの知識人だから、ああ、あのことについては、たぶんこういう風に考えてるだろうなあって思ってると、やっぱり、そういう風に考えてるのね。歴史のとらえ方なんかも、おかしいほどpredictableなの。じきにニューヨーク・タイムズを相手に話してるような気がしてきましたわ。ま、ジャーナリストだから当然なんですけど」

　私は複雑な思いで貴子の話を聞いていた。人間とはどんな人にも愛国心がある。さきほどその男に嫉妬を感じたのも忘れ、男を擁護したい衝動にかられたが、その衝動を抑えて訊いた。

「やっぱり日本男性のほうがいいってことですか？」

　彼女は皮肉に高らかに笑った。

「まさか。祖父も……もちろん父も好きだったけど、恋人となると、そんなことはないわ」

　そのあとふと真面目な顔になって雲間から涼しい光を放つ月を見上げた。

「篠田は特別」

　いつか良い人に巡り逢えるよう月に願っていたのだという。下弦の月が東の空に白く昇ってきたのが見える。吸いこむようにその月を見上げる彼女を私自身吸いこまれるように見ていた。日常に戻ったとはいえ、彼女と共にいると、やはり結界のこちらがわでの特別な時間が濃厚に流れるのを改めて感じる。

　自分でも馬鹿らしいと思いながら私は訊いた。

「そのアメリカ人より、僕は、少しはましなんでしょうか？」

　直接応える代わりに彼女は私に眼を戻して言った。

「ほら、あのとき、敬語の話になったでしょう」

「あ、僕もよく覚えてます」

「わたくしの元の恋人は、この世に多様な文化があるっていうのはもちろん大事だと思ってましたわ。なにしろ正しいことを信じる人だから。でも日本語をよく知らないせいもあるんでしょうけど、敬語なんてもんはその存在自体が正しくないって思ってましたの」

　ランタンの光に照らされて微かに笑っている。

「女の人のほうが敬語を多く使うっていうのも敬語がよくない証拠だって思ってたし。そもそも、日本人でもそう思ってる人はたくさんいるでしょう……昔ながらの日本嫌いのインテリとか。それもわかりますけど」

　そういうと真面目な表情になって月に眼を戻した。私が何も言わないので二人とも無言のうちにしばらく時が経った。

「でも敬語って人間関係に使うだけじゃあないでしょう。ほら、お月さま、お星さま、おてんとうさま、お山、お水、お空、お花……虫さんまである」

　月を見ながら何かに憑かれたように数えあげている。

「生きてるってことがなんだかありがたくなるわ」

　独り言のように言った。

　たしかに「お」がついているだけで、生きていること自体がありがたくなるという言葉の不思議な作用があった。

「彼と別れたのは敬語について言い争いをしたのがきっかけだったの。馬鹿みたいな話だけど、本質的な話でもあると思って。そのころから言い争うことが増えてきて……」

　そこまで言うと突然弾けたように笑った。

「わたくし、弁護士してたの。女弁護士」

一時代前の日本語で「女弁護士」というのが、女のくせに理屈をこねる人を指すのは知っていた。だが、彼女は「弁護士してたの」とも言った。

「弁護士をしてたって、ほんとうですか？」

「ほんとうです。私は嘘はつかないもの」

そう言って例のつかみどころのない笑みを浮かべた。

あまりに多くの刺激を受けたその晩の眠りは浅かった。洞穴のように続いていた廊下、茶を点てる貴子の静謐な姿。かっと見開いた鬼女面のまなざし。ポール・ニューマンのアクアマリンのような瞳。ランタンの光に照らされながら話し続ける貴子……。

平穏な日々

その夏、三人で話題に困るということはなかった。

映画の話もよくしたが、貴子がクエンティン・タランティーノが好きだというのには驚いた。

「わたくしと同い年なの」

「彼は何年生まれですか？」

「一九六三年」

「えっ。貴子さんは僕より上なんですか」

「ボクは何年生まれなの？」

「一九六五年です」

「そんなとこだと思ってましたわ」

貴子が自分より二歳年上だとは信じられなかった。十歳ぐらいは年下だと思っていたのである。たった二歳でも彼女が年上だというのは私にとってはどこか心安まる事実であった。

篠田氏がタランティーノの話を続けた。

「僕はああいう暴力的なのは苦手で」

「僕も苦手です」

「昔から男のかたのほうが弱虫だって言うじゃない」

私が祖父の遺産で食べていっているという話も、真夏特有の単調な緑をみなでデッキから眺めているあいだに自然に出てきた。日本とちがって貧富の差が激しい南アメリカを転々としていた二人はそういう人間がいるのに慣れているらしく、驚いた顔もしなかった。

篠田氏は感謝してくれた。

「アメリカの人のお金を『失われた日本を求めて』のためなんかに使ってもらって、恐縮だなあ」

貴子はもっと辛辣だった。

「日本が自分たちでちゃんとしないから、見るに見かねて外国の人が動いてくれたりするのよ」

そのときも私のほうが日本人を擁護した。

「クラウドファンディングやSNSを通じて寄付をつのったりもしてて、それなりに集まるんです」

すると篠田氏がアメリカを持ち上げてくれた。

「いやあ、アメリカを嫌うインテリは多いけど、やっぱりアメリカは今んところはまだ超大国なんだな。だからアメリカ人てのはこの日本なんかにも責任を感じたりしてくれる」

レストランにも何度か行った。午餐ではなく晩餐である。

最初の晩、日が暮れたあとなので貴子は着物に着替えるのではと期待していたら、シンプルな白い麻のドレスにボリビア製だというオリーブ色のアルパカのショールを巻いただけであった。それでも相変わらず﨟長《ろうた》けた美しさがあたりを圧していた。香の匂いも微かにする。彼女のまわりに霞がかった空気がもやもやと渦巻き、彼女だけ今の世から遮断されているようなのは変わらなかった。

その晩、篠田氏も飲めるように荻原さんの車を呼び、向かったのは万平ホテルにあるメイン・ダイニングであった。荻原さんは隣りに乗りこんだ私に向かってキャップを上げるとそのあとは緊張した面持ちでまっすぐ前を向いてハンドルを握っていた。誰も口を利かないせいか、微かな匂いなのに香の匂いが車に充満してくるような気がした。

軽井沢でもっとも旧いホテルだというのと、広いのでほかの客の存在が気にならないだろうというのとで、万平ホテルのレストランに行くのを提案したのは私であった。荻原さんと同じようにまっすぐ前を向いているうちに次第に責任を感じ始め、今まで食べた料理を思い出そうとしていた。何一つ思い出せない。特徴がないのが特徴的だった料理のような気がする。

私は後ろを振り向いた。

「It's boring French cuisine, the kind Japanese hotels typically serve」

どうっていうことのないフランス料理で、日本のホテルでよく出てくるようなもんなんですけど——

深く考える前に英語が出てきてしまったのは、日本人以外の何者でもない荻原さんがいるせいで、夫婦があたかも外国人のような気がしてしまったのかもしれない。

はっとしたとたんに貴子が日本語で返してくれた。

「それで充分よ。ウェブサイトで見たけど、天井が高くって素敵な空間じゃあございませんか」

篠田氏が続けた。

「千七百何年とかにできた旅籠屋から連綿と続いてるって書いてあった。子どものころ何度か行ったけど、そんなありがたいとこだなんて知りませんでしたよ」

それからしばらく意味もない会話が日本語で続いた。黙っている荻原さんの緊張がずっと伝わってきていた。無事に着き、帰りに迎えにきてもらう時間を決め、車から出ると、ありがとうございました、とすでに降りていた貴子が荻原さんに向かって丁寧にお辞儀をした。

「ああ、ども」

　キャップに手をかけながら首を向けた荻原さんがわざとじろじろと見ないようにしているのが見てとれた。

　それからあとも荻原さんは三人が彼の車に乗っているときは「あ」「う」「ども」程度の言葉しか口にしなかったが、私一人だけで乗ると貴子のことを話題にした。

「なんだか、今の人じゃねえみてえだな。ああいう感じの人、オレがちっちぇころにはここに夏来る人にはいたような気がすっけど。そうとうなお婆さんたちだったけどな」

「そうなんですよ」

「しかも、それでいて、英語もわかるんだろう」

「ええ」

「てえしたもんだねえ」

　感心して一人で首を振っていた。

　貴子の調子が良いので、篠田氏は学生時代の友人や昔の同僚とのつき合いを再開したようで、一度などは二晩留守にしたりした。（今から思えば関西で息子たちに逢ったりしていたのかもしれない。）荻原さんがツルヤから乗せた顎鬚の男――その人が「佐々木」であった――との夕食に消えることもあった。

　盆休みには去年と同じように篠田氏の妹が家族を連れてやってきた。若い女の人たちは彼女の娘たちで、さらに若い娘たちは孫だそうであった。

「もう少しまともな妹だったら紹介するんですが……ちょっと俗物なんですよ」

篠田氏は苦笑した。

モウリーンの顔が一瞬浮かび、東京に戻ったらまた連絡をとろうと思い、同時に、彼女のことを俗物だと表現できるかどうかを考えた。身びいきかもしれないが、そこまでは言い切れないような気がする。妹家族がいるあいだは、去年と同様紺色のＢＭＷが駐車され、月見台に白いパラソルが出されていた。


一つ明らかになったのは、たまに見かける若者たちの正体である。日系ブラジル人四世の兄弟で、孤児だという。あるとき、篠田氏が、彼らの顔つきからしてひょっとしたらと思い、車の窓を開けてポルトガル語で話しかけたのが知り合うきっかけとなった。水と空気がきれいだと言われていた長野県には精密機械の工場が多く、バブル時代にはたくさんの日系ブラジル人が「デカセギ」に来たが、景気が悪くなるにつれ、一人二人と消えていった。彼らの両親も日本にやって来てすぐに解雇されてしまったらしい。しかも、ブラジル料理店を開いて日本でがんばり続けようとし、その苦労がたたったのか、原因はよくは知らぬが一年ほど前に相次いで亡くなってしまった。追分の少し離れたところで外国人の孤児を引き取っている感心なクリスチャンの家族がおり、兄弟はその家族に引き取られたが、それまで家ではポルトガル語だったので、日本語がわからないまま小学校も途中でやめてしまっていた。今やもう年からいえば高校生なのに、この先どうしたらよいかわからないという。

「二人で相談に乗ってるの」

貴子の眼には子どもとしか映っていないらしいが、じきに眩しい若者になるだろう。やや褐色がかった肌はその下の筋肉の動きが一番美しく見える肌の色である。ふだんならその兄弟の肩が幅広くなり顎が角張ってくるのを想像するのは愉快だっただろうが、今は貴子の近くにあんな若者が二人もいるのが面白くなかった。

「もう働ける年でしょう」

何でもいいから働けばいいと思った私は冷淡に言った。

年齢からすればそうだが、日本にいる限り日本語の読み書きができなかったら限られた職にしかつけないだろうと貴子は応えてから続けた。

「ふた親がいなくなってからは話すと言っても二人だけでしか話さないみたいだし、もともと適応障害を起こしてしまってるし……わたくしの贅沢な適応障害なんかとちがって、ほんとうに可哀想なの」

群馬県に日系ブラジル人がたくさん集まった大泉町というブラジリアン・タウンがあるそうで、ポルトガル語と日本語とを教える塾のような学校があるという。そこに入学できるかどうか、あるいはもっと考えを広げ、果たしてブラジルに戻って頼れる親戚がいるかどうか、今調べている最中だということであった。

篠田氏はその夏のあいだ幾度か日系移民の話を出してきた。印象に残ったのは、国家に見捨てられた人々——「棄民」という言葉であった。私は初めて聞く言葉であった。喰うに困っていたところを政府に後押しされて南アメリカまで出稼ぎに行ったあげく見捨てられてしまった日系移民は、その「棄民」の典型だという。去年の盆休みに篠田氏の妹が「あっちに行かはった人たち」と少し侮蔑的に言っていたのは彼らを指していたのにちがいない。喰うに困ってアイルランドの外に出ていった大勢の人をアイルランド人が見下すことはなかった。日本人はそういう人たちを見下すだけでなく、どこか気味が悪いと感じているようであった。だが、のちに金持になった日本によりよい生活を求めて戻ってきた彼らの子孫を必ずしも温かく受け入れたわけではなかった。

「民族が移動しうるなんてことを考えずにずうっとやって来られたからなんでしょうねえ」

珍しく貴子が日本人を弁護した。

やがて九月の半ばになった。木々の葉がちらほら黄色くなり、小さいどんぐりの実が散歩道を、そして細長い茎に紅い小さな花をびっしりと並べた水引草――何と絶妙な名前だろう――がその両側を埋め尽くすようになった。夕方の風が首筋を急に冷たく撫でる。それでも私は滞在を延ばし続けた。篠田氏はあのあとも何回か山荘を空けたが、貴子と二人きりになる機会は二度となく、今一度そういう機会が訪れるのを漠然と期待していたのにちがいない。そんな自分に鞭を打つようにしてようやく出発するのを彼らに告げたのは、篠田氏がまた追分を留守にする日曜日の前日であった。

翌日、日が暮れていくにつれ私は何となく憂鬱になってきていた。クロネコヤマトが荷物を取りに来たあと、気分を晴らすため最後の散歩でもしようと外へ出れば、カナカナ蟬の大合唱が高い木という木から聞こえてくる。いくら命が短いとはいえ、あたかも今日夕闇が迫るのがこの世の別れとなるかのように、命の限りに鳴いている。かなかなかなかな……というその声がいつもよりいっそうもの悲しく心にしみいった。日本と中国と朝鮮半島のみに棲息するそうで、イェール大学の古典文学の教授が、カナカナ蟬は「日暮らし」とも呼ばれ、秋の季語であると教えてくれたあとにつけ加えた。夕暮れが迫るなかでその鳴き声を聞くと、遅かれ早かれ自分も死ぬのだと諭されているような気がする、と。私は「方丈庵」の玄関先に出て空を見上げ、辺りに響き渡るもの悲しい合唱に聞き入った。

ひぐらしの　鳴く山里の　夕暮れは　風よりほかに　とふ人もなし

好んで一人で生きてきたのに、こういうときは、一人だという事実が、好んで一人で生きてきたことの天罰のように感じられる。

すると背中から声がした。

「なぜ、ケヴィンはそんなに悲しそうなの？　ときどき」

西の空を背景にアノラックにパンツ姿の貴子が白いプラスティックの袋をもって立っていた。

「背中でわかるんですか？」

そんなには悲しそうにしていたつもりはなかった。

「背中は無防備だからいちばんわかりやすいぐらい」

貴子はそう言いながら白い袋を差し出した。

「明日お戻りになるんで冷蔵庫の中身の始末で大変でしょうけど、面白そうだから栗ご飯を炊いてみましたの。その辺にゴロゴロ落ちてた栗だから甘くもないちっちゃい栗」

私が明日発ってしまうので、もう一度二人きりの時間を作ろうとふいに思い立ってくれたのだろうか。そんな可能性を考えて、私も、篠田氏が一晩留守にする今日ではなく、明日発つことに決めていたのかもしれなかった。

袋を受け取りながら勇気をふるって私は誘った。

「コーヒー、紅茶、ハーブティー。あとはウィスキー。そんなものしかありませんが、少し寄っていきませんか」

「ありがとう」

誘い入れられるのを期待していたらしく彼女は素直に入ってくると、勧められるままテーブルの前の木の椅子に坐った。

念のために電気ストーブをつけたあと流しに立った私が彼女の所望通りのコーヒーの準備をし始めると、その背中に向かって彼女は言った。

「あのね、背中ですけど……私の父はね、父自身は気づいていなかったんですけど、背中がひどく悲しそうな人だったの。もともとは陽気な人だったんじゃないかと思うんですけど、悲しい人になってしまって」

それと似た悲しさがたまに私の背中に感じられると言う。

「僕なんかは可哀想なもんで陽気だったことなんて一度もありませんよ」

私が振り向いて応えると貴子は言った。

「でも何かことに悲しいことがあったのかなって、たまに考えるの」

私はコーヒーの入ったマグを二つテーブルに置き、自分も腰をかけた。彼女のまなざしがまっすぐに私を見ていた。何があったのですか、とまなざしの奥のほうから静かに尋ねている。西の窓を背にしているので彼女の上半身が光に包まれているように見え、それと同時に部屋の中まで日暮らしの鳴き声が聞こえてくるのが意識された。

何かことに悲しいことがあったのか——そんな風に唐突に、しかも真剣に問われれば、やはり、あの感謝祭の前の晩のことしか考えられなかった。

「別にさっきそんなことを思い出していたわけではないんですけど……」

彼女は私が続けるのを静かに待っていた。

「それに、誰にだって起こりうるていどの不幸でしかないし」

そう応えるうちに、シカゴの我が家のダイニング・ルームが鮮明に浮かんだ。真ん中に垂れていた祖父の家から引き継いだシャンデリアも、その下に坐っていた家族の顔も鮮明に浮かんだ。あれは四十年以上前のことなんですけど、と始めたときは、いつのまにか英語になっていた。

感謝祭の前の晩

不幸は感謝祭の前の晩にシカゴの我が家を訪れた。

よりによって、その日、学校から家に戻ろうとしたところで野蛮な連中に囲まれひどく殴られて私は家に戻ってきた。九月にジュニア・ハイスクールに上がったところだったが、小学校から私を知っていた連中が半分は占めていたので、相変わらず「女々しいヤツ」といじめられ続けていたのであった。家に戻ったところで誰にも見られないよう急いで階段を上がりシャワーを浴びたが、顔にできてしまった紫のあざが取れるわけではなかった。殴られたことよりも、その晩はジャックとショーンも戻ってくるので、みなと一緒にダイニング・テーブルを囲まねばならないのを苦にしながら私は自分の寝室に引きこもっていた。葉を落としたアメリカニレの灰色の枝が窓から眼に入るのが、私の小さな不幸を覗きこんでいるような気がする。ジャックとショーンがそれぞれ戻ってきた音や声がしたが、私は出ていかなかった。

どれぐらい時が経っただろう。フラネリーが階段の下から私の名を大声で呼ぶのが聞こえ、不承不承食堂へと降りていけば、すでに席についていたモウリーンがめざとく私の顔のあざに気づいた。馬鹿にしきった顔を見せたのは、泣いていたのを悟ったらしい。

彼女の椅子の後ろを通ったとき、小声で、だが、私には聞こえるように言った。

「サイテーイ」

そのときである。電話のベルが鳴り、それを受けたフラネリーが叫ぶ声が響いた。

「キリアン！ なんですって。もうオヘアに？」

たくましい足で駆けつけたモウリーンが受話器をフラネリーから奪った。

「ええ？ ええ？ まあ、そうなの。ああ嬉しいわ、素晴らしいわ」

キリアンが空港でレンタカーを借りてこちらに向かうと言う。

ダディ、半時間で着くんだったら、食事を遅らせられるわよね、とモウリーンが一応父に訊き、父は喜びを悟られないよう、表情を変えずに頷いた。すでに大学を卒業したキリアンは去年も一昨年も感謝祭はケンブリッジから戻ることはせず、それで今年も一ト月ほど先の降誕祭までは戻って来ないだろうとみなで諦めていたのだった。

モウリーンは受話器に向かってくり返した。

「素晴らしいわ。急いで来てね」

偶然私と眼が合ったので、彼女は余計なことを言い足した。

「青アザを作って戻ってきた弱虫も嬉しそうな顔してるわよ」

キリアンが何か言ったらしい。

「そうよ。また学校でいじめられたんでしょ。さっきまでまた自分の部屋でめそめそ泣いてたんだから」

テーブルの皆が私の顔をじろじろと見るのが耐えられなかった。

「なにしろ一刻も早く来てね。一刻も早く！」

そう叫んで電話を切ったモウリーンは、みんなを驚かせたかったんですって、と言いながら父のもとに駆け寄ると後ろからその広い肩を抱いて頬にキスした。イギリスの大学院はアメリカより自由が利くそうで、もうこれから年が明けるまで家にいるつもりだという。

「あの子は優しい子だから」

母はそう言うと、みなにファミリールームに移るようにと指示したあと、フラネリーと一緒にキッチンにしばらく消えた。何かキリアンが喜びそうなものをメニューに足そうと思ったのかもしれない。やがて母も戻ってきてみなと一緒になってファミリールームのテレビでニュースを観ていた。

キリアンが鳴らすベルは、自分が姿を現すのを皆が待っているのを知る人間特有の快活な音を立てる。

その晩、いつまで待ってもその快活なベルは鳴らなかった。

どうしたんだろう。税関を出たあとの電話だったから税関で引き留められているはずはない。レンタカーを借りるのに手間取っているのか。ハイウェイのどこかで事故があって道が部分的に閉鎖されているのだろうか……待っても待ってもベルが鳴らない理由を皆で口々に言い始めた。

「リムジン・サービスを使えばこんなに心配せずに済んだのに」

母が独り言のようにつぶやくとモウリーンが応えた。

「でも、あれは時間がかかり過ぎるって思ったんでしょう」

相乗りのリムジン・サービスは色々回り道をしてくるから時間が倍はかかる。

父が続けた。

「それに、こっちにいるあいだ自分が自由に乗れる車も欲しかったんだろう」

兄たちがいないのでふだん家には二台しか車がなかった。

テレビも消し、みながもう黙りこくっているときに鳴ったのは、玄関のベルではなく、電話のベルであった。

私が取る、と父が言ってゆっくりと立ち上がった。

「はい。それは私の息子です」

みなも立ち上がった。

「承知しました、オフィサー。病院の場所はわかってます」

「オフィサー」という単語がすべてを物語った。

私たちが病院に着いたころキリアンは死んでいた。制限速度を超えてハイウェイを走り、カーブを派手に曲がり損ねてガードレールにぶつかってしまった。雪が降り始めたばかりで道路が滑りやすくなっていたのが悪かった。

モウリーンは蛍光灯に照らされた病院の廊下で私のほうを向くと、私の肩を両方の手でつかみ、激しく揺すった。これほど怒りのこもった眼を見たことはなかった。地獄の炎が両眼から噴き出ているようであった。

「なんてことをあんたはしたの？」

ぼんやりと彼女を見返して私は言った。

「僕が？」

「そうよ。あんたがいじめっこに殴られて泣いて帰ってくるような子じゃなかったら、キリアンがあんなにスピード出したはずないじゃない」

テニスで鍛えた指が私の両方の肩に動物が嚙みついたように喰いこんでいた。

「キリアンは、一刻も早くあんたを喜ばせようっていうんで、あんなに飛ばしたのよ……ぜんぶあんたのせいよ！」

私の耳に「なにしろ一刻も早く来てね。一刻も早く！」という彼女の声がよみがえったが、彼女が私を責めているのを責め返す気にはならなかった。それどころか、彼女が正しいと思った。母もモウリーンも一刻も早く彼の顔を見たかっただろう。だが、母もモウリーンもあの晩――どの晩もだいたいそうだが――不幸ではなかった。彼女らはキリアンの顔を見ることによって不幸から救われるということはなかった。私一人が彼の顔を見ることによって不幸から救われるはずだった。それを彼は知っていたのにちがいなかった。

感謝祭の二ヶ月ほど前、私がジュニア・ハイスクールに上がってしばらくしたところでキリアンが母に国際電話をかけてきたことがあった。

「キリアンがあなたの声を聞きたいんですって」

二人で話し終えたあと母は私に受話器を渡した。

「新しい学校はどうだい？」

「ふつうにやってるよ」

私は明るく応えたつもりだったが、情けなさをこらえているので、充分に明るい声は出ない。というより、悲愴な声だったかもしれなかった。

「そっちはどう？」

私はかろうじて訊いた。

「ああ、ケンブリッジは町全体が綺麗だし、それにロンドンがすぐなんだ。列車で。だからいろんな劇を観に毎週のように通ってる」

私は何か応えるべきだったのに泣きそうになって沈黙しているだけだった。

キリアンの胸にはそんな私の顔が浮かんだのだろう。彼は慰めるように言った。

「クリスマスには帰るから」

「ああ、楽しみにしてる」

空港を出たキリアンがあんなにスピードを出したのは私とのあの会話が耳の底によみがえったからかもしれない。なぜあのとき私はもっと努力して不幸を感じさせない声で応えられなかったのか。

「あんたのせいでキリアンが死んじゃったのよ」

あの晩以来しばらくのあいだモウリーンは二人きりになるとそう呪い続けた。病院で見た地獄の炎が噴き出るような眼が始終私に向けられた。ただ、弱虫！　腑抜け！　女の子みたい！　と私をなじるのはぴたりとやめた。

「Poor Maureen」

キリアンの死によって私の家族は一時光を失ったようになった。キリアンにどのような未来が待っていたにせよ、何か偉大なことを成し遂げ、一族に栄光をもたらす人物となるのは当然のことだとされていたからである。シュリーマンのように歴史に残る遺跡発掘者になったかもしれない。いや、アラビアのローレンスのような格好をして皆に憧れられる冒険家となったかもしれない。いやいや、米国の大統領だって不可能ではない。ねえ、いつか大統領になるんでしょう、ジャック・ケネディより若くに大統領になれるかもよ、とモウリーンは小さいころよくキリアンにまとわりつきながら言っていた。彼女がティーネージャーになったころには、シーアン家が後押しして、まずはイリノイ州の上院議員になるというシナリオが、いつのまにか彼女の頭のなかでできあがっていた。そんなキリアンが一家から消えてしまうとは……。

「あんたのせいでキリアンが死んじゃったのよ」

あのあと半年ほど私は高いビルディングの屋上に出るのも怖かった。歩道を歩いていて車が向こうからやってくるのを見るのも怖かった。台所にあるナイフの尖った先が眼に入るのも怖かった。

二年先の秋、九年生になったとき、私は兄たちのように東部にあるふつうの全寮制高校ではなく、隣りのインディアナ州にあるカルヴァー・ミリタリー・アカデミーという軍隊式の全寮制高校に入学した。私のような人間にとってはあたかも強制収容所に自ら飛びこむような覚悟が必要であった。家族も私がそんなところに行きたいと言うのを聞いたときは仰天したが、人生という舞台でこの先一生頭の悪い連中にいじめられる役割に私は甘んじていたくなかった。キリアンを追ってイェール大学に入るにはもっと名高い高校を卒業したほうが有利ではあったが、カルヴァーで好成績を取っていれば不可能ではないと考えていた。近年ますます批判の的となりつつあるが、アメリカの私立大学の制度に、「legacy admissions」といって、親や親類がその卒業生だった場合、優先的に入れてくれる入学制度がある。今思えば鼻持ちならないことだが、当時の私は、キリアンだけでなく父も叔父もイェールに行っていたので、「legacy admissions」の対象になるのではないかという虫の良い思いもどこかでもっていた。首尾よく大学に入学できたときにはうわべは新しい自分になっているはずであった。幸いスポーツには興味がなかったというだけで、そんなにひどく運動神経が鈍かったわけではなかったらしい。実際に、カルヴァーに入ったあと、私を知る人間がいないところで軍隊式の訓練を受け、頭と同じぐらい身体を動かす毎日を送るようになってみれば、想像していたより愉快なぐらいだった。

休みにカルヴァーから戻ってくるたびに私が少しづつ変化していったのを家族は気づいたが、最初のころは何も言わず、二年目もおしまいになるころから一言、二言、半分揶揄するように感想を述べるようになった。「少しは人並みになってきたな」と父は言った。「こんなに男前の子だったたって知らなかったわ。どこか……おまえのお兄さんに似てきた」と、キリアンの名を出すのを避けて母は言った。「一緒にいるのを友達に見られてもそうひどくは恥ずかしくなくなったわよ」とモウリーンは言った。ジャックとショーンは、テニスで、これでもか、これでもか、と競って激しい球を打ち返してきた。自分が本質的に変化したとも思わなかったし、そもそもしたくなかった。だが、自分を殺した毎日を送るうちに身体に筋肉がつき、動きが敏捷になり、何でも食べられるようになり、相変わらず一人でいるのが好きだったとはいえ、異様なほどは人を怖れなくなった。イェール大学に入ったころにはロッカールームでの男たちの低級な冗談を平気で聞き流すのにも慣れていたということは、本質的な変化に限りなく近い変化を遂げたと言えるかもしれなかった。

キリアンが死んだあと彼について家族で話すことはほとんどなかった。父や母があまりに可哀想だったのである。だが、その後の父の会社のことを考えると、キリアンがあのときに死んで救われたような気がする時期もあった。八〇年代に入ると日本の自動車産業の台頭によって金属プレスの需要が減り、たくさんの工員を首にせざるをえず、彼らが抗議デモをくり広げているのにキリアンが悩まなかったはずはなかった。幸い、キリアンに嫉妬していたジャックとショーンは、その嫉妬をバネに、父親に評価されたいがため、一人は優秀な経営者となり、一人は優秀なエンジニアとなり、会社は危機を乗り越えて大きくなった。気の毒な母は自分の部屋に閉じこもる日が以前より多くなり、煙草とアルコールの量が増え、私が大学に入る寸前に心臓発作で死んでしまった。最愛の息子を亡くした母親という悲劇を演じていたわけではなかったが、そんなに悲しんではいけないと思うだけの自制心のなさが、彼女の心身を蝕んだのではないかと思う。六十を越したばかりだった父は再婚した。再婚相手のクレアは長年父の秘書をしていた人で、母と正反対で、エネルギーがありあまっており、父の秘書を続けるのも変だが家の中に引っこんではいたくないというので、会社の広報部のマネジャーとなった。母と一緒だったときよりも父がのびのびと幸せそうなのを見て、父がいかにそれまで、「芸術的資質」に呪われたという母の繊細な神経を傷つけないよう、常に気を遣っていたかがよくわかった。モウリーンはロー・スクールに行ったあと、会社の弁護士の一人となり、結婚し、娘を二人生んだ。

モウリーンと私だけはキリアンの死がもたらした傷がいまだに癒えていないのを互いに知っており、彼女のほうは私に対して傷ついた動物同士のような親近感を抱いているらしかった。だが、親近感を抱いていながらも永遠に私を許すことはないだろう。私はそれを自分の運命だと諦めていた。

キリアンの話はそれで終わりであった。

私が話し終わったころには、あたりはほとんど闇に包まれており、思い出から抜け出せない私の胸に、モウリーンの叫び声が今一度あやしいほど鮮明によみがえった。

「キリアンは、一刻も早くあんたを喜ばせようっていうんで、あんなに飛ばしたのよ……ぜんぶあんたのせいよ！」

するとそのとたんに、あたかもその声を貴子も聞いたかのように貴子が独り言のように言った。

「Poor Maureen」

「かわいそうなモウリーン」——英語で話していたので英語で反応したが、彼女は「Poor Kevin」と言わなかった。

それを聞いて私の心のなかで何かが動いた。キリアンが事故死した晩の話は親しくなった過去の恋人の何人かに打ち明けたが、彼らはみな「Poor Kevin」と言った。日本人の恋人も日本語で似たようなことを言った。「Poor Maureen」と言った人はいなかった。貴子の独り言のような台詞は私が心の底でほんとうは知っていながらも今まで見つめようとはしなかった真実を照らし出した。私には自分を責めるだけの心の余裕がまだあったが、「一刻も早く！」と叫んでしまった彼女は私を責めるよりほかなかったのだ。モウリーンはそうするだけの心の余裕がなかったのだ。自分を責めるのはあまりに苦しかった彼女は私を責めるよりほかなかったのだ。

貴子は今は日本語で続けた。

「お姉さまを許してさしあげなくっちゃ」

「僕に許されなくちゃなんないなんて、彼女は思ったこともないですよ」

マグに残っていたコーヒーを空にした貴子が立ち上がったころ外はほとんど暮れていた。足許が危ないので懐中電灯を手に彼女を山荘まで送りに出れば、さきほどまで命の限りに鳴いていたカナカナ蟬は全滅してしまったかのようにひっそりとしていた。「ほそ道」を行く彼女は残照にわずかに照らされた空を見上げると、その全滅を思わせる沈黙に耳を澄ますかのように足を止め、空を見上げたまま静かに言った。

「人間、みんな死んじゃうのよね。みんなみんな死んできたのよね。ただキリアンみたいに若い人が死ぬのは可哀想。そう……若い人の死だから、兵隊さんたちの死なんか、いつだってよけいに可哀想なのよね」

それから私に眼を移して続けた。

「いい時代に生まれて、篠田もわたくしも文句を言えないぐらい充分に生きることができたのに、それなのに、わたくしなんか、篠田が死んだらどうしようってたまに思いますの」

そのときの悲しさを想像したらしく顔がひきつったようになった。醜いとも言える顔であった。

「いっそ先に死んでしまいたいぐらい」

それから愛想で言っているとは思えない命令口調で足した。

「ケヴィンも絶対に死なないでいてちょうだい」

私と同じぐらい孤独な人なのかもしれなかった。

翌日篠田氏が戻ってくる前に私は東京に発った。新幹線のなかで、貴子は篠田氏にはキリアンの話も伝えるだろうと考えていた。

遠いのに近いアメリカ

東京に戻ったらモウリーンにメールするのが自分のなかでいつのまにか義務と化してきたようである。ことに今回は貴子との話に彼女が出てきたので、戻ったらすぐに連絡するつもりであった。だが、貴子にあんな風に話したあとは、少し別の気持で彼女と向かい合わねばならないようで、それが億劫で延ばし延ばしにするうちに、十月に入ってしまった。そのうち、次の朝スカイプで話そうというメールがモウリーンのほうから入った。とたんに彼女の激した表情が浮かんだ。性的暴行疑惑がある男を共和党の上院議員たちがなりふり構わずに最高裁判事として承認した直後で、その一連の流れは私自身アメリカのテレビをリアルタイムで食い入るようにして観ていた。男が酒の勢いで若いころに自分を襲ったときの恐怖について沈着に語る女の人の表情は忘れられなかった。唾を飛ばさんばかりに興奮してそれを否定する男の赤く染まった鼻先も忘れられなかった。そのことについてモウリーンは私と話したいのか、それともそのことを理由に私と話したいのか。

翌朝、ピンポピー・ピンポピーというスカイプの音が鳴ったのに応えれば、激したというよりもげっそりとして老けが目立つ顔がスクリーンの向こうにあった。

「ちゃんとニュース追ってる？　アメリカの」

「もちろんだよ」

離れているあいだに祖国アメリカは年々勢いを増してわけのわからないものに変わっていった。今やあたかも地球の軌道を離れ宇宙のどこかに飛びだして勝手に浮遊しているようである。取るに足りない人たちが一、二年力を振るううちに歴史がこんな風に大きく動いてしまっていいのだろうか。

「もちろんて、毎日？」

「こんなときはもちろんだよ」

げっそりした顔が少し緩んだ表情となった。

「あたし、信じられなかった。アイリッシュ系の恥だわ……ケヴィンはアイツのこと知ってた？」

これから正式に最高裁判事に任命される男はイェール大学の同級生であった。

「幸いなことに知らなかったよ」

モウリーンはなぜわざわざ自分とこんなことを話したいのか。兄たちとは話さないのだろうか。

私は訊いた。

「ジャックとショーンはなんて言ってる？」

「彼らとは話してないわ。もちろん任命には一応反対でしょう。シカゴ育ちだし。それにシーアン家は代々民主党って決まってるんだから。でも、彼らって、どっちかっていうと、あの男と同じような学生時代を送ってたじゃない。飲んじゃあ女の子と寝ることばっかり考えてたような」

「彼らは暴力なんかは振るわないよ。そこには大きなちがいがあるだろう」

小さいころ私に暴力を振るったのはモウリーンだけだった。

「そうね。彼らはそのちがいぐらいはわかってるわ」

そんな風に応えるモウリーンがおかしかった。

「お姉さまを許してさしあげなくっちゃ」という貴子の声がよみがえったが、こうして話していると、自分がモウリーンを少しも恨んでいないのが感じられた。恨んでいたとしたら、子どものころ容赦なくいじめられたことだけであった。ここ何十年、二人のあいだでキリアンの名が一度も出てこなかったのは、私がモウリーンに気をつかってのことだったのかもしれない。

私が何を考えているかなど知りようもない彼女は無邪気に続けた。

「日本の人たちはどう考えてんの？」

「日本の人たちはそんなに興味をもってないね。なんてったってほかの国のことだから」

そう応えながらも、たまに興味本位で覗くフランスのニュースでは細かく報道していたのを思い出した。日本は日本人の多くが思っているよりはアメリカから遠かった。それはよいことかもしれないと思った。

「まあ、そうでしょうね」

一寸沈黙があってからモウリーンが思いつめたような表情で言った。

「あたし、ケヴィンがいつか、アメリカのことなんかどうでもよくなっちゃうんじゃないかって、それが心配で……」

「アメリカ人じゃあなくなっちゃうってこと？」

「そう」

「そりゃあ、どこか、すでにアメリカ人とはちがってきてるけど、日本人になれるわけでも、なりたいわけでもないから、やっぱりアメリカ人だと思う」

今のアメリカやアメリカ人は遠くなりつつあった。日本こそが私の本来の居場所であるという気もし続けていた。それでいて、自分はアメリカ人だという自意識が時とともに薄れることなどなかったのは、日本にいる限り、日々、自分が日本人ではないのを思い起こさせられるからかもしれなかった。だが、私は自分が日本人に同化できないのを不満に思ったことはない。日本人が自分を決して同胞としては受け入れてくれない、日本人は排他主義者だと憤慨する外国人がいるが、日本人にとっては、日本人とは代々日本に生まれ日本人の顔をして日本語を話す人間のことを指した。それがあまりにあたりまえだったこの国の長い歴史が、ここ数十年で変わるはずはなかった。

モウリーンはしばらく黙ったあと言った。

「ねえ、これからアメリカはどうなっちゃうのかしら」

日本なんかにいるせいだろう。アメリカがこんな調子では、いったい世界はどうなるのだろうという、それを上回る不安が自分にはあった。私はそれは言わなかった。

「まずは中間選挙でがんばるしかないね」

「あたし、だいぶ寄付したわ」

「僕もしとくよ」

スカイプを切ろうとすると、待って、という表情をしてモウリーンが彼女の主人の名前を出した。

「オリヴァーがね、ついにインシュリンを打たなくなっちゃったの」

哀れに思っているよりも苛立っているのが露骨に伝わってくる。

「食事制限は？」

「そりゃ、少しはしてるわよ」

「可哀想に」

「本人がいけないのよ」

「体質ってもんもあるじゃないか」

モウリーンは肩をすくめた。それから無理した笑顔を作って言った。

「元気でね。あんただって、もう若くないんだから」

「ああ、姉さんもね」

昔、いつも「my baby brother」と私のことを人に紹介したのがふいに思い出され、懐かしさに似たものが心をよぎったが、それは顔に出さずにスカイプを切った。

日の丸の旗

　年が暮れ、新しい年が明け、やがて陳腐なほど暦どおりに梅が咲き、桃が咲き、桜が満開になり、それが花吹雪となって散ったあとにイーアンが二年ぶりで来日した。花見の観光客がようやく減った京都へと私は発った。最初に逢ったときよりもさらに顔色が悪くなり瘦せてしまった平野氏はいまだにイーアンがくると一緒に古物商を巡っていたが、トーニーという英語の名をもった人物は、私とは逢わないままに死んでしまった。彼は日本がアメリカに占領されていたころ、まだ十代だったのに、コンサイスの英和辞書を片手にアメリカ兵の骨董探しを手伝うようになり、それが結局彼の職業になったのだという。

「はしこいヤツでね、古物商からもリベートをちゃんと取ってたんだ」

以前そうイーアンは言った。私が登場してからトーニーの必要がほとんどなくなったせいか、その死を悼んでいる風もなかった。両方で利用し合っていたのだろう。

今回、二年ぶりにイーアンと京都で逢ったとき、イーアンはすでにその午後、平野氏と二人で一ヶ所古物商を回ったあとであった。私がイーアンの相手ができるときは平野氏は夕食をつきあわなくなっていた。平野氏が消え、イーアンが好きなお好み焼きの店——お好み焼きというものが彼のような気取った人が食べるものではないのを彼はわからないらしい——に着いて坐ったとたん、ふだんはアメリカに住んでもおらず、アメリカの政治の話などしたことがないのに、彼はある質実剛健そうな風貌をした特別検察官の名を出してきた。その検察官がつい最近、大統領選とロシアの関係を調べた調査結果を発表したばかりで、大統領の弾劾を勧めなかったのである。二年間近く期待をこめてそのリポートを待っていたアメリカの半数ぐらいの人が彼に失望しており、イーアンもその一人であった。

私は皮肉に笑いながら言った。

「彼はプリンストンを出てますよ」

「ああ、驚いたよ」

彼は笑わなかった。

「ああいう慎重過ぎる人間はふつうハーバードが産み出すもんだって決まってんのに、心外だよ。将来、歴史が彼をどう判断するかはわかんないけど、これからまだ二年近く例の男がオーヴァル・オフィスに偉そうに坐ってるのを見ると思うとうんざりする」

イーアンの口から「歴史が彼をどう判断するか」などという真面目な表現が続いて出てきたのを面白がって聞いていると、肩をすくめてつけ加えた。

「歴史が正しく判断するなんて保証もないけどね」

こちらの台詞も珍しく真面目な顔で彼は言った。

その晩、定宿に戻ったあと彼が自分の座敷で嬉しそうに披露したのはさまざまな布であった。彼は自分が買ったものは概ねマイアミの美術館に直接送らせるが、軽いものは自分でもって帰る。そして、自分でもって帰ることにしたものは、旅館に戻るなりさっそく取り出し、戦利品のように床の間に飾ったり畳の上に並べたりする。そうしながら、眼を輝かし、「Look! Look!」と子どものようにはしゃぐ。

「相変わらず鼻が利くって、今度もそう思うよ」

その晩は私がまだ眼にしていないものを披露しようというので、いつもよりはしゃいでいた。

「Les voilà!」

ほうれ!

よく見れば何枚もの羽織の裏地の端切れである。たんなる端切れではない。アジア太平洋戦争時代に流通していたものらしく、さまざまな格好で銃を構えている若い兵隊(私の眼には子どもにしか見えない)の絵や、波を掻き分けて進む戦艦の絵や、大砲を載せた戦車の絵やらが描かれている。この国ではあるときから、ポスターはもちろん、絵葉書も切手も戦争をテーマにしたものばかりが巷に溢れるようになり、西洋的なものはもちろん、浪漫的なもの、耽美的なもの、叙情的なものに惹かれていた人たちにとって暗黒時代が始まったのは知っていたが、こんな裏地をつけた羽織まで出回っていたとは知らなかった。幼い男の子か少年用の羽織だったのではないか。物がところせましと溢れる骨董屋でどう見えたかは知らないが、がらんとした旅館の座敷でそれらの端切れを見ると、あの時代いかに日本という国が狂っていたかが生々しく感じられる。同じように勇ましい絵が描かれた着物の表地も二反広げられた。

それらの戦利品のなかで格別眼を引いたのは畳の上にそこだけ花園が出現したように見える羽織であった。古典的な柄ではない。絹特有の光沢を放つ淡い黄の地を背景に、深紫やピンクや白で、豪華かつ可憐な洋花が洋風の筆使いであちこちに散っている。若い娘のための羽織にちがいなく、まさに、これ以上ないほど浪漫的である。ところが、裏を返せば、眼も覚めるような深紫の裏地に、なんと、鼻先にプロペラをつけた濃い緑の戦闘機が何機も空を飛んでいる。零戦であった。こちらも洋風の綿密なリアリズムの絵で、翼と胴体に塗られた赤い日の丸が生々しい。こんな裏地は見たこともないから、絵師にわざわざ描かせたにちがいないと古物商の主人が言っていた。そばで見ていた平野氏も、これは珍しい羽織だ、こんな女物の表にこんな裏をつけて、と手にとってしげしげと見て感心し、イーアンに買うのを勧めたそうである。

座敷であぐらをかいた私は独り言のように言った。

「どんな人が作ったんだろう」

座敷であぐらをかくこともできないほど身体が硬いイーアンは、そういう客のために用意された低い椅子に坐りながら応えた。

「戦争の最初のころに作らせたんだろうね。最初のころはこの戦闘機は大成功を収めてたはずだから。ガダルカナル島やニューギニアにまで攻め入ってただろう」

「でも、どんな人がこんなもんを作らせたんだろう」

私がくり返すとイーアンが応えた。

「金持だろう。趣味人の。しかも西洋的なものに結構触れてた人だね。矛盾してるけど、こんな柄を選んで」

「たぶんそうだね。袂がそれなりに長いから、結婚する前の娘が着るもんだね」

よくはわからないがたぶん一尺八寸はある袂をそうっと撫でながら私が言うとイーアンが続けた。

「それじゃあ、いつかしら愛国主義者になった父親が自分の娘のために描かせたってことか」

私は羽織をまた表に返して豪華かつ可憐な花を指した。

「これはカトレアじゃないか」

美しく大きく開いた紫色の花弁が見方によって清らかにも淫らにも見える。

「そうかな。君がそう言うんならカトレアだろう」

「そう。まさしくカトレアだ」

「カトレア」という言葉がくり返されるうちに『失われた時を求めて』の『スワンの恋』に出てくる「faire cattleya」――「カトレアをする」という表現が彼方から記憶に舞い戻ってきた。晩餐会が終わったあとオデット――スワンは知らないが実は高級娼婦のような女である――を送る馬車の中、オデットの胸元を飾るカトレアの花の乱れをスワンが直すと言い出すうちにいつのまにかそれが前戯となり、二人は馬車の中でことに及ぶ。以来「faire cattleya」という表現は二人のあいだで性的行為を意味する隠語となる。

Faire cattleya.

その隠語が頭をめぐると美しい花が何やら淫らに見えてくるが、戦前の日本で育った娘がこの羽織を着ているところを想像すると、淫らさは感じられず、大日本帝国の正義を信じ勝利を祈る「純粋」としか言いようもない精神が感じられる。それでいて、もう一歩踏みこむと、そのような精神が匂い立つ若い肉体に押しこめられた危うさも感じられる。

羽織からは実際に何かしら匂い立ってきた。絹ものを虫から守る香の匂いが八十年近く奇跡的に閉じこめられていたのか、それともたんに樟脳の残り香か。カトレアの花はあまりに華美で、貴子が若かったころでもこんな羽織を着たとは思えなかった。そもそもこんなものを着た世代ではなかった。彼女の母親の世代か祖母の世代か……そこまで考えていくと、彼女が伯母と呼んでいる「六条の御息所」なら着てもおかしくなかったのかもしれないと考えが進んでいった。

イーアンは続いて茶封筒から畳まれた白い布を取り出してきた。

「これもついでに買ったんだ。こっちは大したもんじゃあないけど」

広げれば大きな日の丸の旗で、真っ赤な丸の右上に太い字で「祈武運長久」とだけ筆で縦に書いてある。戦争中、家に赤紙が届いたときにこのような日の丸を用意し、親しい人たちに寄せ書きしてもらい、それを身にまとって男たちが兵士として出征したというのはよく知られている。これは贅沢なもので、光沢のあるどっしりとした絹の上に書かれた「祈武運長久」という字も書家にわざわざ書いてもらったものと見える。幸い赤紙がくる前に戦争が終わってしまったのにちがいない。

「これ、なんて書いてあるんだ?」

「Praying for your good fortune in battle」

自分でもつまらない訳だと思いながら私は応えた。

イーアンいわく、寄せ書きのある日の丸は戦利品としてアメリカ兵がもって帰り、一時はネットオークションでよく出回っていたが、最近は死んだ兵士の家族に戻そうという善意に基づいた動きが盛んになっているという。今回これをわざわざ買ったのは、ここまで上等なのが珍しいだけでなく、個人の名前もなく、死んだ兵士が身にまとっていたわけではないのが決め手となったという。

「僕のは美術館で、戦争記念館じゃあないからね」

イーアンはカトレアの羽織の隣りにその日章旗を並べた。

羽織のほうに心を奪われていた私は、隣りの日章旗がじきに貴子の生い立ちを知る鍵となることなどそのときは知るよしもなかった。そのあとは、もう夜も更けてきたので、二人で広げられた布を片づけ始めた。イーアンはもちろん羽織の畳み方などは知らず、私が膝をついて丁寧に畳むのを突っ立って感心したような顔で見下ろしていた。

思いついたのは長方形に畳まれた羽織を両手で押しならしていたときである。

私はイーアンを見上げた。

「そうだ。今年こそ日本を発つ前に軽井沢に寄ってみないか」

驚くほどまめに旅行する彼は、ふつう外国人旅行者が行くところはもちろん、四国の直島の現代美術館にも九州の湯布院の温泉にも行っているし、長野県の小さな村にある満州記念館にまで足をのばしている。それなのに、軽井沢は訪ねたことがなかった。軽井沢の歴史はイーアンが専門としている時代と重なるし、そのころからの古い建物もいくつかは残っているし——日本に帰化した米国人ウィリアム・メレル・ヴォーリズが設計した洋館も数軒ある——それまで訪ねたことがなかったのが不思議なくらいであった。

「見るものも色々あるし、それに、例の日本人の夫婦にも逢わせたいし」

イーアンならあの夫婦に紹介しても夫婦の迷惑にならないと思った——というより、気に入ってくれるのではないかと思った。

「ああ、そういえば覚えてる」

イーアンは二年前に話題にのせた宮大工の話を覚えていた。

夫が退職した外交官で南アメリカの大使だったというのを説明してから私は言った。

「夫もヘテロにしてはなかなかの雰囲気の人なんだ。しかも、奥さんがまた特別の女の人なんだ。大使の奥さんだったから英語はうまいんだけど、今の日本人みたいじゃあなくって、それこそ、本人自身が……骨董品みたいな人なんだ」

「掘り出しモンか」

「夜になると着物に着替えて、それだけでもヘンなのに、能のね、横笛を吹いたりするんだ」

貴子に悪いような気がして舞いを舞うことは黙っていた。

イーアンは興味を示した。

「そういう人ってどれぐらい珍しいんだ？」

「極めて珍しいよ。横笛を吹く人なんかはそりゃいることはいるけど、なんかがちがうんだ」

「僕の前でも披露してくれるだろうか」

「どうだろう」

貴子が自分のことはほとんど話さず、実は私がそんなことを知っているのも知らないのだと説明したあと私はつけ加えた。

「でも茶ぐらい点ててくれるかもしれない」

「あ、あれはご免こうむる。なんとか坐れたとしても二度と立ちあがれないから」

話はすぐにまとまり、日本を発つ日を数日後に控えたイーアンは私と一緒に軽井沢に向かった。ゴールデンウィークに入る一週間ほど前のことである。駅前で借りたレンタカーでイーアンが興味をもちそうなところを案内し、日が少しづつ陰ってきたころ、例によって国道を曲がり、芽吹いてきた緑の藪に霧のように覆われた「ほそ道」に入った。前々からメールと電話と両方でイーアンを山荘に連れていきたいということ、夕食は自分たちで外で食べるので、アペリティフの飲み物だけを申し訳ないが用意しておいて欲しいことなどを頼んであった。山荘に近づいたところでもう一度電話をすれば、車が着く前に二人は迎えに出てくれていた。

氷の中に閉じこめられて

貴子は着物に着替えていた。渋い山吹色をした無地の着物だったが、帯は豪華なもので、よく見れば金銀の刺繡でどこまでも連なる峰を描いたものであった。

あとは夫婦のかつての外交官夫妻としてのホストぶりが彷彿される滞りのないもてなしかたであった。見知らぬ客のために珍しくストーブで薪が赤く燃えており、シャンパンの瓶が透明の涼し気なワインクーラーに氷とともに浮かんでいる。かんたんな自己紹介があったあと、シャンパンを開ける前にまずはお薄を一服ということで、離れの座敷へと案内された。意外だったのは、座敷に入るなり夕日を受けて明るく広がる日本庭園が窓ガラスを越して眼に絵のように飛びこんできたことであった。前に案内されたときも障子は開け放たれていたはずだが、外に雲が垂れこめていたのと緊張し過ぎていたので、あまり記憶に残っていなかった。庭は当然のことながらこの座敷から見て一番映えるように造園されており、不動の庭石を縫うようにして、まだほとんど裸の冬の木々が、若緑が萌え始めた雪柳や山吹と霊妙な対照をなし、静けさが張り詰めている。ついさっきまでセブンイレブンがあったり、マクドナルドがあったり、ガソリンスタンドがあったりしたせせこましい国道を走っていたのが嘘のようであった。

部屋のなかは前とそっくり同じであった。床の間には香炉が置かれ、反対側の天井近くに三面の能面が飾られ、切り炉の釜に湯気が微かに立っていた。貴子の所作も座敷に入ったとたんにすべてが自然でありながら舞台で踊っているように美しい。いったいどこにそんなものがあったのか、イーアンが畳に坐ることができないのを見てとると、彼の定宿にあったような低い椅子を篠田氏が出してきたりもした。貴子は膝を揃えて端然と坐ると茶を点て始めた。珍しく大人しくしているイーアンも魅入られたように彼女の動きを見ている。今回は篠田氏も同席しているので、私が氏の真似をしてお辞儀をしたり押し頂いた茶碗を手前に回したりすれば、イーアンはイーアンで私を真似た。

椅子は幅がかなりあるのでそう窮屈そうではなかった。

去年この座敷に招き入れられたときと同様、静かに動いている貴子の姿が小川を隔てて障子に映っていた異様な姿と微妙に重なっていく。

私には彼女の狂いがひそかに伝わってくるような気がするが、イーアンは何も感じていないであろう。

貴子が最後にお辞儀をしたところで彼は太い首を回して能面を見上げ、ふだんに似合わずおずおずと訊いた。

「失礼ですが、あれは、お能のマスクですね？」

「はい、そうです」

「お能の笛を吹かれるそうですが」

釜を前にした貴子が私の眼を捉えたのは、笛の音が聞こえてきていたことを正直に言わなかったのをとがめたのであろう。

彼女はイーアンに眼を戻してから応えた。

「下手ですが、少し」

「よろしければちょっと聞かせていただけますか？」

相変わらずおずおずとイーアンが問うと、想像もしなかったことだが、貴子はあっさりと頷き、篠田氏に向かって、それじゃあ、あのセットを真ん中に出してくださらない？　と訊いた。私のほうは見ないようにしている。篠田氏は、ああ、いいですね、と応えると床脇まで行って膝をついて地袋を開いた。大きさのちがう蒔絵箱、桐箱、それに笛が入っているらしい唐織の袋などが取り出され、やがてそれらが座敷の真ん中に並べられた。

箱も袋も古びていた。日本と南アメリカのあいだを数年に一度は行ったり来たりしたものなのだろうか。メキシコやアルゼンチンやブラジルでもこうして客の前に並べられたのにちがいない。貴子はそれらを挟んで少し距離を置いて私たちの正面に坐りなおすと、箱を順々に開け、次に、そのなかに入っているものを少し中が覗けるようにして傾け、小鼓《こつづみ》、大鼓《おおつづみ》、太鼓《たいこ》を、「a small hand drum」「a big hand drum」「a drum with drumsticks」と、英語にしたとたんに典雅さが煙と消える言葉でそれぞれ説明した。最後の唐織の袋に入った笛は「a flute」とだけ言って指した。私は眼の前で起こっていることが信じられなかった。今まで隠されていた貴子の世界にこんなにやすやすと入るのが許されるとは……。

「笛と小鼓なら少しできます」

そう言ったあと、貴子は今しがた小鼓だと指さした蒔絵箱に手を伸ばした。

「今日はこちらにしましょう」

「あの、カーンていう、金属的な音が出るヤツですか？」

「いいえ、あれは大鼓。あっちはもう皮がダメになったままなんです」

それ以上は説明せず、みなが見ているなかで、漆塗りの砂時計のような形をしたものを双の皮のなかに差しこみ、橙色の紐を調整し始めた。

「紐を通したままにしといてよかったわ」

篠田氏に向かって日本語で言った。篠田氏はふたたび立つと、窓ガラスを開けた。

「日本の楽器はガラス窓とは相性が悪いんですよ」

イーアンと私は神妙に坐っていた。私は自分の足がしびれつつあるのも忘れていた。

正座したまま背すじを思い切り伸ばした貴子は肩に小鼓をのせ、深呼吸をすると右手を斜め下に伸ばした。

ポーン。

最初に響いた硬いような柔らかいような音を何と形容したらよいのだろうか。

音は開け放たれた窓から庭を渡りそのまま夕空に高く昇っていった。続いて長短の間を取りながら、さまざまな色をした音が次々と庭を渡り夕空に高く昇っていく。ヨォ、イャーッという掛け声も合間合間に入る。貴子は最初は自分が出す音に耳を傾けているようだったが、次第に耳を澄ませて周りのお囃子に聞き入っているような眼つきになっていった。最後に打つ手が速くなったときには、掛け声も速くなった。

全部で二分もなかったかもしれない。

小鼓を膝の前に置いて深々とお辞儀をしたあと頭を上げた彼女を私はしげしげと見た。また異界の化物を前にしていたような気がしたが、それと同時に、予期もしていなかった展開に呆然としてもいた。眼を丸くしたイーアンは無邪気な小学生のように熱心に手を叩いている。私も彼を真似て失礼にならないていどに熱心に手を叩いた。


茶道具や能の道具を片づけていたのだろう。貴子がリビング・ダイニングに戻ってきたのは、男三人が離れを出てから十分ぐらい経ってからで、篠田氏がすでにシャンパンの栓を抜いて、フルートグラスに注ぎ終わったあとであった。

「またニッポンごっこでした」

私の眼の前に坐りながら小声で日本語で言ったときはいつもの貴子に戻っていた。私に怒っている風もなかった。

「コヅツミも打つんですね」

「コヅツミじゃあなくって、コツヅミよ」

そう言って笑ったあと続けた。

「必要にかられて何でも屋なの」

その応えを聞いたあと、私はイーアンのために英語で訊いた。

「外交官の奥さんとして、あんな風に外国の要人をもてなしていらしたんですか？」

「特別なお客さまだけです」

そう英語で応えながら貴子はイーアンを見て微笑み、夫から受け取ったフルートグラスを上にあげて、それじゃあ乾杯、とみなをうながした。

そのあとは再び昔のホストぶりが彷彿される滞りのないもてなしかたが続いた。いつもは図々しいほど賑やかに座を制するイーアンがその日は借りてきた猫のようにかしこまっていたが、フルートグラスが二度目に空になり、もう一本ボトルが開けられたころにはふだんの様子を少しずつ取り戻していた。運転する私はほとんど口をつけずにいたが、ほかの人は呑み続け、小さな祝祭のような陽気さがストーブで温められ間接照明で照らし出された部屋を満たした。やがてイーアンは訊かれるままに自分の創った美術館の話を出してきて、こうして来日するのは古美術商を廻るためだと説明した。

途中で私が口を挟んだ。

「日本に置いておいたら、いつかボロボロになってしまうか、どこかに消えてしまうかするものを集めてくれているという風にも言えます」

「僕を擁護してくれたりしてありがたいね」

イーアンは私に向かってそう言ったあと抱えてきた鞄に手をのばした。

「実は軽いのでお目にかけたくて持ってきました」

珍しいものを見せて驚かそうというので、ずり落ちた眼鏡の上からいたづらっぽい眼で夫婦を代わる代わる見ている。

まずは羽織の裏地の端切れがコーヒー・テーブルのうえに並んだ。篠田氏は、へえ、こんなもんがあったんですか、と眼を丸くした。まあ、こんな裏をつけてたの、と貴子も身を乗り出して興味津々と見た。

次にイーアンはみなの視線を集めながらカトレア模様の羽織を手に取った。両手でつまんでもちあげて表を夫婦に見せ、まあ、華やかですこと、と貴子が息をのんだのを見届けてから、手品師のような芝居がかった動作でおもむろにぱっと羽織を裏返した。深紫の裏布を背景に濃い緑の戦闘機が何機も空を飛んでいるのが眼に入る。貴子は今度は大きな声をあげた。

「あらあら、これが、零戦ていうヤツなんだわね」

「すごいコントラストでしょう」

イーアンは得意そうに両手を広げている。

当然、誰がこんなものを作らせたのかという話題がしばらく続いた。イーアンが鞄にもう一度眼をやったのは、その話が一段落したあとである。彼は思い出したように茶封筒を取り出しながら言った。

「それから、こんなのも見つけました。こっちはそんなに面白いもんじゃあないけど」

茶封筒から畳まれた白い布が出てきた。彼が布を開くにつれ、まんなかに赤い大きな日の丸が描かれているのが、しかも布の右上に黒々と「祈武運長久」と筆で書かれているのが見えてくる。イーアンと旅館で見たときよりも、真っ赤な丸と黒々とした漢字がまがまがしく眼を射た。

篠田氏がとっさに貴子を見た。

貴子もとっさに篠田氏を見返した。

貴子の口から今度は言葉が出てこなかった。

イーアンは夫婦の無言のやりとりには何も気づかずに旗の両端を両手でつまんで垂らして見せながら説明をし始めた。

「よくあるもんに見えますけど、こういうのはちょっと珍しいんです。極めて上等なうえ、未使用で持主もわからないでしょう。美術品として収集するには都合がいいんです」

篠田氏は少し困惑した表情で貴子を見つめ続けていた。貴子は日の丸に眼を戻すと今受けた衝撃を人前で隠そうという平常心も失ってイーアンが広げた四角い布を凝視していた。

少し時を置いて彼女は口を開いた。

「これがほんものなんですね」

彼女の質問の意味がわかりにくかった。質問というより独り言のように聞こえた。

「もちろんほんものです」

そうイーアンが応えると、彼女は、よろしいですか？　と顔をあげて両手を前に出した。

「どうぞ、どうぞ」

指を揃えて丁寧に布を受け取ると絹の重さを量るかのように上下させている。

「ほんとうに、なんて上等なんでしょう」

次に膝に布を広げ、「祈武運長久」という字を右の人差し指と中指の先でそうっと撫で、いのる、ぶうん、ちょうきゅう、と声を出して読んだ。微かにため息をつくと、もう一度くり返した。

「いのる、ぶうん、ちょうきゅう。まったく同じだわ」

全部日本語で言ったので、イーアンは何と応えたらよいのかわからなかったようだった。

私にも貴子の言葉は意味をなさなかった。

貴子はそうっと字を撫で続けていた。

周りの現実が消えてしまい彼女の内なる世界に彼女の存在がすっぽりと消えてしまったようであった。あたりに漂う空気がまた妙なものになっていっている。十数秒しか経たなかっただろうが、憑かれた顔で同じ動作をくり返していたので、ずいぶんと時が流れたような気がした。

「タカコ」

篠田氏が低い声で言った。

「あ」

貴子は我に返ったように手をとめ、布を丁寧に折ってイーアンに返したが、礼を言うという最低限の礼儀も忘れてしまっていたのが印象に残った。

窓の外に闇が広がりつつあると同時に気温が低くなりつつあるのが急に意識された。

軽井沢の春はまだ寒い。

「グラスが空になってますわ。もう少しいかが？」

社交性を取り戻した貴子がシャンパン・ボトルを氷水から出そうとしながら言ったが、それまでの滞りのないもてなしかたに亀裂が入ったのが感じられ、これ以上長居するのは気が引けた。私はイーアンの顔を見て、そろそろ失礼しようと促した。だいたい山荘に着いてから充分に時間も経っていた。

腕時計に眼をやってから素直に腰を上げたイーアンは貴子の前まで行き軽くお辞儀をすると、彼女の手を取り、うやうやしく唇をあてる真似をした。

「Thank you for your hospitality, Madam」

「The pleasure was all ours」

こちらこそ——イーアンの時代がかった動作に見合った英語ですんなりと応えた貴子はすでに外交官の妻の顔に戻っていた。ただ、いつもならイーアンのその時代がかった動作におかしそうな表情を浮かべただろうに、たんに社交的な硬い微笑みを見せている。心がどこか別のところを彷徨っているのが見て取れた。

「軽井沢にいらしたらぜひまた寄ってください」

篠田氏がつけ加えた。

尋常きわまりない挨拶が交わされたあと、私たちは山荘を出た。「ほそ道」をレンタカーでさらに下り橋を渡って私の荷物を小屋に置き、それから今来た道を引き返すまで十分もかからなかった。イーアンが貴子の話を出したのは、山荘を通り越し国道に向かい始めてからである。

「いや、たいそうチャーミングだったけど、たしかに骨董品みたいなレィディだったな。日本人であろうと何人であろうと、今の人じゃあないような感じがした」

イーアンは日の丸を眼にしたときの彼女の妙な反応には気づかなかったようであった。

彼は私のほうを向いた。

「彼女はほんとうはすごい年をしてるってのはどうだ」

彼の台詞にとり合わずに私が運転を続けていると、夫婦の前では抑えていた酔いが回ってきたようで、隣りで馬鹿らしい仮説を立て続けた。

「人の何倍の速さで年取る病気があるんだから、逆に半分の速さでしか年を取らない病気もあっていいんじゃないかね」

「そんな病気があったら、世界中で大騒ぎしてるよ。このごろみんな長生きする算段ばかりしてるんだから」

「だって、どこかちょっとふつうじゃあないよ。あのスモール・ドラムを打っていたときなんか、ちょっとスプーキーだった」

派手に拍手をしておきながらイーアンなりに鋭敏に彼女の背後にちらちらする異形の影を感じ取っていたものとみえる。

ラッシュアワーにかかった国道の反対車線は混んでおり、ヘッドライトが次々と襲うように向かってくる。私が黙ってハンドルを握っていると、イーアンは続けた。

「たとえば何かの事故に遭ってずうっと氷の中に閉じこめられてたっていうのはどうだろう」

イーアンが酔いに乗じて馬鹿なことを言っているのを無視して運転し続けたが、たしかに貴子は戦前から、いや、もっとその前、いつだかわからないころから一人氷の中にずっと閉じこめられていたと想像するのは、どこかで一番納得がいった。だが、そう思ったとたんに、彼女がふつうの日本人よりもよほど世界に開かれているというふだんの印象も舞い戻ってきた。

その晩軽井沢で夕食を済ませ、イーアンを万平ホテルまで送って追分に戻ってくれば「蓬生の宿」の電気はまだ点いていた。だが、遅過ぎるというのを、自分に対しての口実に使い、礼を言いに寄るのを控えた。翌日の朝になれば朝になったで、ホテルでイーアンと一緒に朝食を食べる約束になっていたので、今度は早すぎるというのを口実に寄らなかった。あのときの貴子の反応に私が気づいたかどうか彼らも気にしているかもしれず、何事もなかったような顔をして現れるには私のほうにこだわりがあり過ぎた。朝食を食べ始める前にテキストで「昨日はありがとうございました。じきにお礼を申し上げに伺います」とだけ携帯で送ったが、返事はなかった。

イーアンとは朝食を共にしただけでなく、また少し観光をしてから遅めの昼も一緒にフルコースを食べ、三時過ぎにその太った身体を新幹線に乗せた。レンタカーを戻したあとは、タクシーを使わず、久しぶりにローカル線の電車を使い、信濃追分駅から荻原さんを呼んだ。小屋に戻るのがなんとなく躊躇されたのでわざと時間をかけようとしたのかもしれない。

「ケビン、なんか、疲れてるみてえだねえ」

目聡い荻原さんが私の顔をバックミラーで見ながら言った。

「ええ、友人を案内してたもんで」

「客がくると疲れるってみんな言うよ」

「蓬生の宿」の横を通るときに見ればいつもの通りレクサスが駐車してあったが、誰も庭にもデッキにも出ていなかった。

たしかに人を案内したり慣れないことをするとそれだけでも疲れるものである。例によってベッドに身を投げ、直接顔を出そうか、先に電話をしようか、いや、もう一度テキストを送ろうかと考えているうちに、小雨が降ってきた。ますます訪ねにくくなったから明日御礼を述べに行くことにしよう。そう思いながら電気ストーブをつけに立ち上がった。

そのとき扉を叩く音がした。開ければ篠田氏が傘をさして立っている。さっきタクシーが通ったので、一人で戻ってきたにちがいないと思い、私を訪ねるべきだと夫婦で話していたら、雨が降ってきてしまった。それでもやはり訪ねたほうがよいという結論に二人で達し、こうしてやってきたのだと言う。

「今、お時間、よろしいですか？」

雨の中に立っている彼を私は慌てて招き入れると、椅子を勧めた。コーヒーにしましょうか？ それともこっちにしましょうか？ と、棚にある、まだほとんど減っていないブッシュミルズ・シングルモルトの瓶を指させば、篠田氏は照れ笑いを浮かべながら、瓶を顎で指した。

「まだ少し早いですけど、今日は少し飲みましょう。氷があれば、僕はオンザロック」

二つのほんとうのこと

「今年こそお話しするつもりだったんだなあ、貴子は。それも、あなたが春にいらしたらすぐにって、言ってたんですよ」

台所に立って氷を用意している私の背中に向かって篠田氏は話し始めた。

「そのつもりだったから、昨日、あんな風にお囃子の道具をお見せすることにしたんだと思います」

はあ、と私は半分振り返りながら好奇心をあまり露わにしないように応えた。そのときも私はまだ、貴子が能楽に関係の深い家に育ったという話が続くとしか考えていなかった。それとあの日の丸とどういう関係があるのかは見当がつかなかった。

篠田氏は続けた。

「僕のほうは、去年の夏に、何回もお話ししようって言ったんですがね。ところが貴子はあなたが誤解してるのが……あなたみたいな人が誤解してくれてるのが嬉しいって言うんで、ついつい延ばし延ばしにしてしまったんです」

そこで彼は黙った。ふたたび話し始めたのは、私が天井から下がった電灯を灯し、氷の入ったグラスを二つ小さなテーブルの上にのせてからである。私が正面に坐ったところで彼は口を開いた。

「もう見当がついておられるかもしれないけど……」

そこまで言うと一息ついてから続けた。

「貴子は日本人じゃありません。日系ブラジル人です」

私は息をとめて彼の顔を凝視したあと耳にしたばかりの単語をくり返した。

「日系ブラジル人……」

それまで何の感慨ももたずに聞いていた言葉であった。

「日本の国籍を捨てないようにしてたので、実際は、ブラジルとの二重国籍ですけどね。ブラジルに生まれると一生ブラジル人ですから」

私は言葉をはさむのも忘れていた。

「とにもかくにも、ブラジル生まれブラジル育ちの日系二世。いや、日系三世でもある。母親が日系二世だから。数年前に初めて日本にやってきて日本に住み始めたんです」

篠田氏の声が——というよりも、篠田氏の存在も、この小屋も、この小屋の外の自然も、すべてが遠くに去っていき、篠田氏の前に坐っている私も私自身ではないような気がした。「数年前に初めて日本にやってきて」という言葉だけが、意味と切り離されてぐるぐると頭のなかを巡った。

篠田氏は少し愉快そうに言った。

「やんごとない育ちどころか、喰いつめてブラジルに渡った移民の子だということなんです」

貴子の姿が瞼に浮かんだ。日本間になじんだ美しい立ち姿である。同時に彼女の話し方が耳に舞い戻ってきた。昔の女優さんたちのような美しい話し方である。「数年前に初めて日本にやってきて」という言葉がもう一度頭を巡り、そのとたんに、なぜか、今までのすべてに突然納得がいった。一昨年のゴールデンウィークに麦わら帽子のつばが水平に動くのを見たときからのさまざまな場面が、まったく別の意味をもって次々と記憶によみがえる。あたかも伏せておいたトランプのカードが一枚一枚眼にも留まらぬ速さで表に返されていくようであった。

だが私の頭のなかで塗り替えられつつある過去の場面を私の心が消化する時間を篠田氏は与えてくれなかった。

「母親はブラジル生まれで、あれが七歳のときにお産で死んでしまった。父親は……」

篠田氏が言いよどんだのが意識された。

「父親は日本生まれの日本人で、少年のころブラジルに移住した。そのあと……」

また言いよどんで私の顔を見つめている。

「そのあと、殺人容疑で、未決勾留のまま、何年も、サンパウロ州で監獄に入ってました」

私は彼の顔を呆然として見つめた。そのとき雨が屋根を打つ音がしめやかに聞こえてくるのに気づいた。しばらく沈黙があったあと、彼は言った。

「ちょっと驚いたでしょう」

「はい」

そう正直に応えたあと、芸もなく彼の言葉をくり返した。

「ちょっと驚きました」

「監獄を出てきたあとに二回結婚し、二回目の結婚で貴子が生まれたっていうことなんです」

そこまで言うと篠田氏は初めて私の顔から眼をそらし、昼なのに暗い窓の外を見ながらつぶやいた。

「なんだか、安っぽい小説のような筋立てで申し訳ない」

私は何と応えるべきかわからなかった。何を考えるべきかもわからなかった。

外の雨は激しくもならず、単調に降っている。陰鬱な天気だが、土の下に張った草木の根はこの春の雨を甘露のように吸いあげ、晴れたときには一段と濃くあたりの新緑が煙るようになる。春の雨はいつも格別恵み深いものに感じられるものだが、そのときは自分と関係のない水滴があとからあとから空から降りてくるのをぼんやりと感じていた。

窓の外から眼をはずした篠田氏は今度はウィスキーの入ったグラスに眼を落とし、それをゆっくりと口にあててから続けた。

「殺人容疑っていっても、ちょっと特殊なケースでね。ちょっと政治犯的なところもあって」

「政治犯」という言葉は殺人容疑という言葉と同じぐらい予期していないものであった。

そのときふいに思い浮かんだ表現があった。どこで読んだかも覚えていないが、ほんの二、三年前何かのことで眼に入り、そのときは少し衝撃を受けたが自分に関係がある日が来るとも思えず、そのまま忘れてしまっていた表現である。

「あの、例の『勝ち組』だったんですか？」

篠田氏は顔を上げて少し驚いたように私を見つめた。

「ほう、よく知ってますね」

「詳しいことは何も知らないんですけど、第二次世界大戦のあと、日本の敗戦を信じなかった人たちがブラジルにいたっていうのは、どこかで読んだことがあります」

その人たちが、日本が敗戦したという事実をみなに知らしめようとしていた人たちを殺していったという。それを読んだとき、太平洋の南の島々で何年も日本の敗戦を信じなかった日本兵たちがいたという話をいつだったか聞いたときの驚きを思い出した。そのうちの一人は、毎朝起きると、ボロボロになった兵服を身に纏い、銃身を掃除し、銃を磨き、二十年以上もジャングルに潜んでいたという。その話には日本人も肝を抜かれ、大いに話題になったはずであった。いずれにせよ、私が知っている、平和があたかも物体として空気に充満しているような今の日本とはあまりにかけはなれた話で、いわゆる「並行宇宙」で起こったことのような気がした。

「そうですか……」

篠田氏は首を何度か縦に振ってから続けた。

「ちょっと前まではね、ブラジルのそんな話は私の世代の日本人だって知らない人が結構いたんですよ」

日本人が日系人のことなど興味をもっていないうえに、そもそも日系人自身が長いあいだ話したがらず、今ごろになってようやく少しづつ知られるようになったそうである。

篠田氏は自分を納得させるようにつけ加えた。

「まあ、あまりに変な話だから、その歴史が日本人の常識になるまでいろんな人が語り続けることになるんでしょう」

殺された「負け組」は「認識派」とも呼ばれ、横文字が読める知識階級の人たちが多く、かつては日系社会の指導者だったというが、そういう人たちを非国民だと非難し、日系社会に亀裂が走るうちに殺人事件に発展してしまったという。戦争が終わった翌年から一年以上にわたって小競り合いが続き、負傷したのは、ブラジル人も含めて百五十人ほどで、殺されたのは二十数名。なかには逆に「負け組」側に殺されてしまった人もいるという。

「貴子の父親はね、捕まったんだか自首したんだかわかんないんだけど、その前にああいう日の丸を残していったらしい。寄せ書きしてくれた人たちに迷惑がかからないようにっていう配慮もあったんでしょうね」

イーアンが取り出したものとは比べものにならない粗末な綿の布だが、同じように「祈武運長久」と書いてあり、それがあたかも父親の形見のように貴子に遺されたのだと篠田氏は説明した。

彼は続けた。

「本人たちは大日本帝国の兵士のつもりだったんでしょう」

篠田氏自身大学に入ったころ「勝ち組」について何かで読んだことがあり、そのときは、無知な農民が鍬や鋤を手に暴徒化した姿があたかも漫画の一コマのように眼に浮かび、大日本帝国はそこまで狂った人たちを育てたのだと思うと、戦後に生まれてよかったと胸をなで下ろしもした。そしてチリのラ・シヤ天文台に行くのを夢見始めたころにはそんな話はもうすっかり忘れてしまっていた。

ハワイにも日本の敗戦をすぐには信じなかった人がいたらしいが、ブラジルの状況が特殊なのは、殺人事件にまで発展してしまったということだけではなかった。南太平洋のジャングルで孤立していたわけでもなく、ふつうの社会生活を送っていたというのに、それでも日本の敗戦を信じなかった人たちのほうが圧倒的に多かったということにあった。しかもそういう人たちは、数は減りつつも、一九五〇年代はもちろん、六〇年代、七〇年代に至るまで残っていたそうである。

「実際のところ、昭和天皇が死ぬころまでそういう人たちがまだチラホラいたんだそうです。日本はこんなに立派になったんだから、勝ったはずだって……」

そこまで言うと、篠田氏はちらと眼をあげて私の背中の向こうを見た。振り返れば、台所の壁にかかっている時計の針が六時近くを指していた。雨のせいで外が暗いのだと思っていたら、実際に夜になっていたのだった。篠田氏は電話をポケットから出し、ちょっと失礼と言っていったん扉の外に出た。

雨と闇に包まれたこの小屋で篠田氏の話を聞いているあいだ、天井の電灯に照らし出された私たちを誰かが見ているような感覚があったのは、私たちの様子を貴子が想像しているのを感じていたからかもしれない。

篠田氏はすぐに戻ってくると、椅子に坐る前にその晩の私の予定を訊いた。

「何にもありません」

「それでは今晩はこれから夕食をウチで食べるってのはどうでしょう」

初めての「蓬生の宿」での夕食への招待であった。あたかも通過儀礼を通るのを許されたような気がした。だが準備する貴子が気の毒なので私は言った。

「作るのも面倒でしょうからどこかに食べに行きませんか」

「いや、もうほとんど用意ができてるそうです」

「そりゃ、悪いことをした」

「いや、いや、呑むのを主体にしたので、冷凍枝豆を解凍したりして、そのヘンにあるものをつまみながらって言ってるから平気ですよ。あれは手抜きの名人だから」

篠田氏はそう言うと伸びをするように両手を挙げた。

「ああ、気持いいなあ。ケヴィンにほんとうのことを知ってもらって……実にすっきりした」

挨拶のしようもなかった。その「ほんとうのこと」とは、彼女が日系ブラジル人だというのと、彼女の父親が殺人容疑で監獄に入っていたというのと、両方を指すのだろう。だが最初の衝撃が通り過ぎたあと、知ったばかりの二つの「ほんとうのこと」を天秤にかければ、彼女がブラジル生まれブラジル育ちだという「ほんとうのこと」のほうが、私をよほど動揺させた。天動説の蒙から地動説の明に啓かれたように、今までもやもやしていたものがどこかで大きく腑に落ちたのを私は感じていた。貴子が日本人ではないから——いや、そのような言い方は正確ではない……ふつうの日本人ではないから、いや、より正確に言えば、ふつうの日本人に同化することができないから、最初から不思議なほど懐かしい思いがしたのにちがいない。彼女の父親が殺人容疑で監獄に入っていたという事実は、それが彼女の人生でいかに大きな意味をもっていたとしても、彼女が日系ブラジル人であることの一種の倒錯的な象徴のような気がしただけであった。

もちろん、そのときに、ここまではっきりと考えられたわけではない。なるほど……いろいろわかってきました、と言ったあと、グラスを片づけるために立って篠田氏に背を見せながら、三年前、裏で改築工事が始まったときのこと――庭石を発見したり、「クライアントさんのとこの奥さん」という表現を聞いていろいろ想像したりしたときのことを思い起こしていた。振り返れば、篠田氏も一人で何を考えているのか、窓の雨滴が室内の光に照らされて落ちるのをぼんやりと見ていた。

私も傘を手に彼と一緒に外に出た。

貴子は二人が着いても玄関まで迎えに出なかった。リビング・ダイニングは天井に近い間接照明で薄暗く照らされているだけで、ふだん私が着いたときは台所で何かをしている彼女の姿はそこにもなかった。篠田氏はごく自然に部屋を突き進むと離れに通じる扉を開け、今度は廊下を奥まで行って座敷の襖に手をかけた。

空の座敷の四隅に蠟燭が立っていた。よく見れば和蠟燭である。床柱の前に一枚とその向かいに二枚座布団が敷かれ、どこにこんなものまであったのか、それぞれの前に朱塗りの高足膳が置いてある。その上にやはり朱塗りの杯が載っている。篠田氏に勧められるまま床柱を背に緊張して坐っているとしばらくして音もなく襖がわずかに開き、襖の下のほうに綺麗に揃えた白い指先が見えた。襖がさらに開いたところで、廊下に坐った着物姿の貴子が視界に入り、彼女が手を揃えて丁寧に挨拶をするのが見えた。イーアンの前で着ていた着物と同じもののような気がする。彼女はそれから銀の銚子を載せた盆を廊下から座敷のなかに入れた。

「ニッポンごっこ」の極みであった。

襖を閉め、立ち上がってから私の正面に来た貴子は今度は突膝になると、銀の銚子の細い鉉《つる》をもって注ぎ口を傾けた。

「どうぞ、一献」

片手で杯を差し出した私は応えた。

「夜になると、いよいよ日本人になるんですね」

「いいえ」

貴子の一重まぶたの眼がはっしと私の眼を射た。

「夜になると、わたくし、日系ブラジル人に還るんです」

今まで抑えていた何ものからかぱあっと解き放たれ、か細い身体が一回り大きくなったような印象があった。

（下巻につづく）

Minae Mizumura
東京生まれ。12 歳で渡米。イェール大学仏文科卒業、同大学院博士課程を修了。いったん帰国ののち、プリンストン、ミシガン、スタンフォード大学で日本近代文学を教える。1990 年『續明暗』で芸術選奨新人賞を、1995 年『私小説 from left to right』で野間文芸新人賞を、2002 年『本格小説』で読売文学賞を、2008 年『日本語が亡びるとき ── 英語の世紀の中で』で小林秀雄賞を、2012 年『母の遺産　新聞小説』で大佛次郎賞を受賞。

大使《たいし》とその妻《つま》　上

著者　水村《みずむら》美苗《みなえ》

発行　　2024 年 9 月 25 日
2 刷　　2025 年 4 月 10 日

発行者　佐藤隆信
発行所　株式会社新潮社
〒 162-8711 東京都新宿区矢来町 71
電話 編集部 03-3266-5411
　　 読者係 03-3266-5111
https://www.shinchosha.co.jp
印刷所　株式会社精興社
製本所　加藤製本株式会社

乱丁・落丁本は、ご面倒ですが
小社読者係宛お送り下さい。
送料小社負担にてお取替えいたします。
価格はカバーに表示してあります。

ISBN978-4-10-407704-5 C0093